U0530348

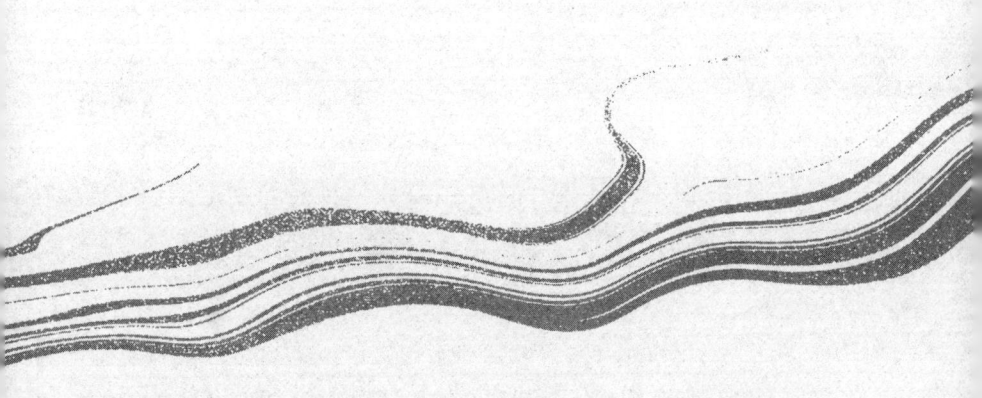

贾平凹小说创作论

刘潇萌 著

作家出版社

目录

引 言 ………………………………………………………… 1
  一、贾平凹小说创作概述 / 2
  二、贾平凹小说研究综述 / 16

第一章　贾平凹小说的写作发生与创作资源 ……………… 45
  一、"我是农民"：写作身份的找寻与自觉确立 / 46
  二、"天我合一是文学"：人文、传统、神秘与秦地书写 / 59

第二章　贾平凹小说的主题意蕴 …………………………… 81
  一、"商州往事"：乡土的追忆与重构 / 82
  二、"旷世秦腔"：历史的真实与沉重 / 95
  三、"病相报告"：人性异化的考量 / 111

第三章　贾平凹小说的人物形象塑造 ……………………… 124
  一、"常人"：精神与道德内蕴的深刻发掘 / 126
  二、"异人"：灵魂的考问与人性的摆渡 / 153

第四章　贾平凹小说的叙事形态 …………………………… 168
  一、"讲述"与"描述"叙事语式的杂糅 / 169

二、"细部"蕴蓄出的"生活流"叙事 / 181

三、自在灵性的意象与象征性的精神世界 / 209

第五章 传统与现代：以"中国之心"诠释"中国经验" …… **227**

一、启蒙精神的浸润与时代症候及历史的批判 / 228

二、个体生命的珍视与民族传统精神内蕴的深描 / 239

后　记 ………………………………………………… **258**

参考文献 ……………………………………………… **263**

引 言

如果从贾平凹发表的第一篇处女作《一双袜子》算起，他已经有了半个世纪的写作史。我想，作家贾平凹运笔之中的苍劲雄浑与古朴自然，完全可以用"海风山骨，文气聚此"这样的词语来表达和诠释。这种雄浑、坚实的笔锋，与作家的世界观、人生观、价值观、审美意识、写作理念相互契合，繁衍开来，可谓生生不息。而"文气聚此"，仿佛一种隐秘而又磅礴的浩然之气，让书写的语境、情境充满生机和活力。那些充满中国传统气韵的"儒释道"思想，与作家质朴且厚重的现代意识盘旋上升，萦绕在贾平凹这座屹立于秦岭的高山之上。这些，令贾平凹对历史、现实和人性的审美判断，体现出独特的存在方式和美学形态。

可以说，阅读之初，贾平凹小说中所弥漫的神秘、诡谲气息，以及作家对于人性的精准描摹，对乡土世界和城市情景的深描，都是吸引我阅读的兴趣所在。随着阅读的深入，作家为何着重描写传统文化与道德，创作神秘现象和人物的写作意图是什么，作家怎样看待和处理传统与现代之间的关系，特别是贾平凹的整体文学创作究竟是如何愈加深入地介入中国当代、现代的历史和现实，他几十年写作的不竭动力何在，如此巨大的创作文本体量又承载着作家怎样的精神力量，这些，都成为我进一步阅读，并对其小说进行研究与分析的初衷与理由。这些疑问，也成为本书论述的逻辑起点，引导我进行贾平凹小说创作的研究与探寻。

无疑，贾平凹已经构成中国当代文学的主干话题之一，贾平凹的创作，几乎涉足、凸显中国现当代历史时期的种种精神生态，已经构成当代中国近一个世纪的心理、精神变迁史。而贾平凹本身也成为一个重要文学现象、重要的文学话题。那么，对贾平凹的研究，不仅仅是对他个人创作风格和成就的把握，更是对中国当代小说史变迁的一次回顾、梳理及反思、评价，涉及我们如何评判文学的美学及历史价值，并进一步准确定位贾平凹于当代文学史的特殊意义及文学史地位。

一、贾平凹小说创作概述

贾平凹的小说创作，始终扎根于中国秦岭的土地之上，自二十世纪七十年代以来，至今已延续半个世纪。经过半个世纪，这片"百年秦岭"的文学土地，并没有因为岁月的磨砺与环境的侵蚀而流失养分。作为耕种者，贾平凹源源不断地向这片土地注入养分与活力，同时也不忘修枝剪叶、消菌灭虫，使之保持长期健康与肥沃。直至今日，这块文学根脉仍旧枝叶繁盛、果实累累。

作为中国当代文学的代表性人物，贾平凹笔耕不辍，从"改革三部曲""商州三录"、《浮躁》，到《秦腔》《古炉》《山本》，再到《秦岭记》《河山传》，作家贾平凹一直信步于秦岭的山水之间，在翻过了一座又一座高山之后，他不知疲倦，脚步更加从容稳健。贾平凹在《山本》后记中说："在构思和写作的日子里，一有空我仍是要进秦岭的，除了保持手和笔的亲切感外，我必须和秦岭维系一种新鲜感。"① 贾平凹与他的秦岭好似一对永远不会走出热恋期的恋人,他们相互深深爱恋,彼此交融。

本书将贾平凹小说创作分成三个阶段。第一阶段从《一双袜子》到《废都》发表之前,为创作的萌芽与积累阶段;第二阶段从《废都》到《秦腔》发表之前,是创作的探寻与生长阶段;《秦腔》发表至今,为第三阶段,即创作的吐纳与成熟阶段。

贾平凹的小说创作开始于二十世纪七十年代,从《一双袜子》(1973)到《废都》(1993)发表之前,为其小说创作的萌芽与积累阶段。在创作第一阶段的前期(1973—1978),他的写作重点主要集中在短篇小说上。贾平凹发表的第一部短篇小说,是与西北大学中文系同学冯有源合著的《一双袜子》(《群众艺术》1973年8月号)。这是他第一次以"贾平凹"为笔名发表文章,自此打开了其浑厚且神秘的文学之旅。从1973年到1978年,贾平凹发表了《兵娃》(中国少年儿童出版社,1977)、《满月儿》(《上海文学》1978年第3期)、《姊妹本纪》(安徽人民出版社,1978)等八部短篇小说集,其中《满月儿》获得1978年全国首届短篇小说奖。

众所周知,在典型环境中塑造典型形象,是这一时期中国小说创作追求的主要目标,贾平凹的小说创作尚未摆脱当时这种创作观、审美观的影响。这一时期贾平凹小说中的人物形象塑造,人物立场鲜明,具有"非黑即白"的二元对立属性,大多可以用"好人""坏人"或"进步分子""落后分子"等进行分类。相关人物如《弹弓和南瓜的故事》中的进步小将小旺、小军和封建落后残余地主王迫人、地主婆,《队委员》中的进步青年刘得胜和投机取巧的会计,《曳断绳》中积极向上的"曳断绳"和投机倒把的老

---

① 贾平凹.山本[M].北京:作家出版社,2018:525.

六,《荷花塘》中守卫荷塘的保松和专走"歪门邪道"的老银伯王来银,《兵娃》中的无产阶级红卫兵小将兵娃和"倒腾"私货打着集体名义干资本主义的万有老汉等。我们看到,这一时期的人物形象都具有鲜明的立场和单一的矛盾冲突,从众多短篇小说中都能轻易找到"走资派""唯生产力论""臭老九典型""评法批儒""农业学大寨""大干"等时代性极强的词语或口号,"革命现实主义"表现得尤为鲜明。除此之外,纯洁真挚、拥有共同奋斗目标的青年男女之间的爱情故事,也经常出现在当时贾平凹的小说创作中:在《清油河上的婚事》这部短篇小说中,作家第一次描写男女青年之间的爱情,胜儿和小秀拥有共同的"大干社会主义"的奋斗目标;《果林里》青年和姑娘的感情由嫁接枣树开始萌发;《泉》中苇儿和后生的爱情,由一场因为护林和放羊的误会而产生;《夏诚与巧姐》的爱情由嫁接桃树开始。这些感情在共同的劳动中产生,既积极又炽热,反映了当时年轻男女对待爱情的专一与真挚。在这一时期,"伤痕""反思"类文学也经常出现在贾平凹的小说创作中:《黎明》中虎子的父亲因为抓生产,拒不参加公社赛诗会而被扣上了"走资派"的帽子;《日历》中小林达的父母被反动派残害,尚不懂事的小林达不知父母已死,仍旧每日撕着日历期盼父母的归来;《琴声》中小姑娘的爷爷因民间艺人的身份被批斗,小姑娘随后被人投暗药致哑,爷爷又因连夜去申诉而失足跌下悬崖;《最后一幕》中笋儿因为在成分复查会上被定为富农成分,被取消了进入文艺队的资格,夏丁老师为笋儿打抱不平,却被村人诽谤与笋儿存在作风问题,因此受到处分,后因"破坏文艺革命"的罪名被抓。这一系列"伤痕""反思"类小说,写出了黑暗的"特殊时期"给家庭、个人带来的沉痛的身心创伤,"揭露了极左政治所酿成的人性扭曲和异化问题,但从根本上都没有跃出'政治文学'的窠臼"[1]。

综观贾平凹小说创作第一阶段的前期,作家在语言的运用上相对朴实、平和。在叙事形态上,基本遵循单一的线性且连贯的叙事结构。人物关系简单、纯粹,人物思想封闭且执着,人们思想中没有灰色地带,只有鲜明的是非善恶观念,这与当时国家的政治、文化环境密切相关。与此同时,我们也能看到很多带有作家主观抒情的诗一般的描摹和散文化的书写,在幽静的山水与素朴的村落之间,勾画出人性的纯粹、善良与质朴之美。从总体上看,现实主义占据了贾平凹这一时期小说写作的主导地位,同时也能够依稀窥探到抒情气息不时跳跃着的点点星光。

贾平凹小说创作第一阶段的中期(1979—1984),他创作的重点仍然集中在短篇小说上。从发表小说的数量上看,这一时期为贾平凹短篇小说发表的"井喷"期。孙见喜(2017)的《贾平凹传》在回忆贾平凹当年写作的时候提到,"新婚给他动力,他21天时间写出了五部短篇小说"[2]。从1979年到1984年,短短六年时间,贾平凹共发表了九十部短篇小说(1979年十二部、1980年二十二部、1981年二十一部、1982年十八部、1983年十部、1984年七部)。其间,小说集《早晨的歌》(陕西人民出版社,1980)获得陕西省第一届优秀图书奖,短篇小说《山镇夜店》(《雨花》1980年第4期)获得第一届"雨花奖"。1981年,贾平凹发表其第一部中篇小说《二月杏》(《长城》1981年第4期)。同年,发表中篇小说《乡里舅家》(《河北文学》1981年第8期)。1982年,发表中篇小说《童年家事》(《莽原》1982年第4期)。贾平凹的中篇小说

---

[1] 李遇春.拒绝平庸的精神漫游——贾平凹小说的叙述范式的嬗变[J].小说评论,2003(06):27.

[2] 孙见喜,孙立盎.贾平凹传[M].西安:陕西人民出版社,2017:28.

《小月前本》(《收获》1983年第5期)于1983年问世,同年,该小说被《中篇小说选刊》全文转载,并被陕西电视台和北京电影制片厂分别改编成电视剧和电影。1984年贾平凹发表了四部中篇小说,分别是《鸡窝洼人家》(《十月》1984年第2期)、《三十未立》(《青春丛刊》1984年第2期)、《九叶树》(《钟山》1984年第4期)和《腊月·正月》(《十月》1984年第4期)。其中,《腊月·正月》获得中国作协第三届全国优秀中篇小说奖。此外,在这一时期,贾平凹还创作了《二月杏》《纺车声声》《歌恋》《头发》《亡夫》《冰炭》等关于特殊历史时期的一系列"伤痕""反思"类文学作品。

  1980年后期,贾平凹的创作呈现出新的写作形态。他开始逐渐将视角从儿女情长的小爱小情,转移并切入到更深层、全面、复杂的社会变革方面。著名的"改革三部曲",即《小月前本》(1983)、《鸡窝洼人家》(1983)、《腊月·正月》(1984),鲜明地刻画出以才才、回回、韩玄子为代表的思想迂腐陈旧,视"门面"如生命的保守派,和以门门、禾禾、王才为代表的思想先进开通的主张农民多种经营的改革派之间的矛盾与冲突。我们能够从这些具有改革精神的人物中,感受到当时人们渴望冲破旧式思想束缚,迫切希望时代发展变革的强烈愿望。贾平凹在肯定现代人文意识的同时,深刻批判迂腐落后的中国旧式家庭礼教、官僚思想等对现代人的蒙蔽与毒害。在叙事形态上,仍然遵从典型环境中塑造典型形象的创作规范,此时的小说情节模式大致为"发现问题—克服困难或挣脱束缚—解决问题",作家在营造政治、思想矛盾与冲突方面相对理念化、简单化。此时,贾平凹逐渐意识到了他创作中存在的诸多问题,于是他的作品开始注入作家对社会、对人自身更深刻的反思与探寻。这一时期的作品不再只是描写积极向上的人生态度和纯洁美好的情谊，人们的头脑中开始出现灰色地带，开始感受生活的痛苦与迷惘。1984年贾平凹的第一部长篇小说《商州》(《文学家》1984年第5期)问世。通过对刘成和珍子爱情悲剧的描写，作家意识到，悲剧能让自己和读者更深刻地反思时下国人扭曲、病态的心理，也更能让人深切体会到迂腐落后的中国旧式家庭礼教、官僚思想等对社会发展及个人自身发展的禁锢与束缚。可以说，《商州》的发表是一个承上启下的标志，贾平凹开始正视并深挖人性的晦暗与残缺，开始用悲剧来揭开社会的毒疮及人性的顽疾。这一时期，我们看到，一些带有现代意识的文化启蒙观念慢慢地渗透进了贾平凹的小说作品之中。

从《黑氏》(1985)到《废都》(1993)发表之前，为贾平凹小说创作第一阶段的后期。作家在创作短篇小说的同时，也在进行着中篇小说和长篇小说的写作。从1985年到1992年，贾平凹发表了《黑氏》(《人民文学》1985年第10期)、《太白山记》(《上海文学》1989年第3期)等十五部短篇小说。同时，也发表了《古堡》(《十月》1986年第1期)、《白朗》(《中国作家》1990年第6期)、《五魁》(《中国作家》1991年第5期)等十一部中篇小说。同期发表了《浮躁》(《收获》1987年第1期)和《妊娠》(作家出版社，1988)两部长篇小说。其中，中篇小说《古堡》于1986年获得"西安文学奖"，长篇小说《浮躁》于1988年获得美国美孚飞马文学奖。

实际上，从贾平凹小说创作第一阶段的中期开始，他就已经尝试着用诗意的、散文化的笔触，对他所深爱的商州进行一次又一次的"寻根"与"重返"。贾平凹的"商州三录"、《小月前本》《鸡窝洼人家》《腊月·正月》《商州世事》《远山野情》《黑氏》等以及长篇小说《商州》《浮躁》等，这些"商州系列"小说的书写，不是对当时流行的"寻根"热潮的盲目攀附，而是一种作家对心中的商州自觉主动的、深入骨髓的追忆与留恋。城市在经济的发展中越来越高大伟岸,人们的思想在物欲的膨胀中越发扭曲混沌,而贾平凹却始终紧绷一根清醒而警觉的神经,在他所构建的商州世界里找寻自己的根与魂,守护自己的精神家园。可以说,对商州自觉的书写,在不经意间奠定了贾平凹在文坛中独特而重要的地位。程光炜(2016)甚至将商州作为贾平凹创作的起点,足见"商州"系列作品在贾平凹文学创作中的浓墨重彩。

继长篇小说《商州》发表之后,中篇小说《远山野情》(《中国作家》1985年第1期)、《火纸》(《上海文学》1986年第2期)、《古堡》(《十月》1986年第1期)等,继续了对人们爱情、事业等方面的悲剧书写,深化了"改革三部曲"等关于文化启蒙的相关主题。1987年,长篇小说《浮躁》(《收获》1987年第1期)的发表使贾平凹攀上了他创作生涯中的第一座高峰。与前几部悲剧性作品相比,《浮躁》在人物命运的处理上不再刻意悲情化,这种处理反而使作品中现代性的启蒙主题深深扎根到了整部作品当中,使读者在浮躁与踏实稳重之间不断思索与探寻。文本中,在折腾了一个"惊天动地"后,金狗重新执桨于州河之上,心中的浮躁由大水而起,又因大水而释。同时,贾平凹给自己也给读者设置了一个值得长期思索的问题,生命应是惊涛骇浪,还是平淡如水?答案流淌过小说结尾,小水凝望的远方,也盘旋进了读者抑或浮躁抑或平静的内心深处。值得一提的是,贾平凹对女性特殊的关照与怜爱从《浮躁》开始延续至今,作家心中所构建的女性美好的形象与美德,从小水开始散落于其之后的众多作品之中,这种对于女性"特殊"的呵护与关照,既让人敬畏,又让人感到舒适与亲切。

值得注意的是,在二十世纪八十年代后期,贾平凹陆续创作了《白朗》《五魁》《晚雨》《美穴地》等以逛三、枭雄等为写作对象的系列小说。区别于其他作家的相关作品,贾平凹笔中的逛三们,少了狂妄暴戾的匪气,多了关于人性的凝视、欲望的挣扎以及这类边缘群体对于感情的炽热与执着。1988年,作家出版社出版了贾平凹的第三部长篇小说《妊娠》,这部小说由贾平凹以往创作的几部中、短篇小说组成。此外,《太白山记》《火纸》《油月亮》《烟》《故里》《龙卷风》等短篇小说,描写了很多具有传奇色彩的山野传说、奇闻异事,充满了浓厚的神秘主义和地域文化的独特气息。

可以肯定,从《废都》(1993)到《秦腔》(2005)发表之前,为贾平凹小说创作的探寻与生长阶段。在这一阶段,贾平凹发表了少量短篇小说,如《观我》(《大家》1997年第5期)、《读〈西厢记〉》(《人民文学》1998年第1期)、《阿吉》(《人民文学》2001年第7期)等。由此可见,作家的创作重心明显地转向了对长篇小说的书写。

不可否认,贾平凹之前的写作手法,体现出了极为深厚的写实功力,这成为了其小说创作中的长处与优势。但从辩证的角度看,这种优点,却恰恰转变成了作家小说创作中的负担与束缚。因此,在写作方法上,贾平凹不再刻意追求写实,他与自己作战,试图让自己的作品看起来更加"混茫",充满更多"蕴藉"。"尤其是作为中国的作家怎样把握自己民族文化的裂变,又如何在形式上不以西方人的那种焦点透视法而运用中国画的散点透视法来进行"①,这成为了作家在写作手法上的自觉尝试与兴趣所在。贾平凹渐渐抽身于以写实为目的的小说创作,转而将更多的特殊意象带入小说创作之中。于是,一个又一个富于文化内核和精神内涵的意象应运而生。小说中的意象不同于散文或诗歌中的意象,不是单独存在,也

---

① 贾平凹.浮躁[M].南京:译林出版社,2012:4.

不是只代表某一种特定情况下象征性的比喻，而是通过象征寓意，进行作家精神世界的精心构筑。可以说，贾平凹小说中的意象，是一种以现实为基础，又全然超越现实的形而上的艺术表现。

　　二十世纪九十年代初，贾平凹改变了往日对乡土中国的书写，第一次正式将写作视域转向城市。1993年，贾平凹的第四部长篇小说《废都》(《十月》第4期)，如晴日里的一声炸雷，沸腾了读者圈，更震惊了文学界。《废都》以网状叙事结构对西京四大文化名人的人生浮沉进行书写，重点刻画四大名人之一的作家庄之蝶，通过庄之蝶生活、事业等方面的起起落落，反映当时知识分子乃至城市人心灵的迷茫与精神的荒芜。《废都》的重要之处在于贾平凹创作视角和叙事范式的转换，贾平凹之前的乡土题材小说探究的主题大体是围绕如何生存展开的，而《废都》这一城市题材的小说更多地体现了一种现代性反思，深入思考社会现代化进程的高速发展给人造成的精神及心理方面的匮乏与扭曲，充满了作家对社会、对人性深切的悲悯与关怀。毋庸置疑，《废都》是贾平凹文学创作生涯中的第二座高峰，但这座高峰好似蜿蜒于秦岭山脉中的"西岳"华山，奇险无比。值得特别说明的是，《废都》的出版在读者圈和文学界产生了两种截然不同的化学效果。《废都》(1993)单行本首印就高达五十万册，随后又陆续出版了一千多万册。贾平凹在一次访问中提到，仅《废都》的盗版书籍，作家本人就收藏了五六十个版本，足见《废都》在当时的风靡程度。与此同时，学界开始对《废都》进行狂风骤雨般的强烈批判，一时众说纷纭，莫衷一是。《废都》这本书也由此成为了充斥着低俗内容的"禁书"，该书因此被封禁将近二十年。在当时，对《废都》的批判与围剿甚至成为了一种文化现象，这在今天看来，足以将之作为评价贾平凹在中国文坛重要地位的有力"证据"与奇特"殊荣"。

《废都》之后，经过了一小段时间的沉寂，贾平凹又先后发表了两部长篇小说——《白夜》（华夏出版社，1995）和《土门》（春风文艺出版社，1996）。《白夜》同《废都》一样，都是反思性极强的作品。小说以"再生人"的神秘故事开篇，描写城市高速发展中小市民、无业散人的生存状态和心理异化，在小说的结尾，某些人物甚至退化到"非人非鸟"的尴尬境地。《土门》讲述了中国转型期在西京城中村发生的故事，小说以女主人公梅梅为第一人称进行书写，通过成义的种种"保卫城中村"的"倒退"行为和经历，讲述城中仁厚村逐渐衰败的历史过程。文本中，梅梅的尾骨和成义后来的假肢"女左手"，给人以深刻的印象，具有极强讽刺性的象征意味。1997年，长篇小说《土门》分别获得《作家报》十佳长篇小说奖和西安市文学奖。同年，《废都》获法国费米娜文学奖。贾平凹在1998年和2000年分别发表了长篇小说《高老庄》（《收获》1998年第5期）和《怀念狼》（《收获》2000年第3期）。这两部小说的主题不约而同地指向了作家肉身的返乡与灵魂的无处安放。两部小说看似讲实，实则写虚。《高老庄》讲述因家事而不得不返乡的高级知识分子子路，在现代与传统之间的怅然若失与不知所措。然而，子路身为城市人的妻子西夏，却被乡村的原始与野性所吸引，所治疗。这种错位的心理状态，反映出作家感性的宣泄与理性的思考，但同时，贾平凹在两者之间徘徊不定，陷入难以抉择的精神困境。《怀念狼》讲述了两个平行发生而相互错位的故事，出身农村而后到城市做了记者的主人公，因保护生态平衡、保卫濒临灭绝的狼而回到家乡，最终却阴差阳错地造成了狼的彻底灭绝。而记者舅舅傅山，却从世代屠狼的猎人，最终成为了新的狼种"人狼"，这滑稽又戏谑的结局，体现了作家对人类精神上的迷茫与退化的深深忧虑之情。随后，贾平凹又发表了长篇小说《病相报告》（《收获》2002年增刊春夏卷），小说描写了一段荡气回肠的爱情故事，作家用这种在现代人看来近乎于病态的情感，来批判现代人功利、狭隘的价值观念与意识形态。该小说的特别之处在于叙事人称的不断转换、叙事时间的"错序"排列，以及作家对成段语言的反复运用。这无疑是对小说文体形式的大胆实验，从中能依稀瞥见贾平凹日后"生活流"叙事的影子与雏形。但这种尝试明显用力过猛，用这种全然"反传统"的后现代写作手法，讲述相当传统的中国式爱情或"中国故事"，显然是尴尬的、不和谐的。可以说，贾平凹对于小说形式的尝试是积极的，但作家也从中意识到了中西方在意识形态、思维逻辑等方面的天壤之别。贾平凹深知，要形成自己独特的叙事风格，不能照搬照抄西方小说的叙事方式，也不能一味地重复中国传统小说叙事模式的老路，必须将两者进行合理的转化与创新。由此，《秦腔》应运而生。

从《秦腔》（2005）发表至今，为贾平凹小说创作的第三阶段，即创作的吐纳与成熟阶段。无疑，在这一阶段里，贾平凹将写作的重点集中在了长篇小说的创作上。2005年长篇小说《秦腔》(《收获》2005年第1期）的发表，将贾平凹推上了其小说创作生涯的第三座高峰，作家也因此书获得了第七届茅盾文学奖的殊荣。《秦腔》以贾平凹的故乡陕西丹凤棣花村为原型进行创作，主要描写发生在清风街上的一桩桩平淡又琐碎的故事。《秦腔》是贾平凹的又一次"归乡"，更是他为父老乡亲的一次树碑立传。小说中的视点人物引生以"自宫"的方式来阉割自己的欲望，与此同时，那种对历史的宏大叙事也被作家进行了通身的拆解。可以说，贾平凹以这种触目惊心的阉割美学，来宣告乡土叙事的终结。《秦腔》从整体上看属于现实主义作品，但区别于传统现实主义小说，《秦腔》隐去了作家的意识形态和主观态度。从文本中，很难找到惊涛骇浪般的故事情节,取而代之的,是作家对农村日常生活繁琐而绵长的细部描写,这些琐碎且繁杂的细部描写,体现出贾平凹对生活的敏感和细致观察,而正是这种对生活不厌其烦、细致入微的细部描写,流淌并形成了一种独特的叙事风格。可以说,从《秦腔》开始,逐步形成了贾平凹小说创作中文学"现代性"的两种不同面向:一方面,作家始终保持对社会现实深刻而严厉的批判,夯实着写实的功力;另一方面,作品中所弥散着的"万物有灵""众生平等"的对于生命的珍视与敬畏,体现了作品对于现实主义小说的超越,抒情气息愈加浓厚。因此,《秦腔》中体现出的两种文学"现代性"的不同面向,实现了现实主义小说传统意义上的创新与超越。

颇有兴味的是,贾平凹在2007年发表了长篇小说《高兴》(《当代》2007年第5期),小说描写了从《秦腔》清风街里走出的乡下人刘高兴、五富等人进城务工(捡破烂)的故事,刘高兴等人极力想摆脱农民身份,却因"造化弄人"最终背着五富的尸体仓皇逃离城市。

人民文学出版社在2011年出版了贾平凹的长篇小说《古炉》(《古炉(一)》《古炉(二)》先后在2010年和2011年在《当代》上连载)。这一次,贾平凹将创作视域聚焦到了使人避而远之的"特殊时期"。当大多数作家对那个"特殊时期"避之若浼之时,贾平凹却逆流而上,用一种极其真实、质朴的语言,描绘了那场特殊运动给古炉村带来的悲惨而持久的人为灾难。在语言的运用上,贾平凹更加"随心所欲"、掷地有声,在描写人们"特殊时期"悲惨遭遇的同时,作家仍旧闲庭信步地以抒情化的语言描绘着山野美丽而原始的自然风光,这种一胀一缩强烈的对比,给人在视觉上和心理上造成了巨大的冲击感与撕裂感。《古炉》"让政治暴力与田园景象形成危险的对话关系"[1]，这种抒情与反抒情的对话，使《古炉》从其他惨绝人寰、声嘶力竭的相关作品中脱颖而出，独树一帜。

2013年贾平凹的长篇小说《带灯》出版，小说以基层"综治办"里的女性带灯的日常工作为主线，对当下农村出现的各种尖锐的社会问题进行描绘与揭露。贾平凹一方面通过揭露农村在现代化进程中遇到的各类问题，以及描写各种家长里短的琐事，展现繁重、杂乱的现实世界，一方面又通过带灯给元天亮发的短信，勾勒出其诗意、浪漫、恬静的精神世界。因此，《带灯》"让我们在感受'贴地叙事'风格的同时，又能体会'飞翔叙事'带来的诗意、浪漫、理想与美感"[2]。2014年，人民文学出版社出版了贾平凹的长篇小说《老生》，小说巧妙地将《山海经》中的文本与唱师所经历与见证的四个时期的四段故事结合起来，这沉重的过往和厚重的历史交相辉映，奇妙地碰撞出互文的火花。因此，我们可以将《老生》看作贾平凹书写"百年秦岭"四个阶段的概括与浓缩。2016年，人民文学出版社出版了贾平凹的长篇小说《极花》，主人公胡蝶满怀着对未来美好的向往，从乡下来到城市，却又被拐至更加偏远的山村，在被解救回城后却毅然回到被拐的地方。这是一段看似匪夷所思的过程和选择，却饱含着作家对于人性精准而透彻的考量与挖掘。

2018年，作家出版社和人民文学出版社同时出版了贾平凹的长篇小说《山本》（平装本和精装本）。《山本》的原名为《秦岭》《秦岭志》，顾名思义，这是一本描写秦岭的大书，贾平凹完成了自己

---

[1] 王德威.暴力叙事与抒情风格——贾平凹的《古炉》及其他[J].南方文坛，2011（04）：24.
[2] 吴义勤."贴地"与"飞翔"——读贾平凹长篇新作《带灯》[J].当代作家评论，2013（03）：38.

的愿望，书写了一部秦岭之志，也攀登上了他创作生涯的第四座高峰。作家本人认为，这是一部关于秦岭的、类似于《山海经》的作品，但从内容上看，《山本》不仅仅是关于秦岭的草木记和动物记。在我看来，贾平凹从自然、历史、人性等角度对秦岭展开书写，是一部充满"智性"的"百科全书式"的"博学小说"。

2020年，作家出版社出版了贾平凹的长篇小说《暂坐》，这是一部描写都市女性群像的小说。"在《暂坐》里，以一个生病住院直到离世的夏自花为线索，铺设了十多个女子的关系，她们各自的关系，和他人的关系，相互间的关系，与社会的关系，在关系的脉络里寻找着自己的身份和位置"①。《暂坐》里的女性如曹雪芹笔下《红楼梦》中的女性一样，"你要细细观察，慢慢你才能发现书中的某一个人物他到底是粗鲁还是善良，或者是一种尖锐的东西"②。

2022年，《人民文学》第2期刊载了贾平凹的第十九部长篇小说《秦岭记》（笔记体小说），人民文学出版社出版了该小说的单行本。《秦岭记》共分三个部分，第一部分"秦岭记"，为贾平凹2021年6月至8月中旬最新创作的部分，第二、三部分为作家于1990年及2000年前后完成的《太白山记》及其他几篇短篇作品。将旧作与新作连在一起，能够更为直观地观察到社会现代性影响下的乡村在不同时期所发生的变化，但无论社会如何变化，贾平凹要探寻的价值取向与生命意义始终不曾改变。

2023年，贾平凹的第二十部长篇小说《河山传》（《收获》2023年第5期，作家出版社2023年11月）问世。作家通过洗河并不复杂的进城打工经历，延展出了一幅从"小悲欢"中生发出"大情

---

① 贾平凹.暂坐［M］.北京：作家出版社，2020：274.
② 贾平凹，韩鲁华.别样时代女性生命情态风景——贾平凹长篇小说《暂坐》访谈［J］.小说评论，2020（05）：36.

怀"的众生画卷。值得注意的是，2023年这一年，正值贾平凹第一篇处女作《一双袜子》发表的第五十个年头，《河山传》的发表冥冥之中成为了贾平凹献给自己半个世纪写作生涯的慰藉与礼物。

纵观贾平凹半个世纪的文学创作历程，可以用多产、高质来形容他的作品，"文坛劳模"这个头衔实至名归。直至今日，贾平凹"海风山骨"般的文气依然盘旋在秦岭的山水日月之间，且生发得愈加从容、自然。因此，通过对贾平凹创作历程的梳理，我们对于作家半个世纪的文学创作有了更加清晰而连贯的认识与了解。与此同时，令我们思考的问题还有，作家为何如此注重描述、描摹传统文化与道德状况；创作中为什么不断呈现许多神秘现象及其人与自然、风物、习俗的景观；对于诸多人物的心理、精神、灵魂层面，作家的聚焦点在哪里；如此写作的意图是什么；作家怎样看待和处理传统文化与现代性因素之间的关系；甚至包括贾平凹文本中体现出的写作困惑，等等，这些也都成为我进一步深入阅读，并对其小说进行研究与分析的焦点所在。这种对于作家创作历程、研究资料的爬梳，将作为本书相关论述坚实的资源铺垫与理论支撑，以此引导我对贾平凹小说创作进行更加深入的研究与探寻。

二、贾平凹小说研究综述

从《一双袜子》到《河山传》，贾平凹的文学创作经历了半个世纪的起伏跌宕，仍旧初心不改、活力十足，这种持续高产、高质的文学创作，在中国当代文坛绝对可以称得上凤毛麟角。围绕贾平凹小说的相关研究，自二十世纪七八十年代陆续开始出现。同时，跨领域、跨学科等研究也屡见不鲜，相关研究不计其数，范围甚广且种类繁多。值得注意的是,《废都》问世以后,社会上《废都》的空前畅销与学界对其的强烈声讨,形成了一对意料之外又在情理之中的罕见而奇特的文学现象与社会话题。在中国,无论是读者还是研究者都无法绕过贾平凹来读文学、谈文学,可以说,对贾平凹的相关研究是这些年来研究者们的"必争之地",这种研究经久不衰,始终处于活跃状态。

我注意到,关于贾平凹小说创作的相关评论与研究,始终与其作品如影随形。有趣的是,最早发现贾平凹这颗文坛新星的不是作家或者文学评论家们,而是诗人邹荻帆,这大概与贾平凹经常在小说中运用诗一般的语言描摹细部有着极大的关系。邹荻帆(1978)的《生活之路:读贾平凹的短篇小说》是第一篇有资料记载的对贾平凹短篇小说进行研究的文章。截至 2024 年 3 月 7 日,中国知网总库收录以"贾平凹"为主题的论文共计三千两百八十八篇,其中发表在《当代文坛》《当代作家评论》《中国现代文学研究丛刊》《小说评论》《文艺争鸣》等 CSSCI、北大核心等高水平学术刊物的论文共计七百一十二篇。众多知名学术期刊多次开设与贾平凹相关的评论专辑,介绍相关研究成果。如陕西文学刊物《文学家》在 1986 年第 1 期开设"贾平凹研究专辑";《当代作家评论》杂志社在 1991 年第 1 期开设"贾平凹评论小辑",2013 年第 3 期开设以《带灯》为研究专题的"贾平凹专号",2015 年第 1 期开设了"《老生》评论小辑";《当代文坛》杂志社在 2018 年第 2 期和 2020 年第 2 期开设了"作家研究·贾平凹专辑"和"发现经典·贾平凹专辑";《小说评论》杂志社在 2013 年第 4 期开设了"贾平凹长篇小说《带灯》评论小辑",在 2020 年第 5 期和第 6 期分别开设了"贾平凹长篇小说《暂坐》评论小辑"和"贾平凹研究"专辑;《文艺争鸣》杂志社在 1991 年第 6 期开设了"文艺百家·贾平凹作品讨论会"专栏,在 1993 年第 5、6 期开设"《废都》争鸣"专栏，在 2007 年第 6 期开设了"贾平凹与中国当代文学专辑"，在 2012 年第 10 期开设了"贾平凹研究专辑"；《中国现代文学研究丛刊》在 2015 年第 12 期开设了"贾平凹研究"专栏等。此外，还有三百九十九篇以"贾平凹"为主题进行研究的硕士、博士学位论文，可见贾平凹的相关研究在学界的重要性和影响力。

本书按照二十世纪七八十年代、二十世纪九十年代和新世纪的时间顺序，对贾平凹小说的整体研究及作品研究，进行共时性与历时性的梳理及述评。

首先是对于贾平凹作品整体研究部分的工具类、综述类研究。作为具有工具价值和参考价值的"资料索引类"文章，黄镇伟（1985）的《贾平凹作品及研究资料目录索引》编辑整理了从 1979 年至 1984 年期间贾平凹的作品及相关评论，是最早一篇梳理贾平凹作品及评论的文章，其中很多评论文章在资料库里已经难以寻觅，具有很高的史料价值。王永生（1993）整理的"贾平凹研究资料目录索引"（《鬼才贾平凹（第二部）》附录之四），梳理了从 1978 年到 1991 年之间有关贾平凹研究的文章和专著，具有很高的参考意义和史料价值。郜元宝、张冉冉（2005）在《贾平凹研究资料》第四辑中的"评论文章索引"和"研究专著目录"，对贾平凹相关研究文章和专著进行归纳和整理，整整四十八页，可见工作之细致，内容之翔实，极具参考价值和史料价值。张涛（2012）的《贾平凹创作年表简编》将贾平凹从 1964 年至 2011 年经历的重要事件及创作作品等，进行历时性的梳理。《当代作家评论》杂志社（2013）发表的《〈当代作家评论〉发表的贾平凹评论文章目录索引》，整理了从 1985 年到 2013 年发表在《当代作家评论》杂志中的九十余篇关于贾平凹研究的相关论文。由李伯钧（2014）主编的

《贾平凹研究》一书的附录中收录了"贾平凹研究专著",整理了从1990年到2014年贾平凹的相关研究专著。由作家出版社出版苏沙丽(2018)所著的《贾平凹论》,附录中的"贾平凹创作年表简编",收录了贾平凹从1973年到2017年创作的文学作品。以上资料无疑都具有很高的参考意义和史料价值。张东旭(2018)所著的《贾平凹年谱》(中国社会科学出版社),按时间顺序逐年详细记录了贾平凹从1952年到2015年间的文学创作轨迹,并在每一年的末尾附有"本年度获奖作品"和"本年度重要研究论文",兼具史料价值和工具价值。由"贾平凹文化艺术研究院"发布的《贾平凹大事记》(2015—2020)将贾平凹每年度的重大事件罗列其中,记录了贾平凹参加全国两会、学术研讨会、媒体见面会、读书节,以及作品的出版和获奖等情况,具有较高史料价值。

作为具有工具价值和理论意义的"综述类""述评类"文章,符杰祥、郝怀杰(2000)的《贾平凹小说20年研究述评》,这篇关于贾平凹创作的研究文章将二十世纪七十到九十年代的贾平凹小说研究分为三个阶段。1978年至1984年为贾平凹小说研究的第一阶段,符、郝又将其细分为两个时期,1978年至1981为第一阶段的草创发端期,作者认为这一时期的研究角度比较单一,多停留在感性层面,理论性略显不足。1982年至1984年为第一阶段的徘徊蕴积期,这一时期出现了大量研究文章,但没有质的飞跃,大多是对个案的研究,缺乏宏观的整体性研究;相关文章大多是对社会、政治等方面的研究,缺少纯文学性的研究。1985年到1989年为贾平凹小说研究的第二阶段,出现了重读类、反思类、比较类文章,这一阶段的研究逐渐摆脱了早期的研究范式,相关理论研究进一步深入。二十世纪九十年代为贾平凹小说研究的第三阶段,出现了相关研究专著,一些文学史、专题史等论著也开始出现了对贾平凹的研究，评论家们开始从美学、文化学等角度对贾平凹进行研究。而且，作者还介绍了盛极一时的《废都》争鸣风波。文章最后，作者指出，贾平凹研究的三个阶段，研究由单一走向多维，由静态走向动态，并指出了贾平凹研究的不足之处。张冉冉（2005）在《贾平凹研究资料》一书中的"贾平凹创作争鸣综述"部分，以《废都》为中心点，将贾平凹作品争鸣划分为《废都》之前、《废都》和《废都》之后三个阶段。作者选取了一些具有代表性或争议性的论文和事件，对《废都》前后的贾平凹作品争鸣进行简要梳理和介绍。程光炜（2010）的《批评对"贾平凹形象"的塑造》，从文学批评的角度探究作家贾平凹形象不断变化的原因和轨迹：二十世纪八十年代，评论界将贾平凹认定为"优秀作家"，二十世纪九十年代由于《废都》的出版，贾平凹的形象沦为"通俗作家"，新世纪以来由于人们思想的进一步解放和思维方式的转变等因素，在众评论家冷静、理智地反思之后，贾平凹被推入"成熟作家"之列。文章最后，对贾平凹形象不断变化的因素进行总结，尖锐地指出不同时代评论家的评论对作家形象造成的冲击和影响，这对评论界来说不只是警钟，更是一盏忠言逆耳的引路明灯。徐冬（2014）的《20世纪90年代以来贾平凹小说研究述评》将二十世纪九十年代到2010年前后有关贾平凹的研究和评论分成"比较研究""文化研究""文化人格研究""叙事策略的叙事学美学研究""讨论与争鸣""功绩与不足"六大类进行介绍和梳理，但我认为某些分类比较模糊，且不在一个平面上，在分类上有待商榷。与徐冬（2014）的分类存在类似问题的还有李雅昕（2019）的《贾平凹研究在中国》，作者对近四十年的贾平凹相关研究及评论进行综述，将研究分为"作家综论""重要作品研究""乡土叙事与地域文化视角研究""审美视角研究""宗教哲学视角研究""传承与比较研究""研究述评"七个方面,我认为其中的几种分类同属一个范畴,应当进行合并归类。张博实(2015)的《以"中国之心"诠释当代中国经验——新世纪以来贾平凹创作研究述评》,将对贾平凹研究及评论分为三个方面进行论述,首先从《废都》《秦腔》《古炉》这三部长篇小说的研究及评论说起,阐述贾平凹一直以来都以"中国之心"为底色进行创作,通过对人性、乡土等的描摹,最终形成独具特色的"中国经验"。作者还从对贾平凹个性品格的研究和对贾平凹小说叙事形态的研究两方面,进一步得出贾平凹始终以"中国之心"诠释"中国经验"的生命内核。在"年谱"类著作或文章中,郜元宝(2016)的《贾平凹文学年谱(上)》(和同时期发表的《贾平凹文学年谱(上·续)》)开篇介绍了贾平凹出生以来的重要经历及事件,并从1973年开始到1993年止详细介绍了贾平凹的创作经历、作品出版情况、"本年度全国政坛文坛大事""本年度全国重要作品"等情况,并对历年来贾平凹的相关评论和研究进行了述评。值得注意的是,郜元宝将"本年度全国政坛文坛大事""本年度全国重要作品"和贾平凹当年的自述同时纳入贾平凹文学年谱中,让研究者们从共时的角度更加直观地了解到贾平凹创作上和心理上的种种变化及相关成因,郜元宝对贾平凹资料收集整理之准确、细致和详尽,为后来的研究者们提供了极高的参考价值和史料价值。截至目前我们还没有看到郜元宝关于贾平凹文学年谱的下篇,相信郜元宝正在认真耐心的整理之中,期待郜元宝日后会梳理出更具理论意义和现实意义的相关研究作品。叶澜涛(2016)的《贾平凹小说研究综述》梳理了从1973年至2014年有关贾平凹比较重要的研究及评论,文章分别从整体研究、作品评价、比较研究和"质疑声音及其他"四个方面进行综述,是目前为止较为完整的对贾平凹研究及评论进行综述的文章,具有极高的参考价值和理论意义。魏华莹

（2021）的《贾平凹研究论衡》，将有关贾平凹的重要批评文章、文学对话及相关史料研究结合在一起，进行编年史研究。其中，第一章至第四章按照时间顺序，对贾平凹的相关研究进行整体考察，第五章至第九章分别就贾平凹的诗书画、文学史中的贾平凹、贾平凹相关作品研讨会、影视剧改编、海外研究等进行历时性梳理，具有相当高的学术意义与现实价值。2022年5月，陕西师范大学推出了"贾平凹研究资料汇编"丛书的第一辑，丛书共二十卷，第一辑十二卷，主要汇集了关于贾平凹长篇小说大部分较有价值的研究及评论文章，"这套丛书的出版，是关于贾平凹专题研究最重要的学术整理和学术成果。同时，也为国际文坛研究中国文学提供了重要索引；为国内学术界整理研究中国文学，特别是百年来中国文学的思潮、风格、流派、文本提供了重要依据"[①]。

其次，是贾平凹作品整体研究部分的专著类、论文类研究。

二十世纪七十年代中后期到二十世纪八十年代后期，是贾平凹小说研究的起始阶段。邹荻帆（1978）、胡采（1979）、阎纲（1980）、费秉勋（1980）（1985）、蒋荫安（1981）、王愚和肖云儒（1981）、丁帆（1982）（1984）、陈深（1982）、冠勇（1982）、仁新（1982）、孙犁（1982）、张志忠（1983）、闻冰（1984）、刘建军（1985）、雷达（1986）等作家及评论家较早地注意到了贾平凹的短篇小说，并对贾平凹二十世纪八十年代前后的短篇小说进行研究。这一时期，主要围绕贾平凹小说的艺术特色、审美形态、小说人物以及作家的人格气质、创作心态等进行研究，这些文章以研究者的主观感受居多，洋溢着评论者对贾平凹这个文坛新星满满的赞

[①] 雷莹．"贾平凹研究资料汇编"第一辑发布贾平凹自言：作家和评论家都是"写作者"[N/OL]．西安新闻网，2022年6月18日．

美和喜爱，但同时缺乏坚实系统的理论支撑。丁帆（1980）的《谈贾平凹作品的描写艺术》是这一时期贾平凹小说研究比较具有代表性的文章，丁帆较早注意到了贾平凹的短篇小说及其小说中的美学价值，他认为贾平凹的短篇小说充满水墨画般的诗意，处处可寻生活情趣的细节描写，小说中洋溢着质朴浑厚的乡土气息。同时丁帆也提及了贾平凹创作初期的偏重概念化、政治化的一些弊病，这是那个时期作家的通病，与当时国家的政治、文化环境密切相关。二十世纪八十年代初期，贾平凹的小说《二月杏》《晚唱》《鬼城》等引发争鸣，评论者大多运用传统的社会历史批评方式进行小说评论，但在极左思潮的影响下，评论出现了较"左"的倾向。臻海（1981）认为贾平凹的《二月杏》歪曲、丑化了生活，给读者带来了极其消极的影响。于朝贵（1981）认为《晚唱》作者贾平凹缺少正确积极的价值取向。对此，费秉勋（1982）在《贾平凹一九八一年小说创作一瞥》中做出回应，他提到"从我国这种文学艺术的传统看，现实主义也不应当是社会主义文艺唯一的创作方法。贾平凹一九八一年所运用的便是经受了一定考验的'非现实主义创作方法'，……不要干预过多，……不要总喜欢大家都像做广播操一样整齐"[1]，费秉勋这种鼓励作家释放个性的评论和倡议，在当时的时代背景下无疑是非常前卫和大胆的，但正是由于这些独具慧眼、高瞻远瞩的评论家们的宽容与支持，激励着贾平凹在日后的创作中不断地实验与创新。同一时期（1982年2月），西安"笔耕文艺研究组"举办了贾平凹作品讨论会，对贾平凹这一时期的文学作品进行大致的回顾和梳理，与会者们虽然意见不同，但基本上对贾平凹近期的作品持肯定态度，同时也提出了贾平凹在选材、人生认识及

---

[1] 费秉勋.贾平凹一九八一年小说创作一瞥[J].延河，1982(04):63.

创作方法上的一些偏差。从总体来看,"笔耕"研究组的评价相对来说趋于保守和概念化。

另外,费秉勋(1985)的《论贾平凹》和刘建军(1985)的《贾平凹论》是关于贾平凹最早的作家论。费秉勋(1985)把研究的重点放在了贾平凹本人的性格心理、创作方法和思想上,费秉勋与贾平凹亦师亦友的关系,使费秉勋的论述更贴地气,更加生动鲜活。刘建军(1985)和雷达(1986)较早地对贾平凹的小说创作进行了归纳与总结。刘建军(1985)把贾平凹从1978年到1985年的小说创作分成三个阶段,从贾平凹的写作历程、创作心态和贾平凹短篇小说中的艺术特色等方面,论述贾平凹独特写作风格的形成轨迹。他仿佛一位始终陪伴在贾平凹左右的挚友,亲历并记录着这位作家或喜或忧的心路历程。雷达(1986)的《模式与活力——贾平凹之谜》也将贾平凹从1978年到1985年的小说创作历程分为三个阶段,他认为三种女性形象大致勾画出了贾平凹三个阶段小说创作的轮廓和特点。其中,雷达对贾平凹三个阶段小说创作用到了"野气未脱""误落尘寰""韧如蒲苇"等词语,用词极其精准且鲜活,描述出贾平凹小说创作由天真质朴到迷惘徘徊,最终出落得自信从容、成熟稳重的创作轨迹。同时,作者将贾平凹同张贤亮作了比较,以探究贾平凹小说创作的模式特征。作者认为,贾平凹创作模式的中心始终围绕一个"情"字展开,并详细论述了存在于贾平凹创作中的多种情感。文章最后,作者指出摆在贾平凹面前亟待解决的问题是打破固有模式,重新构建新的模式,这样才能始终保持创作的热情与活力。忤埂(1993)的《超越与超脱——贾平凹近期小说述评》以《太白》和《贾平凹小说精选》为研究对象,对贾平凹当时小说写作的发展变化进行考察。作者以《浮躁》为分水岭,将贾平凹的小说分为前后两个时期,认为贾平凹两个时期的小说创作呈现出的"超越形态"大相径庭,前期作品被动地依附于政治,后期作品主动淡化并超离政治且充满隐喻,在幽默与诙谐的气氛中诉说苦难,实现了作家自身的一种超然和超脱。

　　二十世纪七八十年代,由于当时的社会、政治大环境和人们思想并未彻底解放等因素交互作用,很多评论都是与社会、政治等紧密相连,缺乏相对的学术性与文学性。由于对贾平凹的评论与研究处于起始阶段,所以并未出现有关贾平凹研究的相关专著。综观这一时期学界对贾平凹小说整体性的评论与研究,主要围绕贾平凹小说的写作历程、艺术特色、语言描写、人物特点、审美形态及作家的性格气质等角度进行研究与评论,无论从研究的广度或深度来看,都处于初始阶段,缺少系统的理论性研究,具有较强的主观性。到了二十世纪九十年代,随着贾平凹小说整体研究的深入,这种情况得到了调整和改善。

　　二十世纪九十年代,是贾平凹小说研究与评论由萌芽到深入发展的阶段。这一时期,出现了从整体上对贾平凹进行研究的专著。费秉勋(1990)所著的《贾平凹论》(西北大学出版社,1990),是第一部有关贾平凹研究的专著,该书收录了费秉勋之前有关贾平凹的相关重要研究和评论,包括创作历程、小说结构、现代意识、创作方法和创作思想等方面,具有相当高的史料价值和理论意义。孙见喜(1992)所著的《贾平凹之谜》(四川文艺出版社,1992),主要介绍贾平凹从童年到成为专业作家期间的生活经历和重要事件,并附有"《浮躁》年历""贾平凹文学工作年表"等。从总体上看,虽然欠缺理论意义,但下笔生动实在,具有较高的普及性和史料价值。孙见喜又在1994年出版了《贾平凹之谜》的"升级版"《鬼才贾平凹》(北岳文艺出版社,1994),该书共分一、二两部,是对《贾平凹之谜》进行的补充和延伸。书的最后收录了王永生整理的"贾平凹研究资料目录索引",梳理了从1978年到1991年有关贾平凹研究的文章和专著,具有极高的参考意义和史料价值。由王新民(1993)选编的《多色贾平凹》(陕西人民出版社,1993),主要收录众多好友对贾平凹的评价与趣闻,语言生动幽默,情节引人入胜,为读者呈现了一个"不一样"的贾平凹。井频、孙见喜(1993)合著的《奇才·怪才·鬼才贾平凹》(西安出版社,1993),收录井频的十二篇文章和孙见喜的九篇文章。两位作者以不同的角度和笔法,对贾平凹进行多维度的介绍和展现,包括贾平凹的成长环境、个性、喜好、婚恋和种种奇闻异事,具有较强的可读性和趣味性。书中还真实记载了贾平凹的文学理念、艺术追求、创作心态及社会评述等方面的内容。值得注意的是,书中对《废都》的创作过程和素材选取作了详细介绍,具有较高的史料价值。除此之外,王仲生(1991)所著的《贾平凹的小说与东方文化》(陕西人民出版社,1991)、王永生等所著的《贾平凹的语言世界》(太白文艺出版社,1994)、王娜(1998)所著的《贾平凹的道路》(太白文艺出版社,1998),从不同方面对贾平凹本人及其作品进行研究与论述,具有较高的理论意义和参考价值。

二十世纪九十年代之后,关于贾平凹的作家论,费秉勋(1992)、胡河清(1993)、李星(1998)等从不同的角度阐述了他们眼中的作家贾平凹,这几篇作家论几乎代表了九十年代关于贾平凹研究的最高水平。费秉勋(1992)的《生命审美化——对贾平凹人格气质的一种分析》,认为贾平凹是一位艺术型的作家,作者从贾平凹酷爱观察石头,对童年的吃食至今依旧百吃不厌、回味无穷,对耀州老碗的爱不释手等小细节进行论述,作者认为贾平凹一直以来尽量让自己的"生命审美化"处于隐伏状态,对于贾平凹来说"美"已融入他的生活,刻进他的骨髓。胡河清(1993)的《贾平凹论》，从贾平凹的故乡中国西北的历史、地理、文化、宗教等方面对贾平凹的"奇"进行论述，作者饶有兴趣地对贾平凹的姓名进行解析，"贾"正好是"西部的宝贝"，"平凹"则贯通阴阳，这名字完美地诠释了贾平凹自身的价值，精准地概括了贾平凹的文学气质。作者又从"平凹"中的"阴阳"讲到贾平凹作品中的男性和女性，又以此延伸到了"周易"和道教等有关阴阳的理论，得出"贾平凹人是兼采阴阳，修道是由平及凹"[①]的结论，更具传奇和神秘色彩。胡河清的这种对贾平凹与东方神秘主义掷地有声、行云流水的论述，展现出了二十世纪九十年代部分评论家思想上的包容与进一步解放。李星（1998）的《贾平凹的文学意义》从四个方面探究贾平凹的文学精神和文学意义。首先，作者认为贾平凹二十世纪七十年代末至八十年代初的小说不落俗套，有如神仙一般展现人性的至真至美，具有"化丑为美"的作用。其次，作者认为贾平凹《废都》以前的小说和散文，都不自觉地围绕家乡商州展开，这不仅使贾平凹的声名日益响亮，更让众人认识了商州，成就了他的家乡。再次，作者认为贾平凹的文学和其本人一样始终在成长，贾平凹的作品中不只追求至真至美，更体现着作家对国家、对民族、对社会、对人性的无限关怀与悲悯之情。最后，作者认为贾平凹一直以"中国经验"来进行文学创作，这是极其独特且难能可贵的品质和追求。两代评论家的作家论，呈现出了贾平凹的不同侧面，使我们可以更有效地进入贾平凹的文学世界。

二十世纪九十年代，评论者们对贾平凹小说的整体性研究不再只局限于艺术特色、小说人物、审美形态等方面，逐渐转向了更深层面上的对贾平凹创作心理、美学风格等方面的分析与考量。韩鲁

[①] 胡河清. 贾平凹论[J]. 当代作家评论，1993(06)：19.

华（1990）的《审美方式：关照、表现与叙述——贾平凹长篇小说风格论之一》将贾平凹的小说创作分为三个阶段，这三个阶段分别以《满月儿》《商州》及系列小说、《浮躁》为代表。作者通过对贾平凹具体作品的分析，从"审美观照视觉"、审美表现方式和叙述方式三个方面，对贾平凹美学风格的形成进行阐述。作者对贾平凹长篇小说叙述结构的分析，体现了研究者们已经开始将贾平凹小说研究的重点转向更深入的文本内部结构的研究。韩鲁华（1991）在随后的《生命本体意义的审美建构——贾平凹近年小说审美意识形态论》中，对其1990年关于贾平凹小说审美风格的论述进行补充和延展，从共时性和历时性的角度对贾平凹近年小说中所体现出的审美形态基本特征进行论述，认为贾平凹对生命本体意义的表达与追寻，是构成贾平凹小说整体审美形态的内核。江开勇（1991）的《定势：起步的基石和超越的负累——对贾平凹创作整体的一种把握》首先提到贾平凹的创作定势渐已形成，同时说明了作家形成定势的积极意义和消极效应。随后，作者从人物形象、情节构建、矛盾心态三方面解释了贾平凹形成定势的具体特征。接着，作者从身份、经历、性格等方面对贾平凹的创作心理进行扫描。最后，作者认为贾平凹未来的创作急需超越自我，思维体系也应更为开阔。在今天看来，江开勇的担忧在当时合理且中肯，庆幸的是贾平凹没有故步自封，而是在实验的道路上不断开拓，不断超越自我。曾军（1998）的《贾平凹与九十年代长篇小说》通过对贾平凹小说观念的分析，探究贾平凹与二十世纪九十年代小说创作之间的关系，"世界的破碎性"和贾平凹对日常生活细节的关注，构成了贾平凹二十世纪九十年代的小说观。作者认为贾平凹创造了一种新的小说文体"聊天体"，日常生活琐事和奇闻异事相互的交织，构成了"聊天体"的重要组成部分。曾军所叙述的"聊天体"，在今天看来，正是贾平凹自《秦腔》开始建立其独特叙事风格的雏形。李红军（1998）的《走出伊甸园——贾平凹小说论》，从"情爱之旅"和"求索之途"两方面，对贾平凹从《满月儿》到《废都》期间的作品进行论述，作者首先论述了贾平凹小说中的情与爱，认为从《满月儿》《商州》到《浮躁》，男女之间的爱情由简单、纯洁逐渐走向复杂与纠结，但从总体上大都谱写了乡村男女最凄美动人的恋曲。而《废都》则将人们从亦真亦幻的伊甸园中叫醒，转而打开扑朔迷离的潘多拉大门，将情爱中最真实的贪婪、虚伪、纵情、嫉妒等弱点淋漓尽致地展现在世人面前。作者认为在"商州"系列作品中，贾平凹用至真至美的语言来描摹商州的人情物事，这是作家理想化的世外桃源，但贾平凹没有过多地停留在自己所构建的乌托邦之中，开始对人生进行理性且严肃的思考。杨胜刚（1999）的《对贾平凹九十年代四部长篇小说的整体阅读》，对贾平凹二十世纪九十年代的四部长篇小说，进行整体性的阅读与分析，认为贾平凹的四部长篇小说虽然加入了许多"形而上"的神秘元素，但在整体上仍旧属于现实主义小说。贾平凹本人具有强烈的使命感和责任感，他的很多作品都反映出作家具有"批判意识"和"现实主义精神"的现实激情。作者将贾平凹二十世纪九十年代的四部长篇小说同之前的小说作了比较，认为贾平凹已经形成了自己的主体精神，但无论他的创作命题如何改变，贾平凹始终都是一个具有现实主义基本情怀的作家。在肯定贾平凹写作的同时，作者认为贾平凹尚未形成相对独立、稳定的思想体系，有关哲学的思考也略显薄弱。

综观二十世纪九十年代对贾平凹小说整体性的研究与评论，学者、评论家们研究的方法更加多样化，研究的角度更加多维。但是，对贾平凹整体性的研究（尤其是对整体作品、整体影响等的研究）相对于单一作品的研究而言，略显单薄，呈现出了极不平衡的研究态势。而且，在理论的论述上显现出了主题先行、器具套用等固化模式。不难发现，对于贾平凹的研究，虽然有费秉勋、胡河清等观念超前，对作家个性报以更强包容性和更大接受度的学者，但从总体上看，学者、评论家们的思想始终相对保守、固化，他们仍旧被主流的价值观、文学观所束缚，着重强调作家应有的义务和责任，这种思想上的局限与禁锢，到了新世纪才真正得到解放和超脱。值得说明的是，本人以上总结的是二十世纪九十年代学界对贾平凹小说整体性的研究和评论情况，相比之下，对贾平凹某部作品的研究和评价却呈现出蓬勃发展的态势，我会在下文进行详细梳理。

新世纪以来，对贾平凹小说创作的研究呈现百花齐放的繁荣景象，学者们的研究角度、理论和方法都在不断地深入与创新。这一时期出现了众多从整体上对贾平凹进行研究与介绍的专著，除上面提到的《贾平凹研究资料》（郜元宝、张冉冉编，天津人民出版社，2005）、《贾平凹研究资料》（雷达主编，山东文艺出版社，2006）、《贾平凹年谱》（张东旭著，中国社会科学出版社，2018）等极具工具价值和史料价值的专著以外，还有很多从不同角度对贾平凹进行整体介绍、研究的专著。孙见喜的《贾平凹前传》（花城出版社，2001），分为"鬼才出世""制造地震"和"神游人间"三卷，全景式详细记录贾平凹或辛酸苦难或成功爆红的文学之旅。韩鲁华所著的《精神的映象——贾平凹文学创作论》（中国社会科学出版社，2003），对贾平凹的审美意象和精神现象等进行论述，书中尽显作者犀利的学术批判，同时又不失细腻灵巧的审美体悟，是一部学术价值较高的作家专论。《贾平凹作品生态学主题研究》（冯肖华主编，陕西人民出版社，2009）一书从"生态学"角度对贾平凹小说进行研究，全书从社会生态、自然生态、人文生态、生态理论等九方面进行论述,观点新颖,理论创新,具有鲜明的时代意义。宋洁的《论当代文学的民间资源——以贾平凹的小说创作为个案》(中国社会科学出版社,2010)是一部以博士学位论文成果为基础出版的专著,作者从"民间文化"和"民俗文化"的角度对贾平凹的小说进行考察与研究,探讨贾平凹与民俗、民间文化既复杂又厚重的历史文化关系。贾平凹与韩鲁华的对话类专著《穿过云层都是阳光:贾平凹文学对话录》,断断续续地记录了韩鲁华在与贾平凹交往的三十几年中的访谈对话,为学者与读者开辟了了解贾平凹创作心声的渠道,具有较高的参考意义和史料价值。王新民(笔名辛敏)在2012年和2015年分别出版了《贾平凹纪事(2000—2010)》(陕西师范大学出版社)和《贾平凹纪事(1990—2000)》(山东人民出版社)两部纪实类专著,作者横跨二十年,对贾平凹生活和工作中的酸甜苦辣与喜怒哀乐进行生动的介绍和展现,书中不乏贾平凹的书画作品和珍贵的生活照片,具有较高的史料价值和可读性。孙见喜继《贾平凹之谜》《鬼才贾平凹》《贾平凹前传》等作品后,在2017年出版了《贾平凹传》(陕西人民出版社),记录了贾平凹的人生及创作经历,内容上广大而丰富,极具亲历性和趣味性。苏沙丽所著的《贾平凹论》(作家出版社,2018)较为全面系统地对贾平凹的作家身份、写作发生、创作主题、叙述特点、散文与审美等方面进行论述,立论清晰,内容翔实,是一部较为全面完整的作家专论。许爱珠的《守望中的裂变——贾平凹长篇小说创作论》(知识产权出版社,2020)从整体上把握作家长篇小说创作规律,从中探寻作家思想冲突裂变各阶段所展现的不同特点。贾平凹与武艺的对话类专著《云层之上:贾平凹对话武艺》(广西师范大学出版社,2021),从美术的思想及艺术境界说起,对文学的现代性、民族性、民间性、艺术与时代的关系、教育与成长的根本问题等进行了深入交流与探讨，具有理论价值及现实意义。

新世纪以来，对贾平凹整体性研究的论文角度多样，较之于二十世纪八九十年代，无论是研究的方式还是方法，都呈现出明显的求新与创新之态。汪政（2002）、孙郁（2006）（2017）、洪治纲（2007）、栾梅健（2012）、吴义勤（2014）、李星（2016）、谢有顺（2017）、张学昕（2020）等人撰写过有关贾平凹的作家论。汪政（2002）的《论贾平凹》认为，不应用题材来为作家的作品分类，贾平凹在写作中一方面向世人展示着失败与丑恶，一方面描摹着无法触及却能够救赎心灵的乌托邦，这种矛盾心理体现在了贾平凹写作的抽象层面。栾梅健（2012）的《与天为徒——论贾平凹的文学观》以贾平凹的文学观念为研究对象，探讨贾平凹文学观的成因及包含因素。作者认为地理环境为贾平凹写作的外在自然，个人生理、气质、出身等为内在自然，"天、地、人"三者统一且和谐地发展，是贾平凹文学观念的基石。文末，作者进一步从贾平凹的艺术主张、写作手法以及语言风格等方面来论述贾平凹"与天为徒"的文学观念。孙郁（2006）在《贾平凹的道行》中详细分析了贾平凹的性格气质，作者将贾平凹与众多古今文人相比较，较为中肯地指出贾平凹写作中的缺点与不足，认为贾平凹散发出了与明代文人不谋而合的"士大夫的趣味"与"边缘文人"的颓废气质，与西部作家共有的阳刚之美不同，贾平凹拥有着阴柔中略带鬼气的精神逻辑。值得一提的是，孙郁2017年的《古风里的贾平凹》似乎是对2006年《贾平凹的道行》的补充和回应，《贾平凹的道行》开篇就说明作者只读了贾平凹的一部分文章，因此有"妄议"之嫌。而在十一年后，不难看出作者对贾平凹的作品进行了整体性的研读与体悟。在《贾平凹的道行》里，作者对贾平凹难免有"小看"之意，这大概蕴藏着作者对中国文学的一种先入为主的略带悲观的情绪，认为鲁迅、汪曾祺等人之后中国文坛难觅"古风"良人。但在《古风里的贾平凹》中，作者一改前文之风，难掩对贾平凹的欣赏与赞美之意。作者认为贾平凹的古风与秦地的话语方式十分贴近，从贾平凹的语言中能看到六朝文人和明清文人的影子。从整体上看，孙郁2006年对贾平凹"不古不今，亦古亦今"的定义仍然十分合理、贴切。谢有顺（2017）的《在传统与现代中往返博弈》详细论述了贾平凹将现代意识与传统思想的运用与结合，作者首先阐述了贾平凹与传统作家和"五四"作家之间的联系与区别，之后论证了贾平凹创造出了自己独特的叙事方式，最后强调贾平凹在继承"五四"新文学传统的基础上，实现了对传统的"反抗"和"扩大"。文章篇幅不长，却精练系统地阐述了贾平凹现代意识与传统思想相博弈的论点，有证有据，简洁而翔实。

  进入新世纪，贾平凹的小说创作历程已近三十年，已有深厚的文本积累，一些学者开始从文学史的角度对贾平凹的小说进行回望，并对他的小说创作进行更为细致的分期。李遇春（2003）的《拒绝平庸的精神漫游——贾平凹小说的叙述范式的嬗变》，从小说叙述范式的变化来体察贾平凹小说的整体变化，作者认为贾平凹二十世纪八十年代中前期的小说具有启蒙性的叙事特点，八九十年代之交的"土匪"类系列小说着重围绕生存论进行创作，以《废都》为代表的九十年代小说则有了现代性的反思，而《废都》之后，现代性的反思也走到了终点，贾平凹需要寻求新的叙述范式来适应当下的创作心理。周燕芬（2009）的《贾平凹与三十年当代文学的构成关系》将贾平凹带入三十年当代文学的洪流之中进行定位与分析，认为贾平凹的"个人化"和"民间化"，饱含作家对文学、人生乃至世界的独到见解，贾平凹在三十年的当代文学中始终求新求变，活在潮流之外，具有鲜明的"异质性"。李遇春（2016）的

《守望及变革——论贾平凹四十年小说创作轨迹》,将贾平凹的小说创作分为三个阶段,即1973年至1992年,以《浮躁》为代表的成名发生期,1993年至2004年,以《废都》的出版为起点的发展探索期,以及2005年至2014年,以《秦腔》为代表的艺术成熟期。作者详细介绍并梳理了贾平凹每个创作时期的代表作品和叙述特点,并在文末总结道:"从《浮躁》到《废都》、从《秦腔》到《老生》,贾平凹走过了一个循环,这正是一次'立乡—离乡—归乡'的精神之旅。"[①] 张学昕(2020)的《贾平凹论》爬梳了贾平凹1973年到2018年的创作历程,将贾平凹的小说创作分为三个阶段,即"前《废都》""后《废都》"和"后《秦腔》"三个时期,并将小说创作几个重要阶段的叙事形态进行分析和论述,从而勾勒出了较为清晰的贾平凹"文学地形图"。作者认为贾平凹以其独有的姿态闲庭信步于"准备经典"和"世纪写作"的文学道路之上。我认为,李遇春(2016)和张学昕(2020)对贾平凹小说创作的分期和总结,是目前为止较为清晰、全面、系统且合理的。

值得注意的是,新世纪以来,研究者们从文化、历史、传统、方言、精神、心理、身份、叙事等不同范畴、不同角度,对贾平凹的小说创作进行整体性的阅读与分析,研究的范围和领域之广是之前所不能比拟的。谭红、杨毅(2001)的《从描摹纯朴的"美丽"到展示复杂的"丑陋"——贾平凹艺术追求轨迹探寻之一》,认为贾平凹的创作经历了由"美"转"丑"的过程,前期的"美"呈现出一种自然、纯朴的特点,逐渐转向的"丑"多维度地展现了人性中的复杂、纠缠与扭曲。造成这一变化主要有两方面因素,一

[①] 李遇春. 守望及变革——论贾平凹四十年小说创作轨迹[J]. 湖北大学学报(哲学社会科学版),2016(01):27.

是客观世界对个人主观世界的影响,二是作家自身艺术追求的不断深刻和审美视角的重新转换,由此可见,贾平凹美学观的蜕变和美学意识的日益厚重与深刻。傅异星(2011)的《在传统中浸润与挣扎——论贾平凹的小说》,认为传统与现代意识相互作用间的矛盾状态,汇聚成了贾平凹小说中的创作主题和美学品质,并将贾平凹小说中的传统意识分三个阶段进行论述,认为这种传统意识从最开始的潜意识创作,慢慢转向创作中的自觉形成。作者在最后提到,或许"活在当下",直面现代与传统,才是处理两者之间最恰当、实际的方法。孙金燕(2015)的《贾平凹〈秦腔〉以来四部长篇小说的符号学解读》,从语言学、符号学的角度对贾平凹的作品进行分析。作者用语言音位学由浊辅音和清辅音的二元对立关系延展出的正项、中项、异项,来分析贾平凹小说创作中的种种关系,构思巧妙,给研究者和读者带来独特新颖的审美感受和观察角度。陈晓明(2018)的《"土"与"狠"的美学——论贾平凹叙述历史的方法》,认为《废都》之后,贾平凹越写越"土",创作的重心重新回到乡村生活的"原生状态",而新世纪以来,贾平凹越写越"狠",用"狠"的叙述手法写出了乡村进入现代的举步维艰。"土"与"狠"形成了贾平凹在创作上的一组美学关联,贾平凹用"狠"来处理历史,体现了一种现代性反思。关伟华、乔全生(2021)的《方言写作与中国文化中的听觉传统——以贾平凹的小说创作为例》,运用语言学、方言学等学科知识,从方言和听觉的角度对贾平凹的小说创作进行重点阅读和分析,作者认为贾平凹将说与听统一起来,并从发音、地方常用语、语气词等方面论证贾平凹方言运用的美学表现,并得出贾平凹的方言运用是周作人口中"有雅致的俗语文",在语言上具有"雅俗互济"的特征。值得注意的是,从语言学角度研究贾平凹的文本,一直以来都是研究中的短板和弱项，作者运用语言学、方言学等知识对贾平凹小说作品中的方言进行分析和论述，丰富了贾平凹小说研究的切入点和侧重点，为学者们日后运用语言学及其他学科知识对贾平凹小说创作进行研究，提供了专业性、学术性的示范作用。

综上所述，新世纪以来对贾平凹小说创作整体性的研究，无论在深度还是广度上都是之前的研究所无法比拟的，研究者们运用自己所熟识的专业领域知识，对贾平凹小说创作进行具有侧重点的论述，但与此同时由于贾平凹小说创作的时间跨度之长、体量之大，对其进行概括性、全局性归纳总结的综述和论文可谓凤毛麟角，从语言学等角度进行研究的也寥若晨星。

与此同时，我们看到，对于贾平凹小说作品的研究，也出现了一些单部作品专论。如费秉勋主编的《〈废都〉大评》（香港天地图书有限公司，1998），韩鲁华主编的《〈高兴〉大评》（陕西人民出版社，2008），西安建筑科技大学中国当代文学研究中心主编的《〈秦腔〉大评》，费秉勋、孙见喜等人分别评点的《白夜》《浮躁》《土门》《高老庄》评点本（长江文艺出版社，1999），以及陈泽评注的《白夜》《高老庄》评注本（同心出版社，2005）等。这些作品专门针对贾平凹的单一作品进行点评、评注，研究对象明确，研究内容较为具体、翔实，具有较高的理论意义和学术价值。

众所周知，关于贾平凹小说单部作品的研究车载斗量，研究的领域、视角、方法等也不尽相同，可谓琳琅满目、气象万千。以下按照小说的出版时间，围绕学界对贾平凹重要作品（长篇小说为主）的评论和分析进行归纳和梳理。

《收获》杂志社在 1987 年第 1 期刊登了贾平凹的长篇小说《浮躁》，作家出版社发行了该小说的单行本。李星（1987）的《混沌世界中的信念和艺术秩序——〈浮躁〉论片》，从贾平凹的主观感受和客观认知两方面,分析小说的艺术价值,对贾平凹的创作契机、审美意识、创作意义等方面进行分析,认为《浮躁》不仅是对一个历史时代完整、真实的反映,也展现出了作家本人的思想和气韵,具有双重意义。刘思谦(1988)的《不必为了理解——金狗、雷大空论》和刘火(1989)的《金狗论——兼论贾平凹的创作心态》,以《浮躁》中的主要人物金狗和雷大空为研究对象,围绕人物的形象、心理等进行分析。刘一秀、孟繁华(2011)的《主体立场:现代理性与传统伦理的纠结——贾平凹〈浮躁〉新论》和刘一秀(2011)的《赓续传统:现实主义的成长叙事——再论贾平凹的〈浮躁〉》,是新世纪以后对贾平凹前期小说的思索与回望,前者主要论述《浮躁》所蕴含的现代性和传统性的价值立场,后者在传统现实主义的基础上,从小说的叙事手法、叙事结构、叙事角度与作家立场等方面,对小说进行整体性的分析与把握。

《十月》杂志社在1993年第4期刊登了贾平凹的长篇小说《废都》,北京出版社发行了该小说的单行本。读者界的"《废都》现象"与评论界的"《废都》争鸣"构成了《废都》空前的文化语境,前面我们已经提及,这里不再赘述。雷达(1993)的《心灵的挣扎——〈废都〉辨析》从作品的写作发生、小说人物、叙事形态及文学传统等方面对小说进行论述,探讨了作家着重对"性"进行描写的真实目的,在提出小说思想上短板的同时从总体上对小说予以肯定,认为作家"透过知识分子的精神矛盾来探索人的生存价值和终极关怀"[1],从这一层面上看,《废都》与世界性文学现象进行了一次意味深长的沟通与互动。进入新世纪,不断有学者与论者对《废都》进行重读与反思,王尧(2006)的《重评〈废都〉兼论

---

[1] 雷达.心灵的挣扎——《废都》辨析[J].当代作家评论,1993(06):28.

九十年代知识分子》就是具有代表性的一篇。王尧首先分析了贾平凹创作《废都》的思想历程，随后通过对比《废都》和《秦腔》的后记，来验证两本书之间的"同构性"。作者又从各种意象出发，感知小说中的精神气息，并探讨小说中"情色"的写作动机，同时真实记录了现实对贾平凹写作初衷扭曲式的接受。最后，作者认为对《废都》的理解，应该排除阅读心理、小说发行量等非文学因素的干扰，在承认差异性的前提下对贾平凹和《废都》进行重读与思考。李敬泽（2009）的《庄之蝶论》在庄之蝶出走并死亡后的第十七年发出声音，这是一种遥远的回望。李敬泽认为作家在文中设置的空缺，一方面展现了禁忌，一方面又冒犯了禁忌，庄之蝶此时"溜走了"，这一过程也完成了庄之蝶虚实之间的转换。庄之蝶的"存在"与否发人深省，值得今时今日的读者与论者深思与回味。

　　孟繁华（1997）的《面对今日中国的关怀与忧患——评贾平凹的长篇小说〈土门〉》认为，贾平凹在二十世纪九十年代发表的长篇小说，都深刻地体现出作家对现代化消极效应的警觉，以及对国家深切的关怀与担忧。肖云儒（1999）的《贾平凹长篇系列中的〈高老庄〉》认为，贾平凹的小说创作经历了文化的和谐、错位、崩溃和建构四个阶段，并对贾平凹长篇小说的文化轨迹进行归纳和梳理，作者认为与贾平凹之前长篇小说的不同之处在于，《高老庄》采用了具有广博生命意象、生命系统等的"生命文化观视角"，是一部具有代表性的可以为长篇小说的创作引起新话题的作品。许爱珠（2009）的《说话小说：民族化的现代小说形式探索——以〈白夜〉和〈高老庄〉为例》，对贾平凹的"说话"式小说进行概念界定和溯源，论述了贾平凹的这种叙述方式对《金瓶梅》《红楼梦》等的传承与创新。最后，从语言、叙事模式等方面列举了运用在这种叙述方式中的现代性元素。

《收获》杂志社在 1987 年第 1、2 期连载了贾平凹的长篇小说《秦腔》，作家出版社发行了该小说的单行本。谢有顺（2005）的《尊灵魂，叹生命——贾平凹、〈秦腔〉及其写作伦理》认为贾平凹在语言与思维上是中国的、传统的，但在精神上却处处流露出西方的现代性思想，贾平凹恰到好处地将这种悖论和解与统一。作者提到，中国作家一般只停留在单维度的写作上，缺少叩问存在、超验和自然的维度，而贾平凹在这方面具有精神思维的自觉性。对灵魂的尊重、对生命的慨叹以及他的仁慈与恻隐之心，构成了贾平凹的文学观和叙事伦理。吴义勤（2006）的《乡土经验与"中国之心"——〈秦腔〉论》，认为《秦腔》对乡土启蒙叙事传统进行了反抗与突破，叙事经验的浓度与密度形成了"百科全书"式的叙事结构，《秦腔》在叙事传统、乡土本性与乡村形态、乡村道德与伦理关系的构建等方面，都饱含着一颗"中国之心"。最后，作者从叙事人、情节设置等方面论述了贾平凹给小说"透气"与"破闷"的功力。陈思和（2006）的《论〈秦腔〉的现实主义艺术》，认为《秦腔》所表现的现实主义不是意识形态的层面，而是通过自然状态展现的。作者认为贾平凹"师法自然"的独特表达方式，是通过将引生作为叙事人来执行的。贾平凹通过细节的铺叙和"直观自然"的表达，来进行艺术手法的处理，是极具个性化与感染力的。陈思和（2006）随后的《再论〈秦腔〉：文化传统的衰落与重返民间》，作者通过对《秦腔》中主要人物的分析，论述了小说中的象征意义，是上一篇文章的补充和延续。

《当代》杂志社分别于 2010 年第 6 期、2011 年第 1 期连载了贾平凹的长篇小说《古炉》，2011 年 1 月人民文学出版社发行了该小说的单行本。王春林（2011）分两期发表的《"伟大的中国小说"》上下两篇，认为贾平凹的这种关于"特殊时期"的叙事堪称独步，但与此同时更是一部中国乡村世界的常态化书写，这种书写超越"特殊时期"，尽显对人性的透视与考问。最后，作者详细分析了小说中的人物形象，着重论述贾平凹通过狗尿苔和善人传递出的悲悯情怀。文章开篇作者就直抒胸臆，认为《古炉》是"贾平凹一部较之于《秦腔》《废都》更为杰出的长篇小说"[①]，是一部"伟大的中国小说"。这篇论文一经发表就引发了一些争议。面对争议，王春林逆流而上，在2015年正式出版发行了《贾平凹〈古炉〉论》（北岳文艺出版社），更加全面系统地对《古炉》进行分析和论述，全书在补充扩展《"伟大的中国小说"》上下两篇的同时，用三章的篇幅进行人物形象的论述，作者力图证明《古炉》是一部伟大的中国小说的信心与决心可见一斑。美国哈佛大学王德威（2011）的《暴力叙事与抒情风格——贾平凹的〈古炉〉及其他》认为，贾平凹将"特殊时期"的暴力叙事与云淡风轻的抒情风格相结合，体现了抒情与反抒情之间的魅力与张力，同时认为贾平凹继承了沈从文的抒情风格，体现了作家对于生命"神性"的呼唤。南帆（2011）的《剩余的细节》，首先对《古炉》的"生僻难懂"做出了解释，随后对小说绵密的叙述意图进行分析与论述，作者认为小说的细节不再为宏大叙事所服务。最后作者通过小说中重复出现的"粪便"意象，体味贾平凹对暴风骤雨后欲望落空的虚无的顿悟与感叹。

  《收获》分别于2012年第6期、2013年第1期连载了贾平凹的长篇小说《带灯》，2013年1月人民文学出版社发行了该小说的单行本。谢有顺、樊娟（2013）的《海风山骨的话语分析——关于〈带灯〉》，认为《带灯》较之贾平凹以往的作品在写作手法上有了很大变化，作品的三个部分呈递进关系。小说存在至少两种话语

[①] 王春林."伟大的中国小说"（上）[J].小说评论，2011（03）：12.

体系，周旋于乡村政治、经济、百姓日常生活的复杂与繁琐，构成了坚硬阳刚的话语体系，而带灯给元天亮的信则形成"阴柔话语的核心"，两种话语各自的运作与相互的交织，萦绕成了贾平凹海风山骨般的境界与气韵。张晓辉（2021）的《烛照人世间的萤火——〈带灯〉的叙事结构及叙事方式研究》，认为《带灯》的叙事结构是贾平凹众多长篇中的独特存在，作者在《带灯》出版八年之后进行重读与回首，更具系统性和完整性。小说以"串珠式"的叙事结构，完成了一个看似零散实则完满的因果事件，以虱子的意象出现在小说首尾，做到了前后呼应。小说有一明一暗两条结构，体现了贾平凹对众生苦难的悲悯和"超越现实的精神与理想"的两个维度。

2014年《当代》第5期发表了贾平凹的长篇小说《老生》，随后人民文学出版社发行了该小说的单行本。陈晓明（2014）的《告别20世纪的悲怆之歌》认为小说的四个故事涵盖了"短20世纪"的历史，是关于中国二十世纪近百年历史的"还愿式"书写。王尧（2015）的《神话，人话，抑或其他——关于〈老生〉的阅读札记》，认为《山海经》是打开《老生》钥匙的大门，贾平凹即为作品的唱师，他使用一种新的话语体系，将历史传统化、民间化。不可否认，《老生》在获得众多赞誉的同时也存在批评与质疑，旷新年（2015）认为作家以民间写史故弄玄虚，缺少基本的人文素养。

《人民文学》于2016年第1期登载了《极花》，单行本由人民文学出版社发行。何平（2016）的《中国最后的农村——〈极花〉论》，认为《极花》是一部关于乡土中国"百科全书"式的断代史，展现了农村知识青年所面临的现实问题及精神困境。吴义勤（2016）的《贾平凹与〈极花〉》，就小说中的现实性、时代性、诗性、文学性等进行了分析，作者认为该小说虽然涉及的是极其苦难与残酷的题材，但无论书名还是人物形象都充满了诗性与象征意味。与此同时，徐刚（2016）、陈冲（2016）、申霞艳（2016）等人对《极花》进行了质疑与批评，他们认为小说中宣扬的是传统三纲五常的吃人礼教，是对现代女性意识的严重消解，具有反启蒙意味。

2018年贾平凹的长篇小说《山本》问世，《当代作家评论》《小说评论》于同年第4期分别推出了该小说的评论专辑。孟繁华、张晓琴、韩蕊等分别从历史、传统、现代性等角度对小说进行评论。陈思和（2018）的《试论贾平凹〈山本〉的民间性、传统性和现代性》，认为该小说继承了"民间说史"的文学传统，是一部向古代小说致敬的拥有"水浒"魂的作品，小说从整体上体现了文学传统性、民间性与现代性的统一。吴义勤、王金胜（2018）的《抒情话语的再造——〈山本〉论之二》，认为该小说在话语体系上回归了抒情传统，在暴力叙事语境下不断融入主观性情与抒情风格，将历史抒情化。

2020年《当代》第3期刊载了贾平凹的长篇小说《暂坐》，单行本由作家出版社发行。《西北大学学报》（哲学社会科学版）于同年第5期在"文学研究"栏目中推出了该小说的评论专辑。郜元宝（2020）的《弈光庄之蝶，海若陆菊人？——贾平凹〈暂坐〉〈废都〉〈山本〉对读记》，将贾平凹的三部小说进行对比，认为三部小说具有互文关系，表现出女性对于男性由最初的依赖，到掌控，到最后摆脱男性的变化过程，文化界由启蒙时代转入后启蒙时代。王春林（2020）的《人生就是一个"暂坐"的过程——关于贾平凹长篇小说〈暂坐〉》，认为《暂坐》是一部具有深厚批判精神的社会小说。作者由"穿插"与"藏闪"手法的运用，勾连起了《暂坐》与《海上花列传》的关系，并对《暂坐》呈现的叙事形态进行深入分析。吴义勤（2021）的《"传统"何为？——〈暂坐〉与贾平凹的小说美学及其脉络》，认为《暂坐》延续了贾平凹在诸多长篇小说作品中一以贯之的民族思想底蕴及美学精神，并就小说对于传统文学的继承与创新进行了详细论述。

2022年，《人民文学》第2期登载了贾平凹的第十九部长篇小说《秦岭记》（笔记体小说），同年5月人民文学出版社出版了该小说的单行本。胡少山、王春林（2022）的《志人志怪、文本杂糅以及文化地理学——贾平凹〈秦岭记〉的来龙去脉》，分别从中国本土文学传统、文学地理学等角度，对《秦岭记》的生成渊源进行分析与论述。文章比较分析了贾平凹"笔记体"小说不同阶段的区别与联系，认为《秦岭记》等"笔记体"小说，是对于中国古代文学笔记体小说的转化性、创新性创作，达到了"物我两忘""天人合一"等高远的艺术境界。2022年6月4日，《光明日报》第8版刊登了记者韩寒与贾平凹的对话类文章《写秦岭，也是写中国——贾平凹谈新作〈秦岭记〉》。文中，贾平凹就人生况味、价值观念、《秦岭》的文体等进行了概括说明，并表示自己虽然年过古稀，创作欲却十分旺盛，仍旧行走在写作的路上。

综观贾平凹的文学创作，始终与整个时代及中国当代文学的发展保持着互动与共生的关系与姿态，尤其与新时期文学的发展唇齿相依、休戚与共。本书立足于贾平凹半个世纪的文学创作历程，通过对作家、作品等相关批评与研究的爬梳与综述，深入考察贾平凹的文学作品、相关批评研究与当代文学史的关系，并从中试图定位贾平凹在当代文学史中所构筑的独特文化疆域。

当然，我深知，对于一篇作家论或作品论而言，详尽地、面面俱到地爬疏特别容易陷入平庸的论述状态，可能导致最终不得作家写作之要领的境地，但是，只顾凸显作家写作主体的某种独异性，更容易挂一漏万，造成管窥之见。也许，这就是论述的悖论式两难。但我想,任何一位作家及其文本,都有其自身的谜面和谜底,无论怎样阐释和厘定其价值,只要是辩证而多元地求证和反思,在接受美学和阐释学等层面,我们都将可能获得对文学写作本质性探寻的意义和价值。

为此,我将做出更大的努力。

第一章
贾平凹小说的写作发生与创作资源

　　一位优秀的作家，到底是怎样开启他的写作里程的？他的"出发地"和"回返地"究竟在哪里？在他的写作过程中，都有哪些因素直接或间接地影响着他的创作？就是说，他写作中的"是非功过"，他的文本价值和创作成就，都曾被哪些"元素"所左右？早期童年、青少年经验以及后来的人生经历、存在经验的积淀、生命主体意识、想象力、表现力，包括他的精力、体力和才力，都可能直接导致他作品形态的形成和变化。最终，又是什么原因以至于形成贾平凹这一独特文学存在？我相信，贾平凹半个世纪写作的自觉与自在，他的精神尺度、艺术尺度，他的文本叙事对于现实的超越，都与他的"过往"和环境、人生资源不无关联。我认为，这是我们走近贾平凹，走进他的文本世界的必经"通道"。

　　在这里，我主要从作家贾平凹"我是农民"写作身份的确立及其所生长的自然、人文环境两方面，侧重于贾平凹小说的写作发生、创作资源进行论述。首先，分别从作家自身性格特点、"童年家事"及"我是农民"三方面进行分析。幼时的经历对一个人的影响是一生的、刻骨的，而农民属性更为作家的整个人生挑染出或灰暗或明亮的色调。短暂却无比快乐的童年时光无限开阔、延展着作家的想象空间；少年时"可教子女"的身份，锻造出了作家面对绝境的坚韧意志，这种坚韧无比的性格也成为其做任何事都能够坚持到底的关键与保证；对于农民身份的认同及其成长中的各种经历与磨难，都磨砺、幻化成了作家在文学上既能亲吻大地又可翱翔寰宇的独特气息。随后，我想从秦地自然环境和人文环境两方面，考察地理环境对贾平凹文学创作的影响。贾平凹无比热爱秦岭大地，甘于寂寞，数十年如一日，在这块土地上深耕细作，敬畏文字、洗尽铅华，在朴素的生活中，潜心乡土，发掘社会、自然和人性的生态；同时，这片地势独特、山水秀丽、历史悠久的土地，也在源源不断地向其输送着磅礴又神秘的养分与气韵，这些自然、人文环境的元气与精魄，也成为作家取之不尽用之不竭的创作资源，它们都丝丝缕缕地深藏于文字深处，不断地弥散出属于贾平凹的文本气息，这也成为我们破译其文本构成的重要精神密码。可以说，贾平凹就是这样一步步向世人展开了一幅属于他与秦岭之间，独一无二的文学地理卷轴。

一、"我是农民"：写作身份的找寻与自觉确立

1999年，贾平凹发表长篇回忆类散文《我是农民》，其中"我是农民"简洁明了、掷地有声的四个字，体现出作家对自己身份的一种独特而庄重的表述与诠释。作家自己的身份和创作的根源，无须他人去考察和论证。可以说，该书是贾平凹写给自己的一封长长的书信，将自己农民出身的经历娓娓道来，也算是对自我身份的一种明白而坦荡的交代。翻开这本书，仿佛拾到了"再生人"的钥匙，作家创作的根源是什么，因为什么又为了什么如此扎根于乡土、贴服于土地，非虚构与虚构的场域如何交叠与转换？大致都可

以从中忖度出答案。

奥地利心理学家、精神病理学家、个体心理学派创始人阿尔弗雷德·阿德勒曾说过:"要了解个体理解生命的特有方法始于何时,以及要揭示他们是在怎样的环境中形成对于生命的态度,早期的童年记忆格外有用。"① 也就是说,童年那段短暂而美好的时光以及少年时所遭受的众多苦难,深深地烙印在贾平凹的记忆年轮之中,构成了贾平凹文学创作根源的一个不可或缺的组成部分。

实在说,在读《我是农民》时,我偶有恍惚之感,思绪总是跳回到《童年家事》的诸多片段之中,许久才醒悟到,原来里面的好些情节都源自贾平凹儿时的经历与记忆,这应该是作家唯一一段最天真快乐、无忧无虑的时光。当他儿时的种种记忆跃然纸上,一张张鲜活亲切的脸庞就从记忆的光点里闪烁着跳动出来,惹人流泪,更值得欣慰。

在《童年家事》中,从故事的叙述者夏十龙身上,我们就能看到很多贾平凹的影子。十龙满月抓周时抓到了书,预示着他的未来将和书本打交道,我想,贾平凹写到这儿时应该是欣喜与骄傲的。传说有个道人路过贾家老宅,认定这家会出个人物,而这个道士所说的"人物"——贾平凹,则将这个预言转化性地"赠予"了夏十龙:十龙虽排行老十,在夏家却人人当宝贝,而贾家老八却被"随意安置在土炕的小角角"② 里,这是一种心理上的安慰与补偿;贾平凹的堂弟爱吃土,这种怪癖到了小说里转移到了夏十龙身上,饱含着作家对童年的珍视与怀念;贾家老八小小年纪就显露出对文字的兴趣与天赋,学龄前便开始识字,一年级就开始给父亲写信,为

---

① [奥]阿尔弗雷德·阿德勒.自卑与超越[M].杨蔚,译.天津:天津人民出版社,2017:16.
② 孙见喜,孙立盎.贾平凹传[M].西安:陕西人民出版社,2017:1.

此经常得意得到处乱刻乱画,这些引以为傲的经历都被作家毫无保留地罩在了夏十龙身上。"由自卑感所引发,最终得到的心理改善称为心理补偿"[①]。贾平凹将自己的些许骄傲与遗憾赋予了夏十龙,这仿佛穿越了时空,充满了一个知天命的长者对儿时天真无邪的自己的心理补偿与深深的留恋。

《我是农民》中,在介绍贾氏家族情况的结尾处,贾平凹提到,"我为什么要简略地叙说我家的历史呢"[②]?阅读过《童年家事》后,我认为,更详细的内容大概就写在里面。当然,小说毕竟是小说,虚构成分居多。文本中,"夏"和"贾"从读音上看只有声母不同,这必定是作家的故意为之。贾平凹父辈四个兄弟,父亲在外教书,三伯在乡政府工作,大伯二伯在家务农,这种家族中的人物谱系完整地沿用到了《童年家事》里。而小说中人物的出身、性格和经历等,在贾平凹的记忆里也有迹可循:贾平凹慈祥可爱的祖母藏有一个红糖罐儿,见到孙子辈的就偷偷招进屋把糖塞在孩子嘴里,并神秘兮兮地叮咛不要告诉别人,在小说中,婆总是给十龙"开小灶",偷偷给他黄豆、面窝窝什么的;贾平凹的父辈中,除父亲以外,其他伯父都下过煤窑,小说中的大伯也有同样的经历,后来也同样做过生意;贾平凹的大伯二伯虽然都是农民,但大伯好交际,善谋略,是贾家的管事人,二伯却是个沉默寡言的下苦人,小说亦如此;贾平凹的二婶生养多,三婶聪慧精明,最受祖母宠爱,是家里的"内务总管",夏家也是如此;在贾平凹眼中,"三婶娘明大理,但极精明"[③],里面的"但"和"精明"二词用得极有深意,

---

① [奥]阿尔弗雷德·阿德勒.儿童的人格教育[M].田颖萍,译.北京:台海出版社,2016:4.

② 贾平凹.我是农民[M].桂林:漓江出版社,2013:29.

③ 贾平凹.我是农民[M].桂林:漓江出版社,2013:28.

本该是并列关系的词语却用了"但"来连接，点明了母亲妯娌四人关系的微妙所在，而"精明"这个中性词一旦被表示转折的"但"字连接，妇女妯娌间的小恩小恨便不言而喻，小说里描述的家庭伦理即是最好的验证；贾氏家族分家之前虽偶有矛盾，但总的来说大体相亲相爱、一团和睦，因此县上授予了"模范家庭"的大红匾，小说中的夏氏家族同样得此殊荣……以上夏家的种种，几乎和贾氏家族的大概情况毫无二致，这在贾平凹的小说中是极其罕见的，他甚至舍不得改动分毫，可见其对童年家族记忆的怀念与珍视。

"这样的大家庭，团结友好在乡里是没有第二的，但随着三年自然灾害，和第三代人逐渐长大，其中发生着许许多多内部的矛盾冲突记恨和倾轧"①。在《我是农民》中，贾平凹只用了半句话将大家庭后来的分崩离析一带而过，而这半句话背后的故事，从《童年家事》中依稀可以瞥见其大致的轮廓。贾平凹提到贾家是《红楼梦》中贾府的小小缩影，那么《童年家事》就应该是沟通两者的一张信笺，真真假假掺杂其中，悲欢离合交相辉映，"真亦假时假亦真"，这就是文学的魅力，小说的潜能。

在贾平凹以往的经历中，他最珍视的诸多感受，不止存在轻快童稚的儿时回忆，更多的是沉重苦难的少年记忆。这些记忆分散在贾平凹的众多作品之中，其中的伤痛与苦难，磨砺出了贾平凹文学创作中客观静正的"冷眼"。人小力薄的少年只能自欺欺人地偷偷将自己的工分"3"改成"8"，将"7"改成"9"……《古炉》中的狗尿苔，俨然一个少年时期的贾平凹，讲述着别人或悲或喜的故事，虚构着自己恬静又美丽的童话。贾平凹告诉我们："古炉村里的人人事事，几乎全部是我的记忆。"②《古炉》中农村两个派别

---

① 贾平凹.我是农民[M].桂林：漓江出版社，2013：28.
② 贾平凹.古炉[M].北京：人民文学出版社，2011：605.

之间、生产队之间、家庭之间、人与人之间的"小仇小恨""小利小益"和"小幻小想",各个家庭所呈现的生活百态以及众多鲜活独特的人物形象等,在贾平凹少年时期关于"特殊时期"的记忆中都是有迹可循的。由于年纪尚小,贾平凹在当时大部分都充当着一个旁观者的角色,但父亲被戴上"反革命"帽子,身边同学在斗争中的头破血流,身在"刺刀见红"造反队时的口诛笔伐,在批判大会上的诵读与记录等等,这时的贾平凹不是局外人,而是真真正正地见证过和经历过。从这个角度来看,无论是主动执行还是被动接受,贾平凹都是那段历史的亲历者、参与者。在他看来,人的信仰不同,生命类型也大不相同,但是对于"特殊时期",每个人都是有罪的、难辞其咎的,这就像小说一样,不能只有主人公一个,每个人都是历史和故事的缔造者。当然,同大多数人一样,对于"特殊时期",他也曾经低头不语,面对这种无以名状的罪过心理和随波逐流的逃避情绪,两种思想交织在一起,作家内心必然有一种暗流在涌动、翻滚,这些记忆虽时隔已久,但每每想起,心中必定隐隐作痛。四十余年过去了,看遍人事风景的贾平凹目光俨然深邃平和,重回故里,他有了执笔记录那段业已远去的真实经历的欲望。与此同时,儿时的经历与时间的洗礼使他更觉使命的沉重和宿命的无法抗拒,于是《古炉》的故事发生了。贾平凹写作《古炉》的目的与动力,不在于向世人控诉"特殊时期"是多么惨绝人寰的历史悲剧,而只是想将封存在内心深处的记忆如实地记录下来,这不是对历史的负责与补偿,事实上,这个责任谁都负担不起,任何补偿也都无济于事,这只是一种身为作家和亲历者单纯对文学的交代,对自己的交代,仅此而已。

除《童年家事》和《古炉》以外,在贾平凹的作品中,我们还能嗅到很多来自作家记忆深处的气息,这气息充满了作家儿时在乡间记忆的缩影。这些剪影无论美好还是苦痛，都深深烙印在作家的灵魂深处，并对其日后的创作产生了深远的影响。用心进入文本，我们可以寻觅到诸多作家对于儿时经历的"记忆重构"：为了争抢滩地，河两岸的居民常年对立，并偶有激烈械斗；在作家儿时的记忆中，下着一场浇透人心的雨，暴雨过后粪便溢得满地都是，猪圈被冲毁，大猪小猪满村乱跑，这场雨也同样席卷进了《废都》《秦腔》《带灯》等作品中；农村小孩儿最怕推石磨，因为一推就是四五个钟头，推得眼冒金星，两眼昏花；家中有人生了病就到村里谁家借药罐，而病好了不能还回去，只能是别的乡亲生病了才能借给下家；贾平凹的父亲儿时和祖母遇到狼，两方对峙，最后就地一滚，狼被吓跑，留下一地稀屎；夏天晚上大家铺一个席子睡在麦场上说仙道鬼，因怕孩子被狼叼去而将孩子安置在里圈；韩家和贾家叱咤棣花东西，互相排挤、争强好胜；有些农民在外拉的屙的拿不回家，一定要拿石头将屎尿砸飞，偏不让别人得了便宜；家中的粮食没有断过，却也从没有吃过新鲜的，吃红薯永远都是先吃坏的或者即将坏的，吃到最后必然剩不下好的；远亲六婶娘为了偷麦粒，将其全部倒进裤管里，因为装得太多被发现了，羞愧难当喝了鼠药，却因药过期了而自杀未遂；窝嘴婆婆走夜路，听见坟上有人吵嘴，细听之下竟是已故的两个人，他们生前就为了一棵树而势同水火，死后依旧是一对冤家；邻村的引生为了不让父亲为自己娶不到媳妇而发愁，阉割了自己，后来时而清醒时而疯癫……以上种种，为贾平凹儿时所经历的一幕幕现实场景，这些记忆都通过作家的加工与修饰，呈现在了他的作品之中。任时光如何流逝，从前乡间的记忆始终在贾平凹心中挥之不去，甚至愈加清晰，这些对少年记忆的"回访"，也成为了作家笔耕不辍的重要素材来源之一。而且，这种对于少年经历的"记忆重构"，不仅使贾平凹的小说文本充满了更加深远、真切的关于生活细部的真实情感与氛围，与此同时，通过"记忆重构"，也能够便于作家将写作触角深入到乡村生活的最底层，触摸到最为真切、复杂的人性。

其实，作家的文学天赋、才华都表现在哪些方面，这对于每个作家来讲，都不尽相同。从贾平凹身上，幼年时期慢慢形成的自卑胆小、为人敏感甚至有些神经质，以及由此打开的许多稀奇古怪的"胡思乱想"，构成了贾平凹独特文学气质的一个重要方面，而这些性格特征的成因又绕回到了上面谈到的种种记忆，是通过他儿时的经历一步步形成的。贾平凹对此的回应是："当我成为作家后，许多人问我怎样才能成为作家？我说，得有生活，得从小受到歧视。"[1]

值得注意的是，孩童时心智未开的贾平凹，是有一股"初生牛犊不怕虎"的劲头儿的。村里办社火，别家孩子吓得哇哇大哭，年少贾平凹却有模有样地扮起关公，他喜欢秦腔，对演戏有着极高的热情。他在语言文字方面的兴趣与成绩，大部分应该归因于自己的天赋，还有一些父亲的熏陶。贾平凹对读书的劲头儿特别足，成绩也相当优异，别人一星期写一篇作文，他能写两篇，还经常帮父亲批改学生的作文作业。再大一些，《新华字典》成了他最常翻阅的工具书籍，串门时都要歪头阅读糊在墙上报纸上的文字，整个镇子的书他都读了，能借的也都借了，还时常以帮工换取阅读的机会。我们看到，再艰苦的条件都阻挡不了贾平凹对文学的热忱，这就是贾平凹文学的启蒙时期。

"在某种程度上，所有的神经官能症患者都会限定自己的活动范围以及它们与世界的联系。他们竭力与现实保持一定的距离，掩

---

[1] 贾平凹.我是农民[M].桂林：漓江出版社，2013：66.

盖生活中的种种问题,将自己安置在感觉能够掌控的情形下。通过这种方式,他们为自己构筑起了一个狭小的空间,关上房门,与世隔绝地过日子"[1]。阿德勒的这席话,似乎就是为贾平凹"量身打造"的。贾平凹在处理个体与社会的关系方面,无疑是个实实在在的神经官能症患者,而这种现象或是病症的主要成因,与贾平凹儿时的自卑情结不无联系。

儿时的贾平凹曾因身材矮小,遭到过一个妇女的羞辱,这种在心理学上称之为"器官劣势"的先天条件,使他不可避免地产生一定程度的自卑心理。造成贾平凹自卑、胆怯和敏感心理的原因既有先天因素,也存在后天环境的影响,即心理学上的"社会情感"影响。从内在(先天)因素上讲,作为农民出身的学生,贾平凹只有在考试和写作文的时候,才能显示出自己的天分优势。在身体发育上,贾平凹也明显不如同龄人,"器官劣势"显露无疑,因此得了个"菜籽儿"的外号。就连他自己都觉得,那时的他像极了书中的"小萝卜头"。贾平凹文体活动都不在行,只能和女孩为伴,年纪稍大,跟女孩玩耍也不好意思了,只能自娱自乐了。也就从这时起,贾平凹只能与田间的蚂蚁蛐蛐儿为伴,与夜空中的星星月亮聊天,这种状态势必会让他安静下来,由此变得内向孤独,沉默寡言,也因此练就了他独立细心观察周遭生活与事物的能力与习惯。此外,少年儿童时期的贾平凹在专注的时候还时常幻想、玄想,"我有了奇异的感觉,看什么都是有生命的"[2]。他时常觉得鬼神就混杂在人群之中,经常幻想着人群中寄居着修炼成人形的精怪,也会把一棵桃树想象成好心的女子,给他吃食。成为社员后,妇女队长安排

---

[1] [奥]阿尔弗雷德·阿德勒.自卑与超越[M].杨蔚,译.天津:天津人民出版社,2017:45.
[2] 贾平凹.我是农民[M].桂林:漓江出版社,2013:15.

贾平凹看守谷子地，以免遭鸟儿糟蹋，谷子地上有坟，直到人影偏西也无人来替换，他那时的极度恐怖，使脑海里升腾出了形色各异的妖魔鬼怪。由此可见，贾平凹的种种思想与行为与当时的农村孩子格格不入、农民的身份是确定无疑的，然而能不能做个好农民，大概也是注定的。这是否可以视为贾平凹最初想象和创作的开始呢？一个作家的少年经历和经验，构成了其今后写作的端倪。

"社会情感是儿童是否健康成长的晴雨表"[①]。造成贾平凹自卑、敏感心理的"社会情感"因素主要来自三个方面。一方面，贾平凹当社员时干农活最差，经常遭人嫌弃，只能得三个工分，队长甚至将他和妇女分在一起干活，他还时常受到女队长的训斥与奚落。因此，脸上长着有如北斗七星的七颗痣的贾平凹，走路时却永远深深地将头低下，似乎这样可以逃避现实的质疑与嫌弃。后来贾平凹将自己性格中的优柔寡断，归咎于当时生活给他带来的"坏影响"。第二方面，求职中的屡屡受挫，严重打击了贾平凹的自信心和自尊心。贾平凹当兵体检没送礼，因一只脚是扁平足的原因而被淘汰；应聘地质工人时由于领导不熟悉他这个名字，因此第一轮就被刷掉；又去应聘公路护养工，招工人员嫌弃贾平凹又瘦又矮，"目测"时就遭淘汰；贾平凹学习好，字写得也好，代理教师的职位本是十拿九稳，却因领导竭力推荐自己的熟人，而再一次被放弃。吃下了一个又一个掺杂荒唐理由的闭门羹，贾平凹的志气就这样硬生生地被现实磨掉了。第三方面，"特殊时期"，贾平凹的父亲被戴上政治帽子，身为儿子，自然归为了"可教子女"之类。政治、经济上的危机和乡党亲戚的冷漠与变脸，使家里陷入了前所未有的困境，人下人的身份和生活上的艰难使贾平凹一夜长大，性格

---

① [奥]阿尔弗雷德·阿德勒.儿童的人格教育[M].田颖萍，译.北京：台海出版社，2016：6.

上也变得更加沉默、自卑和敏感。但与此同时,贾平凹也提到,面对绝境,唯一的办法只有坚持,这种非做成不可的劲头成为贾平凹"干每一件事的韧性和成功的保证"[①]。

弗洛伊德对"认同"进行过这样的解释:"认同这个词实际上从一开始便是矛盾的,它既可以表示亲切也可以轻易地表示对某人的憎恨。"[②] 在这里,认同是相互的,是需要对象的,它是一个从否定到肯定的过程,但对于只有个人行为的自我认同来说也同样适用。我认为认同的基础便是怀疑、排斥甚至否定,这同弗洛伊德所说的"憎恨"在情感方向上是一致的。这一过程也同样发生在了贾平凹身上,他曾提到"在相当长的岁月里,我不堪回首往事,在城市的繁华中我要进入上流社会,我得竭力忘却和隐瞒我的过去,而要做一个体面的城市人"[③]。无疑,贾平凹对自己身份的认同,必然经历了一开始的怀疑、排斥、否定、憎恨等心理活动。贾平凹曾多次愤怒地质问自己的出身:"我们就应该生在乡下吗"[④]?"我就这样做一辈子农民吗"[⑤]?可以说,这种愤懑与不甘,是作家走向"我是农民"这种身份认同的必经之路。随着时间的推移和环境、阅历、认知等的不断发展、变化与加深,经过一系列复杂、反复又漫长的心理过程,最终才能形成一个较为客观、稳固、成熟、适当的自我认知,即身份认同。"可后来,做起城里人了,我才发现,我的本性依旧是农民,如乌鸡一样,那是乌在了骨头里的"[⑥]。

---

① 贾平凹.我是农民[M].桂林:漓江出版社,2013:78.
② [奥]西格蒙德·弗洛伊德.自我与本我[M].涂家瑜,李诗曼,李佼矫,译.北京:台海出版社,2016:126.
③ 贾平凹.我是农民[M].桂林:漓江出版社,2013:20.
④ 贾平凹.我是农民[M].桂林:漓江出版社,2013:18.
⑤ 贾平凹.我是农民[M].桂林:漓江出版社,2013:66.
⑥ 贾平凹.秦腔[M].北京:作家出版社,2018:514.

从真实的情况来说,这就是一个消极的、无奈的被同化的过程,但它所带来的自我身份认同的结果却是积极的、值得欣慰的。在经历了众多苦难磨砺之后,这个当时即将进入知非之年的作家全无避讳与掩饰地向世界发声:"我是农民!"此时,作家的心性早已沉稳静正,不会为得失而浮躁,也不会因宠辱而动心,沉淀下来的只有对乡土物事的留恋与感念。

"我是个农民,善良本分,又自私好强"[①],贾平凹的这种身份认定与大多数农民大同小异,但在这种身份认同的背后,饱含着作家太多的经历与情绪。作家幼时的敏感与自卑,初入城市的欣喜与避讳,"农转非"户口问题的自责与焦虑,沉入写作中的受活与安逸,逃避现实时的沉默与狼狈,官司缠身时的焦灼与隐忍……种种经历的磨砺,幻化成了贾平凹文学上既能亲吻大地又可翱翔寰宇的独特气息。

可见,贾平凹始终以农民视角来审视和寻觅生活的意义与生命的真谛,他的作品淋漓尽致地展现了农村生活、农民思想及现代化飞速发展给乡村带来的一系列冲击与影响,作家的民间立场扎实而厚重,这些兼具历时性与共时性的乡土作品,可以看成一部当代农村变化与发展的观察研究报告。"伤痕""反思"类文学《琴声》中,小姑娘的爷爷因民间艺人的身份被批斗,小姑娘随后被人投暗药致哑,爷爷又因连夜去申诉而失足跌下悬崖。《最后一幕》中笋儿因为在成分复查会上被定为富农成分,而取消了进入文艺队的资格,夏丁老师为笋儿打抱不平,却被村人诽谤与笋儿存在作风问题而被处分,后因"破坏文艺革命"的罪名锒铛入狱。种种故事写出了暗无天日的"特殊时期"给农村家庭、个人带来的沉痛的身心创

---

① 贾平凹.秦腔[M].北京:作家出版社,2018:513.

伤与后遗症。之后的"改革三部曲"即《小月前本》《鸡窝洼人家》和《腊月·正月》，展现了迂腐陈旧的保守派和主张农民多种经营的改革派之间的矛盾与冲突，客观呈现了农村生产生活的真实风貌。贾平凹在他的作品中，进行了一次又一次不厌其烦的"归乡"之旅。他将阉割美学注入《秦腔》之中，宣告乡土叙事的终结。《秦腔》中对农村日常生活繁琐的细部描写，充分展现了陕南农村琐碎杂乱的社会关系，以及农民平凡细碎的家庭伦理，体现出作家对农村生活观察的敏锐与细致，形成了贾平凹独特的叙事风格。在读到《怀念狼》《高兴》《带灯》《极花》等作品时，我们不禁赞叹，贾平凹似乎有一双充满魔力的手，他总能通过一个农村社会的现实或热点问题，将之慢慢进行转移和延伸，提升到个人人格理想、生命意义的审视与构建的范畴之中。而在这个过程中，形成了贾平凹对农村、农民及乡土独具特色的书写，实现了小说题材上的补偿与超越。

"农村同时也是个大染缸，它使我学会了贪婪、自私、狭隘和小小的狡猾"[①]。不难发现，大多数农民出身的人存在着自卑、胆小、敏感、固执和嫉妒等"德行"，这是他们千方百计想要回避的问题，可贾平凹偏偏就乐意去揣度和描述这些"污点"，有人嫌他在这方面描绘得过于"粗俗"，但谁又是真正文雅高尚的呢？真实的生活就是充满着人性中的各种缺点与瑕疵，往上数，大家的祖宗都是农民出身，无论贫穷与富贵，日子就那样云卷云舒地一天天过去，冗长而细碎，骨子里的伪善人人都有，不同的只是敢与不敢正视和承认罢了。"当我已经不是农民，在西安这座城市里成为中产阶级二十多年，我的农民性并未彻底褪去，心里明明白白地感到厌

---

① 贾平凹.我是农民[M].桂林：漓江出版社，2013：45.

恶,但行为处事中沉渣不自觉泛起"①。这是贾平凹的病相报告,更是俗世中人的症候群,我们回避或试图摆脱它们,是因为这些病症已经显现出来,它就像狐臭一样,明明臭气熏天,却偏要拿其他"香气"来掩盖,这样只会此地无银、欲盖弥彰,而当"香气"与病症"狼狈为奸",那味道只会越发让人难以忍受、阵阵作呕。面对如此疾病,倒不如像贾平凹那样将病症充分呈现,至于日后的会诊、治疗抑或放弃治疗,贾平凹全然交给读者自己决定,他只是充当了"B超"或"X光"的透视作用罢了。

不知道人是不是女娲娘娘捏造而成的,但至少贾平凹绝对是从"土疙瘩"里生发出来的,一身土气,这是本色。身上的泥灰只能越搓越多,一旦泥垢没了,模样也就没了,那股劲儿也就消散了,尘归尘土归土了。文学之于贾平凹,就如同土地里的红薯,别人挖出的不是红根就是断头,而贾平凹总能精准地挖到又粉又大的那个,招人嫉羡。旁人问其经验,贾平凹只说全凭感觉,这感觉中大概也有运气的成分,贾平凹对文学的把控同样存在类似的感觉和运气,但在这感觉和运气的背后,需要太多生活经验和人生经历的累积与历练。

无论离开家乡的时间多么久远,距离家乡的路途多么漫长,贾平凹骨子里的农民习性、农民意识始终清晰、深刻,他作品里所呈现和代表的农民视角与民间立场始终没有改变。在经历了痛苦的否定与逃避之后,贾平凹无可奈何又心安理得地最终将自己的身份认定为农民,这种身份认同合情合理,而在这种身份认同的背后,背负了太多沉重的人生体悟。对于"农民"身份,贾平凹或许当年曾努力挣脱过,但多年后,身为"城市人"的他重归故里,竟鬼使神

---

① 贾平凹.我是农民[M].桂林:漓江出版社,2013:16.

差地将一撮泥土塞入口中深情咀嚼起来,这可谓是一种最直接的对土地热爱的身体表达,一种对农民身份渐渐"疏离"后的别样的回归。对于"城里人"、作家这种身份而言,它不过是一串数字、一系列符号而已。贾平凹仿佛一如当年的沈从文,在离开湘西之后,"乡下人"成为了他永远的骄傲,更成为了他对照城市、"对抗"城市的一份心理"武器"。乡村是他们的根,是他们的精神"地母";农民是他们永远的身份确认与坚守,也是他们不变的写作姿态与立场。

农民身份和立场的确认,为贾平凹观察、审视乡土中国与现代都市社会的复杂关系,提供了更加开阔的视角与相互参照、反思的双向路径。乡村的生活,是贾平凹的写作资源,也是他用知识者的现代性眼光审视、回望乡土中国的一份情感动力。在贾平凹的写作中,情感与理性交织,他的脚步一次次踏上秦岭,他的精神之履不断返还故乡,并一步步勘察历史与现实的乡土中国变迁及变迁下的世道人心,以"世纪写作"为中国当代文学史提供了一份文学"档案"。由此,我们可以这样来理解:贾平凹是农民,农民离不开土地;贾平凹又是出身农民的作家,作为"农民"的贾平凹和作为"作家"的贾平凹,身份的重叠,使其写作产生的丰富性、复杂性,较之于其他作家更显不同。他去不掉又爱又恨的农民习性,更道不尽"剪不断,理还乱"的乡土情结。

二、"天我合一是文学":人文、传统、神秘与秦地书写

我们看到,从棣花到商洛各县,又从商洛到秦岭各地,贾平凹逐步扩大着自己文学叙事地理空间的疆域。作为一个生长在商洛棣

花的山里人，贾平凹将其文学创作的根据地完整而扎实地驻扎在了生养他的秦岭大地之上，而这片地势独特、山水秀丽、历史悠久的秦岭大地，同时也在源源不断地向贾平凹输送着磅礴而又神秘的养分与气韵，成为了他取之不尽用之不竭的创作资源，并一步步地向世人展开了一幅属于贾平凹与秦岭之间独一无二的文学地理卷轴。毫无疑问，"棣花""丹凤""商洛""秦岭"，共同构成了贾平凹创作的福地。

曾大兴在《文学地理学概论》中，提到了文学地理学对文学创作的关系及意义，他认为，作家的生长环境是其"赖以生存、发展和创造的土壤。只要这种土壤的性质不发生根本性的变化，这种生活方式和文化心理等等就会对文学产生影响"[1]，从而形成具有鲜明地域性和作家自身独特写作风格的文学作品。文学地理学中的地理环境包括自然环境和人文环境，"自然环境与人文环境的各个要素，都会对人类活动及其生存构成影响，包括对文学家生长与文学作品创作的影响"[2]。如果说地理学是学术的、客观的，那么文学地理学或文化地理学则是主观的、充满感情的。由于得天独厚的优势，地理环境无时无刻不在影响着作家的脾气秉性、人格气质、文学风格以及看待世界的角度和态度等。本节主要从秦地自然环境和人文环境两方面，考察地理环境对贾平凹文学创作的影响。

我们应该注意到，自然环境必然会对作家气质及人格的形成产生直接且巨大的影响。清代李淦所撰写的《燕翼篇·性气》讲道："地气风土异宜，人性亦因而迥异。"[3] 这里的"人性"，指人

---

[1] 曾大兴.文学地理学概论［M］.北京：商务印书馆，2017：20.
[2] 曾大兴.文学地理学概论［M］.北京：商务印书馆，2017：36.
[3] 〔清〕李淦.燕翼篇·性气［M］//〔清〕王晫，张潮.檀几丛书.上海：上海古籍出版社，1992：262.

的人格气质,大概意思是因为自然环境不同,人们的气质也因此不尽相同。《礼记正义·王制》中说道:"凡居民材,必因天地寒暖燥湿,广谷大川异制,民生其间者异俗,刚柔轻重迟速异齐,五味异和,器械异制,衣服异宜。中国戎夷五方之民,皆有性也,不可推移。"① 这段话所要表达的中心旨意是,一个地方的自然环境是形成人们人格气质的首要因素,其次是人文环境的影响。因此,自然环境是一个人人格气质形成的首要的、直接的因素,且这种影响是长期的、深远的。

在这里不能不说,贾平凹的文字优美灵动,在很大程度上得益于商州自然地理环境的灵秀与俊逸。他的文字同时又是神秘深邃的,这与氤氲着袅袅仙气、奇气的商州自然地理环境休戚相关、一脉相连,由此自成一格。《〈直隶商州总志〉点注》(以下简称"商州总志")中记载了商州"八景十观"及"镇安八景""山阳八景""洛南八景""商南八景"等。诗仙李白钟爱的仙娥峰,也就是"商州八景"中的"仙娥削壁"位于商州城西北十里许,那里江河逼仄,怪石嶙峋,两岸峰峦耸峙,悬崖峭壁如斧削状。仙娥峰"纵横百丈,上下千寻"②,峭壁陡立,险峻而壮阔。与代表雄浑之美的仙娥峰形成鲜明对比的景色就在仙娥溪南岸不远处,这便是"商州十观"中的"溪岸桃花"。那里十里桃花、灼灼其华、花香鸟语、杨柳依依、娉婷婀娜、如梦似幻,呈现出了商州景色的灵秀之美。在贾平凹生长地丹凤县棣花镇西街村,河对面有一处"松山藏月"的奇景,那"月"并不是月亮而是一座山峰,从松间望去,山峰的

---

① 〔唐〕孔颖达.礼记正义·王制第五[M]//〔清〕阮元.十三经注疏(三).北京:中华书局,2009:2896.
② 〔清〕王如玖.《直隶商州总志》点注[M].商洛地区地方志编纂办公室原志.西安:陕西人民出版社,1992:74.

形态蜷缩在松间的缝隙中，好似上弦月掩映其中。目之所及，弦月若隐若现，草木郁郁葱葱。在这充满了"山之灵光""水之秀气"的商洛生长了将近二十年，贾平凹自然而然地耳濡目染着灵秀、通达的元气，吐纳着神秘、深邃的气息。可见，无论是自然环境，还是人文环境，对一位作家的写作，都是影响深远和深邃的，直接关乎一个作家的写作发生。

需要阐释的是，贾平凹对自然的情感和眷恋，一定是满含着真情实感和挚爱之心。只有在这个前提下，才能使其在欢乐的时光于田间撒欢，苦闷的时候从山水间寻觅慰藉，与日月星辰诉说，以蛐蛐蚂蚁为伴……只有在自然之境，才能使其身心真正地得以放松，获得如释重负的安全感。在这样的环境之中，潜移默化地磨砺出了贾平凹能屈能伸、扎实坚韧的人格与气质。费秉勋用"生命审美化"来概括贾平凹的人格气质："一方面指主体对生命历程的回味，并将这种回味沉积于审美意识中，参与审美活动；另一方面指生命体验贯穿于主体的大部分意识活动，它的主要特征是主体脱离于理性判断和功利目的对世界沉静的体味和审美观照。"[1] 集灵秀典雅、光怪陆离于一体的柞水溶洞，位于商洛市柞水县石瓮镇，总面积约十七平方公里，现已发现一百一十五个溶洞，有"北国奇石""西北一绝"的美誉，其迷人景致可与喀斯特溶洞群相媲美。这种"最商州"的石头，自带着通身的坚韧、奇峻与神秘，长期影响着贾平凹及当地人，这些品格与气质，逐渐形成一种集体无意识，融入他们的精神与血液之中。其实，这些元素，在贾平凹后来的许多书写中，都幻化成神奇、奇诡、奇崛、奇异的隐秘气息，极其自然地形

---

[1] 费秉勋.生命审美化——对贾平凹人格气质的一种分析[J].当代作家评论，1992(02)：45.

成贾平凹文本独异的特质。柞水溶洞的核心区天佛洞,堪称自然形成的艺术宫殿,其钟乳石和石笋如佛、如花、如禽、如兽,绚丽多姿、美不胜收。贾平凹酷爱赏石,他对石头如此钟情的根源必定来自商洛奇特险峻的地理风貌。正是由于商洛随处可见的美石、奇石、怪石、丑石,为贾平凹营造了得天独厚的便利条件:山石的种类繁杂,开阔了他的想象空间;山石的天然属性,影响着他坚毅隐忍的人格气质;山石的绰约多姿,延展着他的创作风格与审美情趣。贾平凹在每次的行走中一定不会忘记收集姿态各异的石头,手中还有许多来自全国各地藏石家的珍藏,并多次在散文中描写石头。散文《中国百石欣赏》,描写了一百一十二块(类)来自天南海北名字各异的石头。贾平凹喜欢细细观察石头的形状、纹理、色彩等外在形态,更乐于细细品味每块石头背后的故事与气韵:观"锦绣河山"的线条和色彩,他能联想到中国山水画的高超技艺;观"独坐黄昏",他能感受到少女思春时既美妙又哀伤的情思;看"较量",他能联想出鲁迅笔下的阿Q,亦庄亦虚,趣味无穷;看"天涯共此时",他能产生人境逼仄、心境浩渺之感;看霍去病墓前的"无题",他体味着石头的"高大雄武""沉着安静",并撰联"披褐而怀玉,道德可久身"。贾平凹对石头的观察与喜爱一定是从儿时的自然环境之中生发出来的,这种从外形观察到内在体悟的过程,也是一种从不经意到自觉的审美感受过程,是在不断地投身大自然之中慢慢观察、积累、升华出的生命审美活动。《丑石》是一篇贾平凹感悟奇石的妙文,其独特之处在于散文中所体现出的"化丑为美"的审美体验与哲学思考。多年以后,我们发现,这种更为开阔、辩证的审美追求,影响并贯穿于贾平凹的整个文学创作历程之中。

在贾平凹的文字中,一个不经意的叙述,可能就流露出他对自然无尽的喜爱与潜意识里进行的审美行为。"从缝隙看到太阳被气晕的样子,感到好笑"[①]。正是对太阳拟人化、平等化的看待与打量,才能使作家会心一笑,体味到其中的乐趣。"如果突然之间在崖壁上生出一朵山花,鲜艳夺目,我就坐下来久久看个不够"[②]。贾平凹很矛盾,既不喜欢热闹,又时常感到孤独,每当这时,他就只能跑到深谷野洼,在远山静水、山花小虫之中寻求心灵上的安慰,因此他便更加沉迷于观山看水、玩鸟赏石之类。正是由于他的"看个不够",使他不自觉地养成了对自然景观细致观察的习惯和爱好,这种既善于观察又能从中获得体悟的生命历程,形成了作家对美、对艺术的交互与通转,在人格气质方面体现了真正的"生命审美化"特点。

多年以来,贾平凹以行走为乐,痴迷于山水之间。每每徜徉于山川大地、河流沟壑中,他都会从中获得灵感和写作的激情。我们看到,贾平凹描写的自然景观,大美中不失俏皮与灵动,笔下的山川河流、花草树木、飞禽走兽都充满了灵秀之气。它们都在以各自的生命形态,冷眼旁观着人类社会的暮去朝来、世事变迁;它们以身作则,言传身教,幻化、衍生成为照亮贾平凹不断思考的点点星光,使他在长期的细致观察中体悟出生命的意义与自然的真谛。贾平凹擅于将自然界的万物人格化、人性化,通过长久细致的观察,培养审美情趣,增进对艺术的欣赏水平,构建出稳固、通透的人生观、世界观、价值观和审美观,从而逐渐形成了他坚韧通达、自在从容的人格气质,所体现的,正是贾平凹口中所说的"天我合一"的艺术境界。散文《六棵树》中,在提到当地独有的"痒痒

---

① 贾平凹.带灯[M].北京:人民文学出版社,2013:98.
② 贾平凹.自传——在乡间的十九年[M]//贾平凹.土门胜境.长春:时代文艺出版社,2017:14.

树"时,贾平凹讲述了几个村里人和痒痒树之间的羁绊,并叹道:"树和人在一起时间长了,不是树影响了人,就是人影响了树。"①在散文《天气》中,贾平凹列举了古人顺应天气而成功的例子,便顿悟道:"掌控这个世界的永远是天气,……天气就是天意。"② 贾平凹在《商州初录》的"桃冲"一段,用"伟大"和"有个性"来形容石门河,在描写石门河与洛河交汇后河水侵蚀崖壁时,写道:"软的东西就这么一天一天将硬的石崖咬得坑坑洼洼。"③在《商州又录》的第八个故事里,主人公在山间听到一种如厉鬼狞笑的怪声,吓得失足跌落,后被一个采草药的老汉救起,主人公随即陷入思索:"山上是太苦了。正是太苦,才长出了这苦口的草药吗?采药的人成年就是挖着这苦,也正是挖着了这草药的苦,才医治了世上人的一生中所遇到的苦痛吗?"④ 小说《带灯》中,主人公带灯在观察镇政府大院里塔松、银杏、香椿、楸树、苦楝、樟木等树木的姿态时,觉得这些树相依相偎又彼此制约,只有在这种既依附又竞争的关系中树才能长得高大,长得如"一簇柱子",她便觉得"太阳和月亮是树的宗教"⑤。这些是主人公的疑惑或思考,更彰显出贾平凹对于大自然的沉思与体悟。贾平凹生活在这样的自然之境,其间的山水石沙、一草一木或是村里的猫儿狗儿、圈里的鸡儿

---

① 贾平凹.六棵树[M]//贾平凹.顺从天气.长春:时代文艺出版社,2017:107.
② 贾平凹.六棵树[M]//贾平凹.顺从天气.长春:时代文艺出版社,2017:109.
③ 贾平凹.商州初录[M]//贾平凹.贾平凹中短篇小说年编·中篇卷·二月杏.济南:山东人民出版社,2018:23.
④ 贾平凹.商州初录[M]//贾平凹.贾平凹中短篇小说年编·中篇卷·小月前本.济南:山东人民出版社,2018:59.
⑤ 贾平凹.带灯[M].北京:人民文学出版社,2013:49.

猪儿，都是他仔细观察的对象。在贾平凹看来，它们虽不能言语，却能时刻浸润人心，沉淀出存在世界最自然、朴素的智慧与哲理。

  当然，贾平凹对自然不仅是热爱，更充满着对自然的感激之情、敬畏之心。贾平凹的父亲被"打倒"后，家里的生活陷入了绝境。吃的没有，有时竟连柴火也所剩无几，他和堂兄就只能去割梢子柴，近山的树都砍完了，只能去更远更险的沟垴。"倏忽我瞧见了就在十米之外的崖头上长着一株我不认识的花，鲜红如血"[①]，深冬季节竟能看到如此鲜艳的花朵，使贾平凹惊艳，以至数年不能忘却。后来有人说这花可能一生只能让一人见证它的绚烂与美丽，贾平凹之于这花可能只是有缘之人，但这花之于贾平凹却是生命之花、希望之火，在他处于绝境之时为之绽放，使他看见生命的美好与光亮。前面提到过，《古炉》中的狗尿苔有太多贾平凹儿时的影子。在小说中，狗尿苔爱自然、懂六畜，他认为是河水把他送到古炉村，是婆养育了他，是巷道里的树木、石头收留了他，当他意识到这一点时，就夹一口粥放在每个树杈和石头上，这看似微不足道的举动却是从狗尿苔牙缝中挤出的吃食，倾注了作家对于自然深深的感恩与崇敬之情。贾平凹儿时一次背柴将要返家，因为柴火分量太重导致他失去平衡滚下崖去，极其庆幸的是半崖上的三株白桦树卡住了他，仅仅受了一点皮肉之伤。于是贾平凹对着那三株白桦树磕头，对着四周的群山峻岭跪拜，这或许是个巧合，但这三株白桦树对于他来说却有着救命之恩。贾平凹对白桦树、群山乃至大自然的感念与敬畏，不只是他磕的那几个响头，他把对自然的感情大量地注入到了他的散文、小说、诗歌以及书画作品之中，真正做到了用一生的光阴为自然书写，为天地吟诵。

[①] 贾平凹.我是农民[M].桂林：漓江出版社，2013：77.

在我看来，正是成长在这种集大美与灵秀于一身的自然之境，使贾平凹时刻浸润在既新鲜又雄浑的自然之气中，它们那些被人格化了的品质和特点时刻影响着贾平凹的身与心，无形中陶冶、磨砺、锻造着贾平凹能屈能伸、坚毅豁达的人格气质。

不可否认，自然环境直接影响作家文学地理空间的建构与发展。文学地理学将文学分为三个空间，第一空间为自然条件下的客观真实存在的地理空间，第二空间是作家以第一空间为基础，通过文学创作创造出的空间，第三空间是读者在阅读过程中根据自己的生活阅历及审美体悟再创造的空间。"自然环境之所以重要，它作为人文环境的基础，与人文环境一道为文学创作提供了第一空间"[1]。也就是说，商州的地理环境为贾平凹的文学创作提供了第一空间，而贾平凹通过对第一空间的再创作，开辟、发展、繁荣了属于贾氏独特而闻名的第二空间，最后通过读者的阅读，使贾平凹的文学地理空间在读者心中呈现出斑斓多姿的想象的延展。就这样，经过了地理环境、作家创作、读者再创作的三个过程，完成了一个充满生机与想象的文学闭环，形成了文学地理学上三个空间的循环作用，实现了真正意义上的"人以地传，地以人传"。

1980年，贾平凹意识到自己的文学创作一直处于随波逐流的无根状态，缺少自己文学上的根据地。在这期间他回过几次家乡，通过对商洛地区七个县进行的两次大范围的采风，使他深入了解到商洛地区自然环境、历史文化、风土人情等的丰厚与独特，从而坚定了他写故乡人事的决心。遗憾的是也因为这两次采风，使贾平凹患上了乙肝和疥疮，从此饱受疾病的困扰与折磨。或许，此次患病就是他找到自身价值与文学根据地所必须付出的代价吧。在见证了贾

---

[1] 曾大兴.文学地理学概论[M].北京：商务印书馆，2017：45.

平凹这些年的文学行走之后，我们可以用"大难不死必有后福"来形容与总结他的经历，这"后福"不是物质上的收获，它主要体现在三个方面，一是贾平凹文学地理空间的建立、发展与繁荣，二是贾平凹独特文学气韵与风格的形成，三是经历了苦难与疾病以后，贾平凹在心灵上体悟出的自在与从容。

贾平凹最初的文学地理空间，集中在他的故乡丹凤县棣花镇所属的陕西省商洛市，代表作有"商州三录"《商州》《浮躁》《秦腔》等。后来随着行走的地方越来越多，了解的物事越来越庞杂，作家的文学地理空间便延伸至了秦岭各处。从棣花到商州，再从商州到秦岭各处，贾平凹逐步扩大着自己的文学地理空间，吟唱着雄浑而壮阔的"旷世秦腔"。

面对商洛，人们可能最先想到的是其中的自然风光和人文景观，但于贾平凹笔下的商州而言，最美之处定是棣花。棣花是贾平凹生长的地方，他直到十九岁才离开了那里到西安上学。这个因王母娘娘簪子的传说而得名的地方，听起来就十分烂漫、美好，"棣花"也正如其名，她"山美，水美，人美"，拥有"昙花胜迹""松云藏月""南山飞瀑"等"棣花十观"。在贾平凹的众多散文和小说中，他不惜笔墨，用一切最美好的文字来形容棣花，赞美棣花。每当提到棣花，贾平凹性格中的自卑与文字中的朴素便躲入暗处，再无踪迹可循，那种无法遮掩的文化自信随之溢出文字，沁入人心，使人产生强烈的想要实地游览的冲动。长篇小说《秦腔》就是以棣花街为第一空间进行创作的，"我的故乡是棣花街，我的故事是清风街，棣花街是月，清风街是水中月，棣花街是花，清风街是镜里花"[①]。这里就涉及了小说虚构与非虚构之间的问题，可以说棣花

---

① 贾平凹.秦腔［M］.北京：作家出版社，2018：518.

街是实,清风街是虚,而正是有了棣花街这一地理上的第一空间,也因为贾平凹不想让"行将过去"的故乡被时间与时代吞没,才建构出了文学作品中的第二空间清风街,圆了作家为家乡树碑的心愿。可以说,棣花是贾平凹孕育文学与艺术的起点,更是他魂牵梦萦、永生无法割舍的灵魂栖息之所。

  贾平凹的小说创作离不开"乡土""商州""农民"等关键词,这正是其文学创作的基础与养料。"商州"这个地名,乍一听是古老、神秘且遥远的,这名字甚至让人有种不真实的感觉。贾平凹在《寻找商州》中解释过:"那时为了不对号入座,避开商洛这个字眼,采用了古时这块地方的名字:商州。"[1] 商州是贾平凹的家乡,更是他的"逃遁"之所,给了他无可替代的归宿感与内心的平静与安乐。二十世纪八十年代初,贾平凹用"于是默默,天下无闻"来形容商州,写"商州"是为了不让这拥有"山之灵光,水之秀气"之地被人忽略甚至遗忘。有人说商洛是中国最贫穷的地方,但正是由于这种经济上的相对滞后,使得商洛自然景色的原始、秀美与灵气能够相对完满地得以保存。"商州总志"有云:"山川、名胜惟灵秀甲于郡邑,斯品题代有传闻。佳境之显于耳目者,殆非偶然。商之'八景'、'十观',经名流之拂拭也尚矣。"[2] 这里提到了"商州八景"和"商州十观",它们集自然、人文景观于一体,附山水之灵秀于一身,不仅商州人热爱它的美,外乡人也对其赞不绝口。贾平凹说商州并非是绝无世外的桃花源,但它的美丽与神秘是"不可无一,不可有二"的。在《商州初录》中,贾平凹从商州的门口

---

[1] 贾平凹.寻找商州[M]//贾平凹.顺从天气.长春:时代文艺出版社,2017:239.

[2] 〔清〕王如玖.《直隶商州总志》点注[M].商洛地区地方志编纂办公室原志.西安:陕西人民出版社,1992:74.

儿、丹江源头黑龙口镇说起,沿洛南县与丹凤县相接的莽岭,过丹江河,到了拥有帝王风水之气同时也是贾平凹故乡棣花镇所属的丹凤县,到商州人才尖子的聚集地山阳县,再到"鸡鸣听三省,犬吠三省闻"的商南县白浪街,终到"秦楚咽喉""半水半田九分山"的镇安县和柞水县,于是,商洛市一区六县的山水物事尽收眼底。从文学地理学的角度来看,商洛是第一空间,商州是第二空间。从贾平凹文学创作的角度来看,商洛是山美、水美、万物有灵的地方,商州则是作家灵魂安妥的故乡。

关于八百里秦川——秦岭,贾平凹做过这样的概括,"一道龙脉,横亘在那里,提携着黄河长江,统领了北方南方,它是中国最伟大的一座山,当然它更是最中国的一座山"[①]。贾平凹简洁明了地介绍了秦岭的地理位置,以及它在中国地理上的重要地位。《山本》是一部秦岭志,书中对秦岭的地理风貌、动物植物、历史故事、世风民俗等进行了详细而深入的描写和记录,是一部充满"智性"的"百科全书式"的博学小说。小说是以秦岭作为第一空间展开的联想与创造,多而杂乱的素材使贾平凹陷入了长时间的纠结当中,如何将所收集的素材融入小说,如何将历史转换为文学等问题一直悬而未决。终于,贾平凹找到了慢慢解开谜题的方法——一次又一次地进入秦岭。《山本》的写作背景和来源全部集中在这里,秦岭太大了,太神了,每次进入秦岭,都会给贾平凹带来前所未有的喜悦感和新鲜感。他总能看到未见过的动物、植物和地理风貌,总能遇到不同的人,讲给他闻所未闻的传说或故事。正是由于贾平凹对秦岭这个自然地理空间深深的感激与热爱,才有了今天这部"百科全书式"的秦岭之志,这是一种施与受的良性循环,是贾

[①] 贾平凹.山本[M].北京:作家出版社,2018:题记.

平凹为秦岭这座伟大山脉制造的巨大回响。

不可否认,与自然地理环境同等重要的,是人文地理环境对作家写作发生、创作资源的影响。在人文地理学中,"人文环境包括政治、军事、经济、文教、宗教、风俗和语言等要素"[1],将政治、军事、经济地理称为广义的人文地理,把文教、宗教、风俗地理称为狭义的人文地理,即"人文气候"。无论是广义的还是狭义的人文地理都会对作家的文学创作产生影响,但广义的人文地理对人的影响是表层的、短暂的,影响更具体、深刻、长久的当属狭义的人文地理(人文气候)。以下主要论述秦岭广义的人文地理和狭义的人文地理对贾平凹文学创作的影响。

"商州者,商鞅封地也"[2]。此一句,道尽了商州历史的厚重与悠久。《禹贡》《周礼》《史记》《括地志》《水经注》《左传》等古书里都有对商州历史、地理等方面的记载。商州在战国时期属于秦地,在汉朝时就叫作"商州",到了唐朝因境内有商山、洛水而改名为"商洛",宋、元、明、清四个朝代复用了"商州"这一地名,新中国成立后再次改回"商洛",如今的商州指隶属于商洛市的商州区。贾平凹所建构的文学地理商州,指如今的陕西省商洛市。位于秦岭山脉中段的终南山,集自然地理与人文地理的光辉荣耀于一身,是自然形成的中国南北地理、生态、人文等的分界线。早在旧石器时代,古人类就在终南山下繁衍生息,在这里,独特良好的地理条件滋养着华夏文明,直接影响着商州地区人口的繁衍和经济的发展。

自然地理直接影响政治、经济、军事等广义的人文地理,商洛

---

[1] 曾大兴.文学地理学概论[M].北京:商务印书馆,2017:48.

[2] 贾平凹.商州初录[M]//贾平凹.贾平凹中短篇小说年编·中篇卷·二月杏.济南:山东人民出版社,2018:3.

就是一个很好的例证。根据"商州总志"记载,商州"外则东有武关之天险,西有牧护之要区,南有刘岭绵亘千里,北有黄沙高踞千寻,……商近长安,实为天险要地"①。无疑,商州的自然环境和地理位置对其政治、经济、军事环境造成了直接而巨大的影响。位于商洛市丹凤县的武关,"北接熊、华,南邻汉水,东连荆襄,西通关铺,故秦楚咽喉也"②。武关在先秦之时与函谷关、大散关、萧关并称"秦之四塞""关中四塞"。在明代至民国初年,武关与金锁关、潼关、大散关,共同形成通往八百里秦川的四大关隘。武关因其地理位置之重要和地势之险要,自古以来都是兵家必争之地,楚怀王、秦始皇、刘邦、郭子仪、黄巢、李自成、贺龙等均因政事或战事出入或经过武关,因此素有"三秦要塞""秦楚咽喉""秦关百二""关中锁钥"之誉。如今的丹凤县城,以前叫作龙驹寨,其名称的由来有两个传说:一则是相传因刘邦伐秦时的坐骑产于此处而得名;一则为西楚霸王的坐骑"神骥乌骓"产于此而得名。"明万历四十六年(1618)商州龙驹寨(今丹凤境)水旱码头正式开埠,商业贸易日益繁荣,私营商业也随之兴起,沿途客商行人和差役以及每日往来的船只、驮骡络绎不绝"③。龙驹寨水路发达,人们去南阳、汉中、江西都要走水路,因此曾是十分繁荣富足的水旱大码头,更有"四十六家货栈"名震一时。往来商贩熙熙攘攘,龙驹寨的经济因此得到了极大的发展与繁荣,而贾平凹的生长地棣花

---

① 〔清〕王如玖.《直隶商州总志》点注[M].商洛地区地方志编纂办公室原志.西安:陕西人民出版社,1992:68.

② 〔清〕王如玖.《直隶商州总志》点注[M].商洛地区地方志编纂办公室原志.西安:陕西人民出版社,1992:68.

③ 商洛市人民政府地方志办公室.商州老字号[M].西安:陕西人民出版社,2018:1.

则处在龙驹寨门户的位置。商州的自然地理环境直接影响了其政治、军事、经济等方面的发展，通达的交通环境和信息环境，使商州人能够多方面地接收外来的文化信息，也因此开阔了商州人的视野，从某种程度上丰富了商州的文化积累，夯实了商州的文化底蕴。

以上所述，足以证明商洛悠久荣耀的历史与独特重要的地理位置，但一切"俱往矣"，一切都只能成为商洛人茶余饭后的谈资与追忆，只能成为商州地方志里的沧海桑田。然而，历史的闪光对商州人抑或贾平凹的影响看似深远宏大，但毕竟时过境迁，人们受广义人文地理（政治、军事、经济）的影响始终停留在表面，显得虚无缥缈。贾平凹短篇小说《夏夜"光棍楼"》中的"光棍楼"实则是镇有钟馗像的魁星楼，在提到魁星楼的历史时，写道："它陪着村庄站在那里，人们已经不知道它是哪一朝的建筑了。据说这是'魁星楼'，但'魁星楼'是干啥用场，不理会。"这两句话充分说明魁星楼尽管在古代赫赫有名，引无数文人雅士顶礼膜拜，但这种只停留在广义人文地理层面的历史建筑，对人们来说既遥远又缺乏实际用处，对当地人自然影响甚微。要想使广义的人文地理对人的影响更加实际、深入，必须使其进入到狭义人文地理的层面。法国历史学家、年鉴学派代表人物费尔南·布罗代尔的"三时段"理论，将战争、革命、外交等历史突发事件称之为"短时段"，而将构成"短时段"因果关系、历史周期和循环过程的较长时间周期称之为"中时段"，将地理环境、社会组成、思想文化、风俗习惯等长时间不发生改变或变化极其缓慢的现象称之为"长时段"，是一种长期的延续的结构。从文学地理学的角度讲，这里的"短时段"和"中时段"属于广义的人文地理，"长时段"则属于狭义的人文地理范畴。"广义的人文地理可以说是人文地理的表层结构，它对人类所构成的影响往往是表面的、短暂的"①……

狭义的人文地理（人文气候）包括文教地理、宗教地理和风俗地理，人文气候具有地域性和相对稳定性两个特点。"狭义的人文地理是人文地理的深层结构，它对人类的影响则是深刻的、漫长的、起决定作用的"②，贾平凹曾提说过商州的文化："中国文化里有中原文化和楚文化之分，而商洛正处于两种文化的交汇区，也就是说，商洛属于中原文化，又属于楚文化，既有中原文化的宽博雄沉，也有着楚文化的秀美和浪漫。"③ 所以在贾平凹的写作风格中，既存在楚文化的自然纯澈和灵动秀美，又拥有中原文化的大气磅礴与雄浑壮阔，两种文化盘旋往复，共同弥漫于贾平凹的文学山峰之巅。

在《高兴》后记中，贾平凹提到过商州人素来喜文好学，在《商州初录》介绍棣花的部分，也提到他的家乡自古以来重文崇武。悠久的文化传统、丰厚的文化积淀以及浓厚的文化氛围，构成了商州良好而浓郁的文教环境。据《〈直隶商州总志〉点注》记载，商州有金承安三年创建的州学大学，明嘉靖期间创办的商山书院，明洪武三年创建的镇安县学、洛南县学，明成化十三年创办的山阳县学、商南县学等著名学堂，另设有义学、社学等免费的私塾或乡社学校，供二十岁以下，有志学文者学习。"商州总志"详细记录了商州明清两代脱颖而出的"孝廉科""进士""举人""贡生""馆学生""武举人""武进士""封荫"等，这些人出生于商州各处，"是知人杰地灵，固不以山川间隔，风会有殊也"④！"商州总志"还

---

① 曾大兴.文学地理学概论［M］.北京：商务印书馆，2017：64—65.
② 曾大兴.文学地理学概论［M］.北京：商务印书馆，2017：65.
③ 贾平凹.秦岭和秦岭中的我［N/OL］.韩城传媒网，2019年9月29日.
④〔清〕王如玖.《直隶商州总志》点注［M］.商洛地区地方志编纂办公室原志.西安：陕西人民出版社，1992：285.

记录了蛰居于商州的"商山四皓"、张良、邵雍、陈抟,以及代表"忠杰""孝义""文艺""艺术"等方面的高士,其高山景行的品格足以"焜耀山川",光照秦岭。"商州总志"同时记录了李白、白居易、贾岛等文人骚客,这些诗人都曾隐居于商州,他们不仅写下了《泛仙娥溪》《东溪幽居》《游仙娥驿》《仙娥峰下作》《商山谒卢使君》《云盖寺》等诗句,更在商州留下了风流俊逸、雅量高致的文豪气派。以上所述,商州良好而浓郁的文教环境一代一代传承至今,使贾平凹一直生活在喜文好学的文化气氛之中,陶冶着他的文人气质,熏染着他的古风韵致。

商州地界存在很多历史悠久、风光秀丽、纯朴自然、极具韵味的古镇,至今仍旧保留着古色古香的灵秀韵致。镇子里存在很多古文化遗迹,其中的人文景观和其背后流传的神话传说,为商州增添了许多人文气息和神秘色彩。贾平凹的家乡棣花镇山美、水美、人美,有"昙花圣地"之美称,至今仍能瞥见宋金时期的风貌。唐代诗人白居易、元稹等曾经留诗于棣花驿,氤氲了诗人满腔的离愁别绪。贾平凹的散文《说棣花》中提到,贾塬村"东街有个二郎庙,庙前就是魁星楼"[①]。"雕梁画栋""飞檐翘角"的魁星楼,坐镇着北斗七星的第一星魁星,以打鬼驱邪的钟馗为原型,右手高握赤笔,左手低持墨斗,右脚金鸡独立,左脚扬起后踢,这动作正呼应了"魁"字运笔的"弯钩",此等威严与霸气曾引无数文人墨客顶礼膜拜,"棣花十观"之一的"魁楼映瑞"说的就是这里。幼年的贾平凹夏夜经常到魁星楼听人们说仙道鬼,与这里所弥漫的钟馗文化、神鬼文化息息相关。魁星楼的不远处就是建于金大安三年的二

---

① 贾平凹.说棣花[M]//贾平凹.顺从天气.长春:时代文艺出版社,2017:194.

郎庙，相传金国侵略南宋，秦桧力主求和，割商于金，金国遂建造二郎庙，以立标志界。二郎庙是商洛地区最古老的建筑，更是陕西省仅存的唯一一座金代建筑。二郎庙融合了汉、金的建筑工艺，造型奇特，巧夺天工，兼具汉金风韵，"棣花十观"之一的"圣庙神修"就在此处。位于二郎庙东侧的关帝庙，建于清乾隆十八年，其造型、韵味皆效仿了二郎庙，与二郎庙交相辉映，颇具辽金古风。贾平凹直至十九岁，一直生活在这种人文气息浓厚的环境中，这种人文气候对贾平凹的文化浸润是直观的、潜移默化的，对贾平凹的脾气秉性、人格气质乃至文学风格都产生了直接而巨大的影响。

在"商州总志"中，代表佛教、道教、儒教的坛、寺、庙、观、塔等如恒河沙数，不胜枚举，充分说明了商州拥有悠久而厚重的宗教文化，百姓的思想也因此深受儒释道等文化的熏陶和影响。位于秦岭山脉中段的终南山，因其独特的环境吸引着许多高道大德来此隐居修炼，直接促进了道教的萌芽、发展与繁荣。此外，终南山不仅是道教的发祥地，佛、孝、寿、钟馗、财神等文化也在此不断发展与繁荣。"中南自古多神仙"，神话传说星罗棋布，被称作"天下第一福地"的终南山上自然存在众多著名的人文景观：那里有祛病延年、"上善若水"的上善池；有老子李耳炼丹、修真养性的仰天池；有千年古柏"楼观九老"中老子系牛的"系牛柏"；有欧阳询、苏灵芝、米芾、苏轼等人行书作文的楼观台等。独特的地理与生态以及飘然出尘的人文气息，使终南山在历朝历代都留下了众多名人、隐士的足迹、故事和传说。太上老君老子、文始真人尹喜、姜太公姜子牙、正财神赵公明、商山四皓、"汉初三杰"张良、"八仙"汉钟离和吕洞宾、药王孙思邈、镇宅圣君钟馗、华严宗师杜顺、诗仙李白、诗佛王维、全真圣祖王重阳等，都曾与终南山结下不解之缘，他们的每一个名号都家喻户晓、如雷贯耳，充分证明了古代商州在人文气候方面的极大丰富与繁荣。

我们能够感受到,贾平凹的文学风格总是笼罩着神秘诡谲、玄妙深邃的幽深气息,这与秦岭险峻奇特的自然地理环境有关,更离不开秦岭地区底蕴深厚的儒释道等宗教文化、神秘文化的影响。从文化格局来看,贾平凹的小说创作在整体上以中国的儒家文化为主,佛教文化为辅,它们作为一种道德规范,共同盘踞在贾平凹小说创作的宏观层面,构成主体框架结构。而道家思想则渗透到了宏观框架中的内部和细处,它既可以作为一种意识形态、一种审美情趣,也可以成为人们处理具体问题的方法,兼具行动力、执行力与创造力。由此可见,道教思想虽然属于微观层面,却具体而有效,更加深入人心。本书第五章,将贾平凹小说中的"儒释道"思想进行详细论述,此处不再赘言。

以上所述,商州宗教、风俗文化等方面的源远流长,使贾平凹从小就深受鬼神、神秘文化等的熏陶与影响,"大人们最反对我们在正午去河滩,因为正午和子夜一样,是鬼出没的时候"[①]。贾平凹最初的学堂以古庙作为教室,墙壁上充满了各种神鬼壁画。幼年的贾平凹勤奋好学,经常于拂晓时分就到了学堂,面对空无一人的教室和满是神神鬼鬼、恐怖阴森的宗教壁画,他的内心充斥着恐惧,也由此在心里产生了许多神眉鬼道的联想。这种种的幻想与玄想,可以看成作家青少年时期天马行空的想象,也可看作贾平凹区别于其他农民的依据,以及成为作家的先决条件。这对于当时的贾平凹本人是恐怖晦暗的,但却无意中为日后的写作增添了许多光怪陆离的山野鬼气。

同时,贾平凹小说中所弥漫的诡谲与神秘气息,也离不开商州

---

① 贾平凹.我是农民[M].桂林:漓江出版社,2013:21.

传统风俗的陶染。风俗大致包括风气、民风、民俗等，以下大致从商州的风气和民风等方面进行论述。"商州总志"记载："商州习尚清高，人性质实，土风简朴，男务耕猎，女职蚕绩，不骛商贾，不喜奔竞，工无奇技，器无淫巧，愚氓畏吏，乡绅养高，庭无请嘱，昔称淳俗，非虚也。"① 前面我们提到过终南山上出了很多世外高人，"这些隐士逃避的是政治，却把知识传播开来，而民间的语言和风俗也就有着浓厚的典雅之风"②。贾平凹在"商州三录"里也提到了一些商州人的特点及习性，从中流露出了作家作为一个农民、一个山里人、一个商州人、一个秦岭人、一个中国人充分的文化自觉与自信。商州的男人木讷而彪悍，女人温顺而良善，他们孝顺父母，兄友弟恭，老嫂比母，爷孙关系甚好，男女可嬉笑打闹，但一切界限分明。商州人待人极其热情，家里一来客人就一定要留人住下，即使再晚也要备下鸡蛋、酒菜，热情款待。商州人不讲究吃穿，他们"量家当而行，以自然为本，里外如一"③。商州人喜欢走亲串门，对村里每家每户的情况都了如指掌，甚至连别人家爷爷的小名都一清二楚。他们重视节日，月月都有节日或纪念日："二月二，三月三，四月初八，五月初五，六月六，九月九，七月八月过十五，十月一日是冬至，腊月更是多，五豆腊八二十三，过年剩下七八天"④，每到这时，他们都上下里外一番打扮，既体面了自己，又尊重了他人。在吃食上，如生活宽裕，就"七碟子八碗地吃"，品类丰富，但不奢靡。如果生活困难，即使吃红薯面、蒸馍

---

① 〔清〕王如玖.《直隶商州总志》点注［M］.商洛地区地方志编纂办公室原志.西安：陕西人民出版社，1992：344.
② 贾平凹.我是农民［M］.桂林：漓江出版社，2013：37.
③ 贾平凹.商州初录［M］//贾平凹.贾平凹中短篇小说年编·中篇卷·二月杏.济南：山东人民出版社，2018：7.
④ 贾平凹.商州［M］.桂林：漓江出版社，2013：34.

等也是要讲究调料的丰富性的，生活虽然并不富裕，却不对付、不寒酸。二十世纪八九十年代，自行车和门楼这"两大件"能够体现出商州某一家庭的光景与气派：自行车要用红线缠，用蓝布包，轴上还要套各式各样手剪的花环；无论是家有五间房还是两间房，都必须设有门楼，飞禽走兽、花鸟虫鱼置于顶部，这些家庭的社会身份无论高低贵贱，门楼上都挂有字匾；商州人过年喜欢挂对联，会写字的自己写，或是找村里的读书人帮忙，实在不行就将酒盅蘸上墨水，在红纸上扣圈圈，以示文化气息。以上这些商州的风气、民风等经常出现在贾平凹的文学作品中，上面论述过的商州的文教环境和这里讲的风俗环境一道影响着贾平凹的文学风格，文化气候的地域性及相对稳定性，使他在文学创作中熏陶出了浑厚朴实的古典之风与怡然自得的静雅之气。故乡成为了贾平凹充满思念的美学对象，成为了他灵魂安妥的栖息之地，这其中包含了作家充满地域性的文化自信，更饱含了他对家乡风土人情、对幼年时光深深的眷恋与追忆。

在这里，我主要试图从贾平凹小说的写作发生方面，论述农民身份和地理环境对作家小说创作的影响，体察贾平凹上能感受天地之浩渺，下能体味众生之疾苦的写作根源。我们早已体味到，贾平凹的文字优美灵动，在他的作品中，经常流露出对于传统的留恋与回望，这在很大程度上得益于商州自然、人文地理环境的灵秀与俊逸。贾平凹的文字同时又是神秘深邃的，这与氤氲着袅袅仙气、奇气的商州自然地理环境一脉相连，更离不开秦岭地区底蕴深厚的儒释道等宗教文化、神秘文化的影响，由此自成一格。同时，贾平凹通过对文学第一空间（商洛）的加工与再创造，构建出了独特的文学第二空间（商州），读者通过阅读和自我想象，形成了每个人心中千姿百态的文学第三空间，这第三空间正体现出了贾平凹写作的价值与意义。贾平凹和他的秦岭故事"给读者留下深刻的印象,或者唤起当地人的回忆,或者唤起身在异国他乡的人对家乡的思念,或者唤起其他地方的人对这个地方的关注,并由这个地方的关注产生关于自己家乡的向往"[①]。以上所述,由阅读而唤起的对于某地的种种感情上的共鸣,可以称之为"地方感"。"外面的世界知道了商州,商州的人知道了自己"[②],贾平凹真正做到了"人以地传,地以人传",这应该是作家最幸福的收获。由此,贾平凹和他的"百年秦岭"故事,所唤起的人类共同的精神及情感经验——"地方感",这种心灵上的共鸣,使得贾平凹的小说创作具备了"世界性"的开阔意义。作为作家写作的出发地与回返地,迄今的秦岭,仍旧向贾平凹输送着源源不断的创作灵感与写作资源。与此同时,已是古稀之年的贾平凹,仍旧笔耕不息,倾尽全力,放大着掷地有声、荡气回肠的秦岭的生命回响。

---

① 曾大兴.文学地理学概论[M].北京:商务印书馆,2017:33—34.
② 贾平凹.商州初录[M]//贾平凹.贾平凹中短篇小说年编·中篇卷·小月前本.济南:山东人民出版社,2018:59.

第二章
贾平凹小说的主题意蕴

　　从一定意义上讲，贾平凹的小说，就仿佛一部关于秦岭的百科全书，它所呈现的是自然、社会、人生等诸多存在之象的万千变化，云谲波诡，风云际会。倾心进入小说文本，我们就可以强烈地感受到，即使那些书写城市生活的作品，也与秦岭、商州、乡土息息相关。多年以来，贾平凹的文本，逐渐由平和秀丽之境，转为悠远而深邃，既有浩瀚的大秦的旷达，也有天地人多个层面的肌理深描，都能够透射出这块古老土地上悠久而深厚的文化氛围和气息。其笔下故乡的奇山异水，充分地呈现着关陕地区的地域文化景观和人文文化风貌。我们看到，在众多主题当中，对乡土的追忆与重构，对历史真实与沉重的书写，以及对人性良善与异化的精准描摹，则是作家所要呈现的重中之重。正是因为贾平凹叙事文本主题的丰富性、多义性和文化意蕴，以及所体现出的现实、历史勘察，终极文化关怀，我们对其小说创作主题意蕴的考量和反思，就成为研究贾平凹写作的重要方面。就是说，贾平凹在他耕耘了半个世纪的文学的"风水宝地"，为我们描摹、爬疏和思索出了怎样的精神和文化的奥义？这块土地上生生不息的精神，都有过怎样的心理、灵魂变异？这幅多元的人文图景里，又有着什么样的深厚的历史积淀？一句话，贾平凹创作到底体现出哪些有价值的文化本义？

显然，贾平凹对乡土的追忆与重构，为的是召唤质朴良善的人性，寻觅纯一不杂、返璞归真的初心。在书写历史层面，贾平凹放下了对宏大历史场景、强大国家权力的叙事方式，而是从尊重个体生命的角度及价值立场出发，在不可撼动的历史长河中，探寻世间万物真实而细腻的生命轨迹。贾平凹的"百年秦岭"故事，始终围绕中国农村进行的几次土地改革展开，生动而真实地描摹出秦岭地区农村、农业、农民在每一次土地改革中所反映出的时代心态和现实问题。而关于"人性"主题的书写，现代社会中，人与人之间温度的骤降，及人性的愈加复杂与扭曲，在贾平凹的作品中也清晰可见。在贾平凹笔下，"善"与"恶"的相互纠缠，编织起了真实而错综复杂的生活图景，正是"善"与"恶"两者的对立统一，才能呈现出最为鲜活而完整的人性。总而言之，历史、现实、人性、社会、政治、经济和文化，传统与现代，在贾平凹的叙事中，都蕴含着怎样的复杂底蕴？其叙事主题体现着他怎样的思想价值观和人文理念？需要我们悉心去揣摩和破译。

一、"商州往事"：乡土的追忆与重构

面对贾平凹的创作，我们通常会首先想到他对乡土和农村的书写，这两个词语看上去类似，但其中蕴含的意义和所属的内涵范畴却泾渭分明。"乡土"更贴近于精神层面，"乡土"的"乡"字是作家通过个人的主观感受所呈现出的有关家乡、故乡的文字叙述，"乡土"的"土"字可以看作一种与土地、根系相关的象征与隐喻，它具有传统、礼俗、宗族、情感等多方面象征意义。"农村"则属于现实的物质层面，它拥有固定的地理范围和界限，是区别于"城

市"的文字符号。

可以说,贾平凹所呈现的乡土世界,是他记忆中昔日那个从心、重情的礼俗社会。我相信,贾平凹书写"乡土"的第一个原因,在于作家的个人经历。贾平凹生于农村,直至十九岁才离开农村,进入城市读书、工作。终于脱离农村这个地理范围的贾平凹,满心是对褪去"农民皮"的兴奋与喜悦,以及对未来城市生活的憧憬与向往。但被社会化、物质化、政治化、利益化熏染久了的贾平凹,开始对城市环境、人际关系、生活方式等所谓的现代模式产生了陌生、反感甚至抗拒的心理,他越来越渴望儿时在乡下简单而质朴的自然气息与人文关怀。第二个原因,来自国家、社会大环境的变化与发展。城市化的建设、农村的土地改革、工业化的发展、经济利益的追逐等,导致了与现代社会相对立的乡土社会迅速地衰败与没落。现实中,作家记忆中的故乡正在土崩瓦解,昔日的农村已然面目全非。面对势不可挡的城市化进程给农村带来的各方面困境,贾平凹有责任、有义务用文字留住心中的平凡之土、纯净之地。面对日渐委顿的乡村,作家内心充满对农村当下和未来深切的痛心与焦虑,如实地、深刻地反映农村在城市化进程中面临的冲击与困境,是身为一名作家、一个农民的儿子必须履行的使命与义务。可以说,对"乡土"的书写,既饱含了贾平凹个人对故乡的依恋与追忆,更倾注了一名作家对乡村乃至国家拳拳的赤子之心。

关于社会形态,社会学理论认为社会分为两类,一种是礼俗社会,一种是法理社会。礼俗社会是"并没有具体目的,只是因为在一起生长而发生的社会"[①]。而法理社会则是为了共同完成某个目的或任务而形成的社会。前者遵守的是习俗和规矩,后者则一切以

[①] 费孝通.乡土中国[M].成都:天地出版社,2020:13.

法律制度规范言行。从这点来看，贾平凹笔下的"乡土"，无疑更偏向于礼俗社会。

　　费孝通在《乡土中国》一书中说过，"规矩不是法律，规矩是'习'出来的礼俗。从俗即是从心，……社会和个人在这里通了家"①。在乡土社会中，人与人之间的信任并不是法律赋予的，而是通过长期对彼此的熟悉而逐渐形成的。这种信任并不像现代社会里人与人的关系一般脆弱，它是一种千百年来沿袭下来的惯性思维，是能够让人心安的承诺，更是一种坚不可摧的信仰之力。进入文本，《山本》中的一段描写，在一定程度上印证了这一点。井宗秀请酱师做酱笋，酱师处处提防他，生怕他偷学了酱笋手艺。井宗秀向酱师保证，既然合作就要开诚布公、彼此信任，挣钱了二人平分，亏了井宗秀全权承担。但酱师与井宗秀只存在金钱上的关系，自然不会轻信于他。于是酱师让井宗秀立契约，井宗秀只好写了契约，按了手印，随后做出了如此感慨："唉，你就是个酱师，一辈子只是个酱师！"② 井宗秀的这种"保证"，倚仗的即是乡土社会人与人之间的信任，但这种信任是建立在社群成员互相了解的基础之上的。显然，井宗秀与酱师并不存在这种社群内部的互相了解，酱师自然不会仅凭陌生人的只言片语就轻信于他，于是酱师提到了书面上的合同——契约。这里的"契约""手印"即是法理社会中法律的象征，无论双方关系怎样、信任与否，都可以通过缔结契约的方式来获得法律上的认可与保护。也就是说，酱师选择了相信契约，就是选择了不需要情感输送的法律，而井宗秀最后的感慨，恰恰证明了在他所处的社群中，人与人之间最常用、最有保障的是

---

① 费孝通. 乡土中国［M］. 成都：天地出版社，2020：13.
② 贾平凹. 山本［M］. 北京：作家出版社，2018：53.

情、是礼，这是乡土社会同一社群的成员通过长期实践验证的，更是人们主动接受与维系的。因此，"礼治"看似不受法律条款的限制，实则相当坚不可摧。酱师的选择拉远了与井宗秀的距离，井宗秀待他们也只会是生意上的伙伴，可以推断，两者之间的关系再没有深远发展的可能。

我们会注意到，中国人和西方人的团体格局存在明显差别。西方人有着界限分明的团体格局，而中国人在团体格局上则是暧昧、不明确、不计较的。中国的团体存在一种差序格局，它具有相当大的伸缩能力，左右其规模的在于中心势力的变化，这在乡土社会的亲缘关系和地缘关系上都有体现。西方人的家庭单纯指丈夫、妻子和孩子，而中国的家庭真可谓"一大家子"，存在一种伸缩性极强的差序格局。以《秦腔》里的夏家为例。按照人类学上对家庭的界定，夏天智的家庭包括他本人、他的老伴、两个儿子夏风和夏雨、大儿媳白雪和一个孙女，但这种分法对于关系纷繁的乡土社会来说是极不妥当的。乡土社会的家庭，是包容性极强的动态社群，它拥有着人类学中家庭除生育以外的诸多其他功能。夏家四兄弟关系极好，互相帮衬、互相扶持，每年过年总要在一天里按兄弟长幼次序轮流到各家做客。一吃起饭来，各家的儿女、儿女的伴侣、孙子孙女甚至再远一点的亲戚都会欢聚一堂。如此说来，夏天智的家人真是不计其数。因此，这个最基本的社会单位在乡村可以极简单，也可以相当庞大复杂，它包含了太多数量以外的因素，这就构成贾平凹故乡充满血缘与情感的家庭格局。《秦腔》中的夏天智，就是左右其家庭数量和结构的中心势力。他满腹知识，又在村上德高望重，更是家里的绝对权威所在。而这种中心势力的强大，延展了以夏天智为圆心的家庭结构，体现出中国家庭所存在的典型的差序格局。

85

当然，中国团体的差序格局还体现在地缘关系上。它不是由固定的团体构成的，而是一个范围，范围的大小同中心势力的强弱成正比。《秦腔》中夏天智儿子夏风和白雪结婚，夏家和白家是清风街仅有的两个大户，两家联姻可谓如虎添翼、大鹏展翅。在农村，都是乡里乡亲，谁家办事村人都会去恭贺，有钱的上贺礼，没钱的出力气。而且，夏天智在清风街又是德望最高的人，两大家族之间的婚礼待客现场必定异常热闹。清风街之前没有谁家办事唱大戏，而夏白两家的结合竟请来了县剧团助兴，村人因此乐得手舞足蹈、欢天喜地。显然，一个家庭的婚礼俨然成为了整个村子的节日。夏风与白雪的婚事原本是两家人的事，却因为夏白两家的中心势力，将这个团体范围逐步扩大，充分展现了伸缩性极强的中国式团体的差序格局。

进一步讲，构成中国乡土社会差序格局的基本单位，是由搅在一起的私人关系所交织在一起的一张大网，里面勾连着道德要素，因此，无法像西方的团体格局那样组成一个合理、平等、公认的道德观念及标准。《高老庄》中，子路三叔南驴伯的儿子得得因为贪图便宜，私自去电锯棚用木板为自家做板凳，他不听工人不让其靠近电锯的劝告，不幸被一块进出来的木板砸中太阳穴而当场死亡。一般地说，责任虽然在得得身上，但地板厂还是给了一千元安葬费。根据法律规定，这一千元钱应该归第一财产继承人得得的媳妇菜花所有，但得得娘（三婶）偏将钱全拿了去，菜花就与婆家吵闹起来。后经调解，双方各得五百元。得了五百元的三婶仍觉得自家受了天大的委屈，便向子路和西夏哭诉，她认为菜花没生娃，得了钱就要为得得守节三年。在三婶看来，法律法规与她毫无关系，她只从自己私人的情感与利益出发，将儿子私有化，看作自己的私有财产，这样，儿媳一并成为了儿子的附属品，因此，儿子的安葬费自然要归其父母所有。西夏拿出国家的"继承法"和"婚姻法"给三婶讲道理，根据法律规定，菜花理应得到全部安葬费，至于分不分家全凭自愿。西夏的解释有理有据，但这对于身为乡下人的三婶来说却如听天书般无法理解，反而震惊于侄媳的"胳膊肘往外拐"。我们可以想见，倘若此事发生在别人身上，三婶大概也会较为客观、公正地看待问题。但事情发生在自己身上，儿子的死已经让老两口痛不欲生，南驴伯夫妻无法客观、冷静地接受现实，只有将自身利益最大化才能使其拥有安全感。在这里，他们要讲的情理是以自身利益出发的感情与道理，至于现代社会公平公正的法律规定，对他们而言毫无意义。这是乡土社会中人们的通病，足以说明"私"在乡土社会道德观念及行为逻辑上的中心地位。在贾平凹的小说中，还存在诸多类似的例子，我们可以看出，贾平凹捕捉并判断出当代乡土社会中法理、伦理、道德之间复杂且隐秘的关系。

"私的毛病在中国实在是比愚和病更普遍得多"[①]。可以说，乡土社会差序格局的伸缩程度决定着"公"与"私"的最终关系。在乡土社会中，办事大都随"心"出发，一切以自身利益为出发点，对象不同、对象与自己的关系不同，所衡量的标准和得到的结果就会出现霄壤之别。《古堡》中，针织厂出售旧卡车，张老大想买车将积压的矿运交出去，可一时又拿不出一万九千元钱，就向负责针织厂的副乡长求情。张老大承诺先赊账，矿一卖出去就将车钱和欠款期的利息一并还上。副乡长满口答应，却提出了条件，要三个亲戚到矿上工作，张老大说要回去做村人的工作，副乡长立刻变了脸色。后来张老大将村人不同意此事的消息告知副乡长，再提赊账用车的事，副乡长的态度完全变了，改口说针织厂将车钱提高到两

---

① 费孝通.乡土中国[M].成都：天地出版社，2020：39.

万七千元，一手交钱，一手交车。末了，还大言不惭地对张老大进行了一番"人定胜天"的思想鼓励。在这段关系中，副乡长是利益人，张老大为利益的对象，如果张老大答应副乡长让其三个亲戚到矿上工作，将拉近与利益人的距离。反之，则会拉远对象与利益中心的距离。与利益人的关系变了，利益人衡量对象的标准和方式自然会发生颠覆性转变。由此看来，"私"决定着乡土社会人与人交往的程度与结果，充分体现了乡土社会差序格局的伸缩特性。

再深入地想，事实上，乡土社会也存在相关法律条款，但真正制约农民道德言行的是人们常说的"人治"，或者说用"礼治"来概括更为恰当。"礼治"和老子"小国寡民"的思想类似，范围越小，"礼治"越容易实现，所以它的范围是一个家庭、一个宗族，最大也超不出"村"这个单位。需要强调的是，"礼治"只适用于相对稳定的社会当中，这与乡土社会所追求与构筑的安逸稳定的社会格局相适应。如果是一个家庭或家族内部出现了矛盾，长幼尊卑就是毋庸置疑的铁律；如果是村人之间发生矛盾，他们不去寻求派出所或村政府的帮助，而是要请村上德行最高之人来主持公道。我们仅从《秦腔》夏天智这个人身上，就能大致观其全貌。夏天智在家里是丈夫，是父亲，是一家之主，无论夏风怎样不认同父亲的想法，都只能听从。一旦家里有了矛盾，只要夏天智一个眼神、一句斥责，不需要讲任何道理，事情就会迅速平息下来，这就是夏天智作为一家之主的绝对权威。夏天智二哥夏天义的五个儿媳，因公婆拱墓各家出钱不均的事发生矛盾，闹得哭天抢地、尽人皆知。身为四叔的夏天智只是一露面，吵闹声、哭号声便戛然而止。随后，夏天智仅用了几句讥讽和训斥就镇退了众人，足以证明夏天智作为夏氏长辈威严的不容置疑。村里人发生摩擦，他们第一时间想到的不是君亭、上善、金莲等村干部，而是要请来最德高望重的夏天智进行调解。无论夏天智的调解公正与否,村人一般都会接受,因为在乡土社会,德隆望尊之人本身就代表了公正与道理。"礼治"就是用传统的规矩和道理来治理乡土社会,这些传统是农民通过社会经验的积累一代一代传承下来的。作为乡土社会的一员,从小就接受着礼俗社会价值观念的教育,对于他们而言"礼治"是可靠的、理所当然的。他们只需听从和遵守长辈所告知的规矩和礼法,完全不用怀疑这些规定的合理性,因为只要这样做了,就会和大多数人一样,就不会出什么差错。相反,在现代社会,科技的发展使各种事物和认知不断推陈出新,一切都可以怀疑,社会也鼓励人们去怀疑。怀疑所带来的就是不断地发展与变化,但生活在乡土社会的人们最惧怕的就是变化,他们所追求的是年复一年安稳本分地过自己的日月。所以,他们不会考虑时代变革之类的问题,如果有人谈论此类话题,在众人眼中必定是疯癫的。正是留意到这一点,贾平凹在小说文本中便格外注意对人与人之间伦理关系复杂性的深刻描摹。

不消说,自然界的万物,都有着向阳而生的本性与欲望,人亦如此。从前,未经世事的贾平凹同大多数山里人一样,一度认为那个既现代又繁华的大都市才是他们一心追求的乐土。但在经历了现代社会人心的浮躁、人与人关系的复杂与扭曲之后,蓦然回首,令作家魂牵梦萦的,依旧是那个古老与笨拙中满是简单与质朴的故乡。不可否认,贾平凹对他所生长的乡土社会应该是又爱又恨的。那里虽然存在诸多封建、落后的传统思想和规约,但说到底,无论是人与人之间的关系,还是他们所维系、推崇的道德伦理,无论是处事的方式,还是得到的结果,相较于城市来说都是极其单纯而朴素的。《商州》中那位后来到省城工作的知识分子,与贾平凹有着太多的相似之处。未入省城时,他满心期待与憧憬,后来终于如愿成为了城市人，他竟感到前所未有的浮躁与怅然若失。于是他请假重返商州，游历家乡的山川河流，以解乡愁。"他的魂魄，已经化成了一只雕鹰，向着商州的山地扑去"[①]。显然，这时的贾平凹对故乡已经产生了深深的乡愁，他的灵魂亟须通过对故乡的重返得到关照与慰藉。"这位商州子弟，一回到生他养他的故乡，就欢得像风中的旗子，浪中的游鱼"[②]。通过对商州各县的游历，这位知识分子的身心得到了暂时性的舒缓与治疗。但他仍旧放不下省城的工作，放不下妻儿老小，只能在假期结束之时意犹未尽又无可奈何地回到省城，继续着令人厌倦、紧绷的工作与生活。《浮躁》中金狗的经历同样有着与贾平凹诸多的相似之处，但与《商州》那位后生不同的是，金狗在经历了世道的险恶残酷、看清了人心的复杂丑陋之后，毅然放弃了之前引以为傲的城市人和记者身份。可以说，《商州》那位知识分子的灵魂处于徘徊与纠结的状态，而《浮躁》中金狗的灵魂已经开始脱离躯壳，他找不到自己的魂与魄，对故乡的重返是一次自我救赎的"招魂"行为，是在找寻自己的灵魂栖息之所。那么，与"五四"时期从乡村走出的知识分子相比，贾平凹对于乡土的书写，显然得到了别样的沉潜和发展。"五四"时，以鲁迅为代表的知识分子所呈现的是精神无所归依的艰难状态，无论城市还是故乡，都无法安放他们的灵魂，他们只能凭借不断地"离去""归来"来反抗晦暗和绝望；但贾平凹为他笔下的人物找到了"返乡"之路，这种路径也同样通往知识分子寻觅已久的精神家园和灵魂的"回返地"，无疑，这是现代知识者的另一种理想指涉，也是贾平凹一直践行的释放乡土情怀、沉迷传统文化精髓的路径。

---

① 贾平凹.商州[M].桂林：漓江出版社，2013：7.
② 贾平凹.商州[M].桂林：漓江出版社，2013：192.

这也是我们考量贾平凹缘何沉迷乡土，探究乡土世界世道人心、生活方式及其人性复杂性内在隐秘的重要面向。

对于乡土社会的人来说，越古老的办法越值得相信。老法照办就有效，只要有效就可以，人们用不着也没有能力去深究其学理上的根据，这种状态和情形也随着时间的推移而越来越被人敬畏、推崇，从而衍变成生活中的大小仪式。一方水土养一方人，乡土社会的生活是极具独特性、地方性的。随便拿出一本贾平凹的小说，都能找到许多秦岭民间薪火相传的"土法"或"偏方"：桃木辟邪，经血挡灾，公鸡护魂，丑人镇恶；走夜路要将大拇指按在无名指根处并握成拳头，会邪祟不侵，到家门口要边咳嗽边吐唾沫，鬼忙着吃唾沫就不会进家门；尿和鸡毛能治小磕小碰，南瓜瓤治枪伤；想诅咒某人，就将他的衣物掩埋；梦见掉牙，代表死爹娘；红白事相撞，谁抢到前头谁吉利；男娃身体不好，要扮成女娃的样子养活；坟里有蛇，代表这家的后辈能出官人；狗是土命，只有将它四脚离地绑住灌水，才会咽气；进山林要在胳膊上套一副竹筒，一旦遇到熊，熊会抓住人的胳膊大笑不止，人就趁机把胳膊从竹筒里抽出去逃跑。在这些世代相传的土办法中，有很多在现在看来都属于封建迷信的范畴，但这些土法对于知识匮乏、思想保守的乡土社会成员来说却非常奏效。一方面，有些"土法"确有科学根据，更重要的是它能够安定人心，给人带来绝对的安全感和亲切感。人的思维是一个极其复杂的心理体系，心里觉得奏效，才是真正的可用之法。从另一层面讲，这些俗世习俗已构成了强大的乡村社会力量，对于贾平凹的小说文本叙事，必然会形成巨大的吸引力和呈现、再现的聚焦点。"俗世"之"世俗""习俗"，其间蕴藉着博大精深、难解玄机的文化、历史积淀，所谓"浮生"的生活、存在之"密钥"，都深藏于日常的万千细琐之中，如影随形，都杂糅在乡村世界复杂、浑然的生灵大漠中。

我们看到，在贾平凹生活过的乡土社会中，存在着太多既笨拙又质朴的规约，里面饱含着农民最纯粹、朴素的对美好生活的祝福与向往：药锅不能送人，只能借，送药锅就是送病；墓生子的人家要栽一棵桐树，与其共同生长，等终老后用该树做棺；人过了五十岁就要准备棺材和寿衣，还要选墓穴，每到六月六就要将寿衣拿出来晾晒，还要把棺材重新粉刷一遍；长期不下雨，要进行祈雨仪式，在庙前抽四十八下响鞭，再进庙里抽打龙王像，这样过几天就能下雨；姑娘结婚要开脸，娘家要陪送两只五粮碗放在新房里，代表女儿日后不愁吃喝；生孩子的胎盘要埋在树下，孩子就会像树一样茁壮成长……在贾平凹的记忆中，曾经的商州乃至秦岭，夜不闭户、路不拾遗、民风淳朴、情感真挚：一家向另一家借了东西，归还之时会附加一些东西以示感谢；一家做了好吃的，总要给左邻右舍端上一碗；赶路或做农活时会留下一只草鞋，便于路人鞋坏了能够凑成一对；村民不会担心做农活用的工具丢失，通常都是放在门口或直接搁在地里；每一家的钥匙都是通用的，且放在自家的门框上，因此门锁与不锁都无所谓；谁家有人生病，乡亲们都会去探望；一家办红事或白事，乡亲们都会主动帮忙做饭、抬棺等；村里一放映电影，村人便通知外村的亲戚来看，到了电影放映的日子，人们从四面八方赶来，像极了节日；男人们晚上吃饭都习惯聚在场畔上，边吃边话家常；天热之时村人就集体睡到场畔去，大人睡外围，将孩子包围起来以免狼叼了去；有外地人来镇上或村里买东西，卖家发现斤两少了会撵着车补上；两人发生矛盾，一顿酒下来基本上就能化干戈为玉帛……这充满着传统思想与乡土气息的温度，随着中国乡土社会的山崩地裂而迅速冷却。

在乡土社会中，男女有别、男尊女卑是理所当然的规矩。他们不需要心理和情感上的吸引与契合，只需要形成"男主外，女主内"这种稳定的结构关系，便是一户在村人看来无比幸福和美的家庭。在《高老庄》中，可以找到很多类似的例子：男人永远走在女人前面；女人裤子不能压着男人；娶媳妇的目的就是伺候男人和生孩子，而在丈夫看来，生一堆女娃的女人还不如一头能下崽的母猪；丈夫去村人家喝酒，女人一夜也就睡不成觉，要去照顾并带回喝醉的男人；女人没有资格上桌吃饭，招之即来，挥之即去；晚上睡觉夫妻不能同侧，要颠倒过来睡；南驴伯儿子死了不怪肇事者，而怪儿媳是扫把星……《山本》中陆菊人的娘被葫芦豹蜂蜇死，她爹在杨记寿材铺赊了一副棺材，四年了仍没有还上，就只好让陆菊人去当杨家的童养媳来抵债。而当年的杨钟只有七八岁，身为女儿的陆菊人就是有万般不愿也不能违抗爹的意思。以上种种，足以见得乡土社会长期以来所遵从的男尊女卑、重男轻女的社会结构及传统规约。

多年以后，对于生活在城市这个被钢筋水泥困囿中的贾平凹而言，那笨拙中满是质朴的乡土野情是无比地可亲、可贵。正如《秦腔》最后，夏天义突然有了"吃土"的怪癖，这处细节体现出贾平凹对乡土中国深深的不舍与无力的挽留。值得说明的是，贾平凹曾带着女儿回乡吃土，从这一点来说，作家把个人的经历、情感融入到人物身上，带有作家浓烈的乡土情怀。对于贾平凹而言，"吃土"是种象征，是一场撕心裂肺的告别，更是为了将乡土记忆融入自己的身体与血液。七里沟的山体滑坡掩埋了夏天义，更意味着乡土中国的地崩山摧、土崩瓦解。贾平凹书写乡土社会，应该存在多种情绪与目的。首先，饱含着作家对儿时记忆的留恋与追忆。从这个角度看，贾平凹不是作家，只是一位再普通不过的秦岭子孙，他是在为自己书写，在这条记忆的路上重拾自己的魂与魄，他将飞散的灵魂安放回空洞已久的肉身之中，找寻到最初的"本我"。同时，作为一位农民的儿子、人民的作家，农村社会乡土性的崩塌令其无比痛心与无奈。科技的飞速发展极大地促进了经济的飞跃，但与此同时，当机器完全取代了手工，诸如《高老庄》中骥林娘的传统技艺注定后继无人，类似传统技艺的"断后""绝后"现象比比皆是。无论是城市人还是乡下人，经济的繁荣使他们在物质方面变得舒适和富足，但与此同时，精神层面的发展就显得更加滞后，两者呈现出了极不平衡的发展态势。

  如上所述，贾平凹所呈现的乡土世界，真正是他记忆中昔日那个从心、重情的礼俗社会。如今，经济利益牵引着膨胀人心的砝码，在欲望的驱使下，这个天平只会越来越向物质方向倾斜。人口的激增与社会经济的发展，却没有带来"众人拾柴火焰高"的盛况，取而代之的则是人与人之间温度的骤降与人性的异化。以上种种，不禁让人联想到沈从文，沈从文用构筑"湘西"的乌托邦世界来与现代化进程对抗。从这一点上，贾平凹同沈从文存在诸多相似之处。面对现代社会所呈现的这种局面，贾平凹以退为进，对乡土旧日生活展开追忆与重返，饱含着作家对于生命意义的思辨，凝聚着作家对于生命体验的"反刍"。可以说，贾平凹对往日商州的重现，为的是召唤质朴良善的人性，寻觅纯一不杂、返璞归真的初心。进一步说，贾平凹对乡土的认知，似乎有着比沈从文更大的包容性。乡土、乡村的封闭性、世俗性甚至愚昧性，生命的苦涩，清寂、灰色、粗鄙、刁蛮，温暖与敦厚，坚执与隐忍，驳杂的人生，尽在贾平凹的字里行间渐显微芒，淋漓尽致地呈现出来。

二、"旷世秦腔"：历史的真实与沉重

现在，我们是否可以说，历史就在那里，仿佛岿然不动，它似乎已经发生，而发生的事情，业已成为必然结果。已然发生的历史，就如同时代的出卷人，读者则是阅卷人。作为小说家，如何才能让叙述真正进入历史，如何将客观发生的事实获得"文学性"的呈现，却是每个作为答卷人的作家始终在探寻的实际问题。不可否认，历史是由无数个大事件和小故事交织而成的，贾平凹的写作是如此地真实、现实，他的小说从未脱离过历史的框架而无病呻吟、虚假吟唱，他的文字都浸润在真实的历史事件当中，讲述一桩桩平凡、细碎的小故事。贾平凹的小说紧随历史脚步，讲述了秦岭百年的沧桑巨变，本文将这种对于秦岭百年历史的书写称为"百年秦岭"写作。作为农民的儿子，他的"百年秦岭"故事，始终围绕中国农村进行的几次土地改革展开，生动而真实地描摹出秦岭地区农村、农业、农民，在每一次土地改革中所反映出的时代心态和现实问题。

我认为，贾平凹书写历史的独特之处就在于，他淡化了或没有直接地进入对历史的宏大叙事，而是"剑走偏锋"，潜入历史的深处与幽暗处。他将关注重点由"大历史"转移到了对于"小历史"的聚焦，而打开"小历史"之门的钥匙，便是"大写的人"。贾平凹让大历史徐徐进入写作主体的内心，构建起自己的富于个性气质的话语方式，探寻历史与人之间的隐秘联系和"天机"。"历史话语的分析单位是整个社会，那么，文学话语的分析单位是每一个具体的人生"[①]。无疑，贾平凹正是透过不同生命个体的内部思绪，支

---
① 南帆.无名的能量[M].北京：人民文学出版社，2012：92—93.

配着创作对象自身的行动路径，演绎出千千万万个充满偶然性又终将走向必然的生命轨迹。贾平凹说："一切都充满了生气，一切又都混乱着，人搅着事，事搅着人。"① 在他看来，在不可撼动的历史长河中，探寻众生百态的生命轨迹，才是最耐人寻味、最千回百转的文学求索之途。在贾平凹的小说文本中，历史大事件与文本小故事的琴瑟和鸣，实现了"文本历史化"与"历史文本化"有机的结合与统一，展现出了身为作家的文学自觉与担当，也体现了作家把控文字的格局与能力。我们有理由相信，贾平凹是一位具有强烈历史意识、社会意识的极有灵魂温度的作家。

从某种意义上讲，历史就是记忆。贾平凹的"百年秦岭"写作，始终围绕"历史"这一母题进行深入的开采与挖掘。可以说，《老生》就是贾平凹半个世纪文学创作的浓缩。四个故事，涵盖了近百年来秦岭乃至中国重要的历史时期与社会变革，有变革就会有冲突，这种冲突就构成了贾平凹文学创作的张力与空间。贾平凹将"百年秦岭"分为四个历史阶段，每一阶段都紧密围绕中国土地制度的改革或转变，足以见得作家对于农村和农民的时刻关注，以及对土地深深的热爱与眷恋。

《老生》的第一个故事及《山本》，在发生时间上大致与贾平凹书写"百年秦岭"的第一个阶段相对应。故事开始于二十世纪二十年代，结束于1935年红二十五军抵达延安。历史上，1929年（民国十八年）国民政府创立县保卫团，保甲制逐渐推行。《老生》的第一个故事讲述了以李得胜、老黑等为代表的秦岭游击队，与国民党保安团进行战斗的故事。《山本》同样发生在这一历史时期，从时间上看，我们可以将《山本》视作《老生》第一个故事的延展。

---

① 贾平凹.秦腔［M］.北京：作家出版社，2018：1—515.

《老生》的第二个故事,与贾平凹书写"百年秦岭"的第二个阶段相对应。故事开始于1944年(民国三十三年),结束于人民公社化运动。文本以1947年以来的土地改革为时代背景,主要讲述地主与农民之间鲜为人知的矛盾与冲突。《老生》的第三个故事以及《古炉》,与贾平凹书写"百年秦岭"的第三个阶段相对应。前者讲述1958年以来,以集体所有制为基础的人民公社时期,在农村发生的政治斗争与日常悲喜。从叙事时间上来看,《古炉》的故事属于《老生》第三个故事的补充和延展,洋洋洒洒近六十七万字,道尽了饱经风霜的个人记忆与国家记忆。《老生》的第四个故事,与贾平凹书写"百年秦岭"的第四个阶段相对应。故事从改革开放延伸下去,讲述改革开放、土地改革以来,以戏生、老余为代表的"致富标兵"、基层干部,为发财与政绩拔苗助长、急功近利的故事。我们看到,围绕改革开放之后这一重要历史时期,贾平凹创作了"改革三部曲"等中短篇小说,以及《商州》《浮躁》《妊娠》《废都》《白夜》《秦腔》《怀念狼》《高老庄》《高兴》《带灯》《极花》《暂坐》《秦岭记》《河山传》等大量作品。可以看出,这一时期是作家关注和创作的重要阶段。在这些文本中,既有城市化进程中农村出现的经济危机、社会危机,也有因经济飞速发展,而导致的人们思想上的滞后及人性的膨胀与扭曲。

综上,贾平凹的"百年秦岭"写作,辐射了秦岭乃至中国百年来的时移世易、风起云涌。《老生》俨然是一部历史放映机,作家将个人记忆、时代缩影分成四个阶段,并以故事的形式投射到百年中国历史的巨幕之中。因此,贾平凹的"百年秦岭"写作,真正做到了"老老实实地去呈现过去的国情、世情、民情"[①]。

---

① 贾平凹.老生[M].北京:人民文学出版社,2014:293.

在《老生》后记中,贾平凹表述:"在我的幼年,听得最多的故事,一是关于陕南游击队的,二是关于土改的。"[1] 贾平凹书写"百年秦岭"的第一阶段,就是围绕作家所提到的这两个方面展开的。《老生》《山本》等讲述了二十世纪二三十年代动乱中的秦岭故事,这也是贾平凹书写"百年秦岭"的第一个阶段。从文本上看,《老生》在篇幅上的限制,制约了人物、情节等在小说文本中的呈现与发展,《山本》则是将其中的一个部分放大,是对《老生》二十世纪二三十年代秦岭故事的补充与续写。在这一时期,封建地主土地所有制逐渐向农民土地所有制转变,农村土地制度也发生了前所未有的颠覆性变革。《山本》的故事发生在二十世纪二三十年代的秦岭,那是个战争、天灾与疾病接踵而至的年代,大到中国工农红军第十五军团(红十五军团)、冯玉祥的西北国民军,小到县保安队、预备团,甚至土匪逛三,无论是国民党还是共产党的军队,所到之处必会发生战乱。在贾平凹看来,"大的战争从来只有记载没有故事,小的争斗却往往细节丰富、人物生动、趣味横生"[2]。由此可见,贾平凹写作《山本》的目的并不是记录战争,或者书写苦难与死亡,而是将发生在战争背景下的一个个小故事、人性本色面貌穷形尽相、绘声绘色地娓娓道来。作家对"小历史"与"大写的人"的精雕细刻,终将形成无数个更加丰盈、饱满的历史瞬间。当它们汇入历史的支流,呈现出的是更加波澜壮阔的历史长河。

或许,历史文献只会将二十世纪二三十年代,发生在秦岭中的战事做简明扼要的记录,贾平凹则为这"一语带过"的事件插上了灵动与丰盈的翅膀。错综复杂的前因后果盘根错节地生长在贾平凹

---

[1] 贾平凹.老生[M].北京:人民文学出版社,2014:290.
[2] 贾平凹.山本[M].北京:作家出版社,2018:525.

文学的"沟沟岔岔"之中，在不背离历史客观与真实的同时，展开了作家极具地方性的充满乡土伦理与生活气息的细部描写与想象，体现了文学对于历史的超越性创造。长篇小说《山本》，在井宗秀的披荆斩棘中，有陆菊人的默默支持，有陈来祥、杜鲁成、周一山等人的倾力扶持，也有五雷、阮天宝等人的强压与争斗。此外，小说以井宗秀的哥哥井宗丞参加红军游击队的故事为辅线，一边是代表共产党的红军，一边是民国军阀，这一主一辅两条线，随着阮天宝加入秦岭游击队而逐步重合，两相碰撞，势必会引起最终的轰天裂地。可以说，红军歼灭秦岭某地预备旅是大势所趋，它对于历史来说只是一个军事事件，或者一场实力悬殊的对决。人们是看不到其中的过程与细节的，贾平凹却将现实与想象融合，填充进了历史不同侧面的缝隙之中。文本中，井宗秀与阮天宝两人是发小，井宗秀任预备团团长，阮天宝也顺理成章辅佐其左右。但阮在带兵操练中暴露出的匪气使其在预备团中处境尴尬，于是投奔县保安队，并一直有做队长的野心，后来竟真的杀了队长，鸠占鹊巢。随后，以阮天宝为首的保安队处处与预备团作对，两股势力互相抗衡，"你方唱罢我登场"，保安队打死了五十一名预备团成员，阮家全族因此被驱逐出涡镇，井宗秀与阮天宝逐渐变为生死仇敌。预备团后来消灭保安队升级为预备旅，逃跑的阮天宝竟阴错阳差地加入了秦岭游击队（后并入红十五军团），并设计暗杀了井宗秀的哥哥井宗丞，由此，两人更是水火不容、势不两立。对于井宗秀来说，于私，阮天宝杀了井家长子，断了井家香火；于公，阮天宝所在的红十五军歼灭了预备旅，掌握了涡镇政权，"家仇国恨"不共戴天。对于两个人的命运，只能说阮天宝更有运气，他误打误撞加入了顺应时代而行的队伍，这无关正义与否，更捋不清人性中的善与恶。战争过后，涡镇又变回了秦岭里的一堆尘土，贾平凹就是这堆尘土的修复者、讲述人,两人的恩怨及涡镇所发生的故事,在历史的沧海桑田中是可以忽略不计的尘埃,我们只能通过文学来寻觅当年可能会出现的关系与故事,这就是文学本身的价值与力量。

《老生》中的第二个故事,实际上对应贾平凹书写"百年秦岭"历史的第二个阶段。文本的叙述时间从1944年(民国三十三年)到人民公社化运动时期,其间(1946年到1950年),中共中央先后颁布了《五四指示》《中国土地法大纲(草案)》和《中华人民共和国土地改革法》。至此,从战国时期开始,存在于我国两千多年的地主阶级封建土地所有制被彻底推翻,肃清了地主阶级,中国开始实行农民土地所有制。故事讲述了从地主阶级封建土地所有制向农民土地所有制转变时期,围绕土改发生在老城村的一系列故事和问题。我们从小接受的历史教育使人们有了某些惯性思维,似乎贫农都是老实本分、受尽剥削压迫的"杨白劳",地主都是为富不仁、压榨剥削农民的"黄世仁"形象,但事实并非全然如此。栓劳小时候跌进尿窖子里,是地主张高桂将其救起;身为地主的王家芳(王财东)可怜刚死了爹的白土,不但借钱让白土给爹买棺材,还帮其设灵堂、请唱师、张罗待客饭菜,此外王财东还给白土物色媳妇,两人开玩笑时王财东还会给白土金圆券吃顿辣汤肥肠。1949年,随着"保甲制"的废除和金圆券的作废,各村寨开始成立农会,全面实行土地改革。一夜之间,王家芳、张高桂从富甲一方的地主沦为了反动的阶级敌人;相反,村里最穷、最让人轻视的混混马生,却摇身一变成为了老城村农会副主任。相比之下,"马生是小鸡成了大鹏,王财东是老虎成了病猫"[①]。当了"官"的马生瞬间盛气凌人起来,他和栓劳登记各家房产、田地等情况,如遇质疑

---

① 贾平凹.老生[M].北京:人民文学出版社,2014:108.

或反抗，就用"破坏土改罪"的名头将其镇压。毋庸置疑，土地改革的最终目的是使农民有田耕种，而该项任务的执行者马生等人，却全然将其作为仗势欺人、贪图私欲、享受奉承的手段和工具。按照规定，拥有五亩至二十亩土地的应是中农，而栓劳家却有二十一亩五分地，于是他硬是将中农的标准改为五亩至二十二亩。根据土改政策，不允许动富农的土地，可马生眼红别的村子地主土地多，贫农因此分到的地就多，于是和栓劳商议，硬是把富农改定为地主，以扩大自己的利益和政绩。邢轱辘家着火，马生认定王财东是罪魁祸首，于是将其抓去严刑逼供，并时不时抓出来开批斗会，王财东的媳妇玉镯心疼生病的丈夫，向马生求情，马生竟让玉镯"以身抵债"。可仅仅过了五天，农会又将王财东叫去批斗，玉镯找马生理论，马生竟在王财东家霸占了玉镯，气得王财东跌到尿桶里溺亡。以上例子表明，如何才能将历史较为客观、公正、全面、完整地展现出来，还原"原生态"生活，是一个作家的责任。贾平凹能做的，就是将一段发生在秦岭老城村的土改故事，经过艺术再加工后呈现出来，以展现历史的不同侧面。我们看到，在《老生》的第二个故事中，有因为赌博或游手好闲，而非被地主剥削压榨，导致生活不得温饱的贫农；有因政策的骤变，而青云直上的游手好闲之人；也有与人为善、安守本分的地主。毋庸置疑，这绝非整个中国农村的全貌，却也是实实在在发生于秦岭落魄小村庄的普通故事，反映出了土地改革时期在偏远山区出现的"发动群众不充分""土地改革不彻底"和"左"倾错误等问题。可以说，这种主旋律下的"变奏"是现实经验，更是历史教训。贾平凹创作这种"变奏"的目的，一是将真实存在的"小历史"如实地呈现出来，更是让人们在不断前进的"大历史"中，不忘社会在改革中出现的复杂性与错位等"变奏"的实际问题，从而警醒自我，反思过去。在社会经济发展的同时，国人在思想认识上的转变与提高同样至关重要，只有了解并正视历史，我们的民族才能真正地做到振兴与强盛。

新中国成立后，农民土地所有制逐渐向集体所有制转变，这依然是一个艰难而复杂的剧变过程。《老生》中的第三个故事，所对应的是贾平凹书写"百年秦岭"历史第三阶段的前半部分。故事讲述了1958年以来，以集体所有制为基础的人民公社时期，发生在过风楼公社的政治斗争与日常悲喜，小说反映了"大跃进"和人民公社化运动中，出现在公社干部身上的诸多问题。老皮作为过风楼公社书记，开会时，如果大家意见与他的想法相悖，就不表态并宣布散会，第二日继续开会。如此往复，直到社员们终于"揣测"到书记的真正意图，实现了"集体通过"后，会议才能真正结束。老皮表面上公平、民主，可实际上却始终在搞"一言堂"和"强迫命令"。负责公社宣传工作的刘学仁，是个搞形式主义的行家。他所到之处都是革命标语，凡是有活动都要唱革命歌曲，甚至将匡三司令当年无意中"吐"活的杏树作为革命历史教育点，一时间县委书记和全县各公社书记都来到棋盘村学习，宣传部、文化馆、报社广播站的人也纷至沓来。更有甚者，刘学仁驻队棋盘村以后，让棋盘村人理一样的发型，给村民配劳动服和午饭，人们一穿上劳动服、唱起革命歌曲，就瞬间变成了上了发条的机器，日复一日，苦不堪言。但刘学仁看来，这种"军事共产主义"和"平均主义"，却是通往共产主义的捷径。实际上，对外鼓吹"革命形势一片大好"的棋盘村，也出现了"饥荒""断粮"等社会实际问题，为了维护先进村形象，村长规定棋盘村人宁可饿死也不得出外乞讨。于是，村人吃起了自家的鸡、狗，咽起了树叶、树皮、观音土，从猫嘴里夺老鼠吃，甚至抢夺起田鼠囤的粮食。其中，村人老秦饥不择食，吃了死婴的肉，村长冯蟹怕丢了先进称号，"诱导"老秦将"吃死婴"

改为"吃胎盘"。就这样，棋盘村终于通过种种自欺欺人和欺上瞒下的"努力"，没有出现外出乞讨、人吃人、饿死人的情况，并受到了公社书记老皮的表扬和奖励。令人咋舌的是，别的村寨眼红棋盘村，便相继出现了各种"革命历史遗迹"，经调查走访后被证实均属人为作假。《老生》的第三个故事，集中反映了"大跃进"和人民公社化运动时期，在农村基层出现的"假大空""高指标""强迫命令""急于向共产主义过渡"等情况和问题，严重违背人类社会发展和经济发展客观规律。贾平凹重现特定历史时期在农村基层出现的各种问题，是对社会不合理因素的强烈质问与深刻反思。

1957年末，"四类分子"等成为社会重点监督和管制对象，《古炉》的故事就发生在这一时期。值得注意的是，贾平凹第一次较为详备、细致地描写了大多数人都避之若浼的这一历史"特殊时期"。我们可以将《古炉》看成是对《老生》第三个故事的补充与延展，也可以说，《古炉》连贯并完整了贾平凹书写"百年秦岭"历史的第三阶段。对于古炉村的"四类分子"，土改时的地主阶级守灯自然属于地主分子，蚕婆是"伪军属"，也被戴上了政治帽子，身为孙子的狗尿苔自然受到牵连，在人前始终抬不起头。可以看出，贾平凹在写别人，也在说自己。那个"小萝卜头"似的狗尿苔，形神中掺杂了太多作家儿时晦暗落寞的影子。年幼的作家孤独、无助，于是贾平凹温柔地给狗尿苔披上隐身衣，身边还有慈悲、善良的蚕婆和善人时不时地宽慰与提点，这是作家对曾经自我缺失或遗憾的一种"心理补偿"行为。我们看到，对"特殊时期"这段历史的书写，贾平凹主要描写人，更确切地说，是人与人之间在特定历史时期的复杂关系。古炉村在"特殊时期"，庄稼荒了，人人都闹起了革命，但革命为了什么，绝大多数人都是盲从的。对支书朱大柜的批斗会还未开始，榔头队与红大刀队就明争暗斗地比起了人数，甚至教唆自家的狗对对方的狗进行撕咬。批斗会开始，在声讨了被批斗者的种种罪行之后，斗争的对象就迅速发生了转变，榔头队与红大刀队开始喊起口号，他们都不冲着要批斗的"牛鬼蛇神"，而是互相对峙起来。他们比谁的口号新，谁的声音大而齐，喊口号的速度越来越快，竟听不清所喊的内容，人人都青筋暴露，面红脖子粗，活像斗鸡场的公鸡。让人哭笑不得的是，人们不知道为什么而喊，只知道喊了就是"革命"。更可笑的是，面对如此激烈的场面，身为被批斗对象的支书竟然响起了鼾声。两队集体较量过后，开始进行一对一"比试"，"出场"的是水皮和灶火，两人声音越来越高，节奏越来越快。让人始料未及的是，水皮误将毛主席和刘少奇的名字喊反，红大刀趁机将"现行反革命"的帽子扣在水皮头上，一场闹剧才荒唐收场。这段既荒唐又沉重的往事，并没有因为时间的流逝而模糊不清，作家的年纪越大，曾经的过往反而越发清晰。我们深知，"特殊时期"给国家的政治、经济等方面造成了严重的挫折与损失，更严重的是，这段时期将人民的精神与思想践踏得千疮百孔、皮开肉绽，这种刻骨铭心的切肤之痛不知需要几个十年才能真正痊愈。"不承认民族国家的重大意义无疑是愚蠢的；然而，不承认日常生活是一个独立的领域，不承认个人的坚硬存在，民族国家只能是一个无法着陆的观念构造"[①]文学就像历史的卫星云图，将"细部"的气象注入其中，历史的天空便灵动了起来。"贾平凹对'世纪往事'的书写，让我们感受到'大''小'历史的镜像"[②]。作家通过以小观大的方式进入历史，监测到的是气象万千的、动态的、更加生动而丰盈的历史瞬间。

[①] 南帆.当代文学、革命与日常生活[J].南方文坛，2013(04)：7.
[②] 张学昕.贾平凹论[M]//张学昕.中国当代小说八论.北京：作家出版社，2021：41.

可以肯定的是，无论从篇幅、内容还是主旨上来看，贾平凹书写"百年秦岭"历史的第四阶段，是其小说创作的重中之重。1978年，党的第十一届三中全会后，农村开始实行家庭联产承包责任制的土地改革制度，这一制度使得农业得到空前发展。随着农村市场化进程的逐步加快，产生了农产品产值增长、农民收入增加等积极影响，但与此同时，一些不稳定因素与问题也在农村逐渐暴露并日渐激化。一部分农民固有的小农经济思想、农村劳动力的严重流失、农民对土地不合理处置等情况，使中国农村面临着新的困境与挑战。由此，如何深入、真实地再现新时期的"山乡巨变"，也成为当代作家的历史责任与使命。贾平凹的《浮躁》《土门》《秦腔》等，将时代背景设定在这一充满机遇与挑战的历史时期，将关注重点集中在了现代化、市场化进程，给农村、农业、农民带来的诸多困惑与窘境之上，通过农民的生活、心理变化等，深入思考新时代农民的生存与发展问题。与此同时，作家将关注点侧重于农民心理的变化与发展，揣度社会经济飞速发展与百姓思想相对滞后的复杂矛盾关系。

特别是，邓小平将改革开放视为中国继新民主主义革命后的第二次革命，足见改革开放的历史地位与时代价值。但是，中国面积的广大和人口的众多，使农村在改革开放初期出现了许多艰巨而复杂的情况和问题。令人谈之色变、避之不及的那个特殊年代遗留下来的最大问题，就是人们思想上的封闭与固化，以及体制上的陈旧与僵化。贾平凹的"改革三部曲"所反映的，就是改革开放初期发生在秦岭农村，新旧两种势力与思想间的"碰撞"与"冲突"。《腊月·正月》讲述受传统封建思想长期支配的保守派韩玄子，与受新政策引导的变革者王才之间的矛盾与拉锯。在反映两代人面对新环境、新政策表现出的差异的同时，也折射出"允许一部分人先富起来"之后，人性的各种突变与异化现象。《小月前本》和《鸡窝洼人家》，展现的则是农村同辈的年轻人之间，面临商品化、现代化变革时所产生的矛盾与博弈。可悲的是，与思想较"左"的韩玄子相比，作为年轻一辈的才才与回回，思想上似乎更加抱残守缺、食古不化。他们把有利于社会主义农村经济发展的新型经营模式，看成"资本主义复辟"，这并不是特例，而是改革开放初期，影响与阻碍思想解放的最难褪下的"裹脚布"。从"改革三部曲"可以看出，贾平凹在书写"百年秦岭"第四阶段的初期，将关注和批判的重点聚焦到了农民的思想和精神层面，展现出了"解放思想"过程中，农村出现的各种实际困难与阻碍。

当然，"乡村政治是中国民主政治的基础，事关亿万农民群众的切身利益和民主权利"[①]。贾平凹虽不喜欢政治，却善于在绵密、繁杂的关系网中，编织出一个庞大、复杂、琐碎的乡村政治图景。这些乡村政治大多存在许多不合理因素，贾平凹则是通过一件件"鸡毛蒜皮"的琐事，反映出农村干部在执行国家政策与权力过程中，所显露出的各种异化现象。《秦腔》借"疯子"引生之口，讲述了农业改革和城市化进程的加速发展，给清风街带来的一系列变化与冲击。小说的主体大致围绕夏家的新老两代人展开，反映出两代人迥然不同的世界观与价值取向。曾当过村主任的夏天义，与现任村主任晚辈夏君亭，在一次对话中暴露了两代人在思想上的差异与隔阂。夏天义这辈人思想保守，比较服从管教，村里一旦出现矛盾，只要干部一瞪眼就能镇住村民，稳定局面。夏天义一直引以为傲，但这样做只能治标无法治本，固有的矛盾虽然被压制下去，但

---

① 詹成付.乡村政治若干问题研究［M］.西安：西北大学出版社，2004：内容提要.

迟早还会被新的矛盾挑出水面。时代已经不同，国家的政策、社会的风貌都在不断变化，农民的个人意识、主体意识日渐觉醒，夏天义的老办法显然已经失效，上一辈遗留下来的"面子工程"逐渐显露出难以愈合的后遗症，君亭所要面对的是更加现实和复杂的情况。人都有自私的一面，更何况是思想觉悟不高的农民，只有得到了"甜头"，看到了利益，才能真正调动起农民的积极性。所以君亭认为，在承包砖厂、果园之前，可以允许一些人"贪污"，但要掌握好尺度，这样能够提高农民做事的劲头。君亭所说的就是在农村经济改革中出现的实际问题，看似有违法治，却也的确是改革中的无奈之举。从中暴露出特定历史时期，农村改革相关制度的不合理与不健全。相比之下，是非观念极重、思想极"左"的夏天义，必定对君亭的看法嗤之以鼻。贾平凹在这里所着力呈现的，就是乡土现实中最沉重、最难解决的焦点问题。新旧两代人的思想不同，所处的时代、面临的问题也各不相同，这种对立背后所呈现的，则是一张错综复杂的现代乡村政治图谱。"乡镇政权是国家权力的末梢，位于'压力型体制'的终端，它的财政支持来源于农民和农村企业，因此它的行政过程和广大村民的政治、经济和社会生活存在非常直接的关系，……乡村治理中农民和乡镇政权的关系明显紧张，一些地区甚至出现对立的状态，以致成为乡村社会潜在的不稳定因素"[1]。在这里，小说中提到过几次冲突，都是村干部执行上级命令，强制执法惹出的乱子。白雪娘家的改改已经生了两胎女娃，一心要个男娃，就偷偷怀了第三胎。村干部来抓改改，对待违反计划生育的妇女，村政府采取的措施是刚怀孕的强制灌药打

---

[1] 徐勇，吴理财．走出"生之者寡，食之者众"的困境——县乡村治理体制反思与改革［M］．西安：西北大学出版社，2004：2．

掉，能流产的都去赵宏声的大清堂做刮宫流产。改改被村干部抓走后，原本要被引产再做结扎手术，却已经进入临盆状态，村干部的解决方法是先接生，再把孩子处理掉。这是一种无比残忍、毫无人道、极不负责任的"一刀切"行为。村干部首先想到的不是如何妥善解决问题，而是担心被上级责骂，忧心完不成计划生育指标而被扣发工资和奖金。这种现象在二十世纪八九十年代的农村并不是个别现象，毕竟大清堂后院的治疗房里，还游荡着三百多个被处理掉的婴儿的亡魂呢。小说中还提到了县上一年里发生的五大案件：由过风楼乡选举而造成的两大家族之间，波及了数百人的械斗事件；为了给大油门镇派出所集资盖家属楼，警察们被分配了罚款指标，一个妇女其实是处女，却被戴上了卖淫的帽子，被罚了三千元；雍乡小学新盖的教学楼突然坍塌，死伤六个学生；东川镇八里村超过九成五的人家，都做过偷盗自行车的勾当。而最为轰动的，则是发生在清风街的"年终风波"，由县纪委调来的张学文带头暴力征缴税款，引发了民愤，导致村政府门前的大规模村民集体抗议闹事。一桩桩冲突事件的背后暴露出了二十世纪八九十年代，乡村政治存在的若干现实问题。基层干部在推进农村民主政治建设的力度上用力过猛，他们大多采用强制手段约束群众，主观随意性极大，群众难免产生抵触、抗拒情绪，这种极不合理的措施和手段所得到的实际效果自然差强人意。一些基层单位视经济指标为第一且唯一要务，以完成任务的数量作为考核干部的首要指标，导致农村民主政治建设发展不平衡甚至严重滞后。一些基层干部在实行农村民主政治建设的过程中，无视甚至自行剥夺群众的民主权利，在选举中出现了组织内定、人为等额等"一言堂"现象，压制民主，严重挫伤了农民群众的热情和积极性，极大破坏了农村民主政治建设生态环境。

以上所述，贾平凹将乡土社会出现的诸多具体问题，深刻而翔实地呈现在了文本的细部，他将文学的触角深入到乡土社会的最底部，体现出了作家对生活极强的观察与感知能力。同时，也显示出了作家的写作资源与素材，源于生活，又高于生活的叙事伦理与写作功力。

此外，《秦腔》中还涉及了行政官员的升迁问题。复员军人夏中星好不容易得了"实职"，做了县剧团的团长。上任之初，他怀有雄心壮志，决心振兴秦腔事业，将原本散为两伙的剧团归拢到了一起，几次巡回演出为他增添了不少功绩，于是被调任为县宣传部部长。县剧团则因为中星的离开而迅速分成三伙，名存实亡。中星后来又托夏风的关系寻了市长，讨到了邻县县长的高位。夏中星的升迁史，暴露了中国官员选拔和任用制度长期存在的疑难问题。一方面，在德、能、勤、绩、廉这五项选任标准中，政绩、功绩占据了绝对的主导地位，出现了面子工程、政绩工程、形象工程等一系列过度形式化的"丰功伟绩"；一方面，官场上"近亲结婚"的现象屡见不鲜，很多官员都存在着相当微妙的"裙带关系"，这严重破坏了政治生态的健康环境；此外，一些官员钻政策漏洞，将"下乡"当作能够"镀金"升迁的跳板和捷径，在任时长令人唏嘘，"屁股没坐热就走人"，所做政绩便是坐而论道、纸上谈兵，所遗留之事更是一片狼藉。以上三点，直接严重影响了干部任选制度的真实性和公平性，这是一个历史性的问题，是长期以来中国官员任选制度存在的沉疴宿疾。

我们看到，《秦腔》反映的只是一个县、一个乡（镇）、一个村，在特殊而真实的历史背景下，所展现出的政治生态及农民的日常生活。这段时期在历史的长河中只是白驹过隙的一瞬，但它所留下的"陈芝麻烂谷子"，却是真实存在且值得不时回望与不断反思的。作为一名具有强烈历史意识、社会意识的作家,贾平凹要做的,就是将历史"还原",将记忆"重现",为历史和现实建立文学档案,将中国农村这种特有的社会现象摆在世人面前。"当国家实行起改革,社会发生转型,首先从农村开始,……可农村在解决了农民吃饭问题后,国家的注意力转移到了城市,农村又怎么办"[①]?在贾平凹写作《浮躁》《土门》《高老庄》《秦腔》的时候,发生在中国农村各个层面上的不平衡问题就在不断地涌现着、变化着。时至今日,回望历史,距离农业税的全面取消(2006年)已经过去了十八个年头,小说中所涉及的众多问题已经被逐步解决。今天的农村已不再是昔日的农村,但只要有人在,错综复杂的事情就注定会搅在一起,万变不离其宗,如今的基层仍旧存在类似简单明了而又难以解决的实际问题。贾平凹提出这些问题的目的,不在于揭露社会的不合理因素,这只是一种忧心忡忡的无奈与质问,问题就在那里,作家无法左右更无力改变现状,但至少它被记录了下来,总会有人去阅读与思量,以实现精神层面的消化与"反刍"。作为一个农民的儿子,真实地记录历史,细致地描绘农民的点滴日常,注定是贾平凹烙在骨子里的使命与主题。

以上所述,我们可知,贾平凹的历史观无疑是立体、辩证和严肃的。"贾平凹在更大的胸襟和气度里,竭力寻找的是个人和历史之间的关系,人与自然的关系,描绘这个民族在一个世纪里的精神、心理和灵魂的尘埃"[②]。他将关注历史的角度由"大历史"转移到了对于"小历史""小事件"的聚焦,将对日常生活的原生态描摹作为进入历史的角度与态度。作家以这种立场进入历史,不仅

---

① 贾平凹.秦腔[M].北京:作家出版社,2018:515.
② 张学昕,张博实.历史、人性与自然的镜像——贾平凹的"世纪写作"论纲[J].西北大学学报(哲学社会科学版),2019(06):120.

掀动了时代的生动与鲜活,增加了民族精神真实状貌的表现深度,更重要的是,在"小历史"中进行个体生命体验的放大,能够更深层次地探访历史、人性和存在世界的内在关系。贾平凹通过对个体生命体验及形态的重点刻画,完成"小历史"对于"大历史"不同侧面的扩充与丰盈,使其在对于历史的书写方面,呈现出了不同于其他作家的文本格局与气象。

三、"病相报告":人性异化的考量

通常,提及人性,我们关注、讨论或审视的范畴无外乎善与恶两种,但两者之间的界限又是如此地暧昧朦胧,单纯地讨论其中一方都是片面的、不客观的。在贾平凹笔下,有悲天悯人的大善之人,也有无恶不作的逛三暴徒,但更多的是善中带恶、恶中有善的众生之相。"'人'既不是'神',也不是'兽',而是'神'与'兽'的混合体。'兽性'与'神性',合起来才是'人性'"[①]。

对于人性,贾平凹始终抱有强烈的探察意识及批判精神。综观贾平凹的小说作品,无论写城市还是乡村,写历史还是现实,他所聚焦的重心与主题都指向错综复杂的人性。值得注意的是,贾平凹深描人性的初衷,不是为了揭露或痛斥,而是以"悲悯"或"救赎"之心,召唤被遗忘或是仍在沉睡着的"初心"。

毋庸置疑,对于《废都》,争论持久的"毁"或"誉",皆由贾平凹对于人性所进行的"生命本相的裸露"式表达而起。进入具体文本,《废都》讲述了西京名作家庄之蝶在社会、名利、欲望等

---

① 祁志祥.人学原理[M].北京:商务印书馆,2012:14.

一系列复杂关系的作用下，试图寻求精神上的缺口，却一步步走向失控与沉沦的故事。这本小说我读过三遍，第一遍读完痛心与痛快并存，不敢相信这竟是发表于二十世纪九十年代初的作品，该小说放在如今这个年代竟毫无违和感、滞后感，书中的某些现象与细节虽然"不堪入目"，却是极其真实且现实的存在，这不禁使人怀疑起贾平凹是否拥有透视未来的神奇能力。阅读第二遍的时候，我的注意力集中在了人物内心的情感状态上，作家对人性扭曲与挣扎的描写，脱离了传统意义上的好与坏、黑与白，使我对其中的某些人物有了更深一步或者是全新的认识。当第三次进行阅读，我竟能深刻地感受到写《废都》之时，贾平凹对当时的自己是何其厌恶，他厌恶的初衷应该来自自己的声名与地位。作为一个作家、一位文字工作者，他所得到的已远远超越了这个身份，这在外人看来是光鲜的、骄傲的，但贾平凹同时也丧失了"做自己"的机会和能力，这种身不由己的处境是悲哀的、不幸的，甚至可以说是致命的。至于当时被一些论者批评的低俗与色情，只能说他们过于道貌岸然了。对于当时那个相对保守的年代，贾平凹一反常态，撕下众多伪君子的假面，用最直白、大胆、放肆的语言，直面人类天生就具有的同食欲平等存在的情欲，他只是将真实摆在了众人面前，情节写得愈"露骨"，愈能体现作家对于自身及周遭环境的纠结与不确定性。这是一种释放、一种报复，疯魔了，更痛快了。同时，作家这种对于人性穷形极相的"裸露"叙述，无非是想无遮挡地呈现存在世界的原始本相。陈晓明将这种对于人性的"露骨"式描写形容为"生命本相的裸露"，这冥冥中也暗合了贾平凹日后"生活流"小说的叙事伦理。在《废都》中，贾平凹做了一个试验，知识分子以"破缺"为突破口，能否实现找寻自我的修复路径。在小说中，世俗意义上的完满与知识分子内心涌动的"破缺"，形成了一对看似二元对立，实际上却是不可分割的矛盾统一体，如何处理好两者之间的关系，成为了当时知识分子、社会大众亟待解决的实际问题。通过文本，我们看到，那种看似"冲破束缚""解放思想"的心态和行为，实则只是对于人性贪婪与穷变的狡辩与挣扎。"在叩问存在意义的维度上，《废都》是最典型和深刻的作品。它通过对虚无、颓废、无聊等精神废墟景象的书写和批判，反证了一个时代在理想上的崩溃，在信念上的荒凉——它在当时的精神预见性，至今读起来还触目惊心"[1]。《废都》看似反映特定时期，表现在知识分子身上的迷茫与沉浮，实则是对当时整个时代集体情绪的反射、观照和反省，当然，也是对整个社会自身精神状态的怀疑与诘问。

《高老庄》里有这么一段关于真实情感状态的描写，子路给爹办三周年，男人们抱了灵牌回村。按照村里人的说法，孝子贤孙哭得越大声越显得孝敬。子路的妻子西夏却不知道哭什么，她看着公公的遗像，越想哭越没有眼泪，只好低头假装哭泣。烧过纸后，子路的娘独自哭了起来，西夏想劝却不知该说什么，此时的她竟泪流不止。这段描写看似平淡，却准确地把握了人类真实的情感。公公的离世固然让人悲痛，可西夏与公公素未谋面，公公在名义上虽是西夏的长辈，实际上两人却毫无情感交互可言。因此，公公的遗像对于她来说也仅仅是一个陌生人的黑白照片罢了，她自然哭不出来。可婆婆对于西夏来说是真实接触过、生活过的亲人，她们相处的时间虽短，却自然而然地产生了亲情的牵绊。人与人之间一旦有了感情，就会产生情感上的互通与交换，于是西夏便会顺理成章地被婆婆的悲痛感染，眼泪就水到渠成地流了下来。这是再简单不过

---

[1] 谢有顺.贾平凹小说的叙事伦理[J].西安建筑科技大学学报（社会科学版），2009（04）：46.

的生活片段,贾平凹细腻、合理地还原了人的真实情感,不画蛇添足,不矫揉造作,体现了作家对人性的精准把握。

农民就是这样,他们世代围绕自己的"一亩三分地"劳作着、生活着,这种狭窄的生活生产场域不仅限制了他们的社会活动范围,更重要的是对人生观、价值观与世界观的挤压与束缚。而在这三种最基本的观念中,直接影响其日常生产生活的当属价值观。当农民认为他们的利益受到了侵害,这种损失哪怕微乎其微,他们也会据理力争,甚至不惜以"两败俱伤""玉石俱焚"的结果来获得心理上的"平衡"。此时,作为人类原始价值观念的人性,在他们所谓的利益面前显得既单薄又脆弱。本章第一节论述过"私"的普遍存在,"世事就是这样,街坊四邻的,为好一个人艰难,得罪一个人就容易了!谁也见不得谁的米汤碗里多一层皮"[1]。《小月前本》中,才才借门门的抽水机浇地时,门门的本家亲戚却硬是以"亲缘"的名义将抽水机"抢"到自家地里为其使用,门门得知以后上门理论,门门说才才交了钱就理应让他先浇地,本家亲戚却以势压迫,认为门门认钱不认人。自知理亏的本家亲戚要掏钱,门门却坚持先来后到的原则,二人最终闹得不欢而散。后来本家亲戚举报门门搞非法活动、发"抗旱财",抽水机也被暂停使用。《秦腔》里的引生,大多数情况下都是勤劳热情的:谁家办丧事,他帮着抬棺;谁家推磨,他一推就是大半天;夏天义执拗地要去七里沟挖地,他就和哑巴天天陪着去干活,风雨不误。不难发现,引生所帮之人都是他喜欢、不反感之人,如果遇到的对象是他厌恶的,引生就连一泡屎都不愿留给对方,非要将屎尿砸得稀巴烂才肯罢休,这

---

[1] 贾平凹.小月前本[M]//贾平凹.贾平凹中短篇小说年编·中篇卷·小月前本.济南:山东人民出版社,2018:94.

表现出了农村人的执拗与倔强，更是小农思维的体现。而且，这种情况不是少数，《商州》《老生》《古炉》《山本》等小说中也提到过类似情况，就连《高老庄》中身为大学教授的子路，仍改不了这种农民习性。《秦腔》和《山本》中都提到，当外人提到为老人看病，家中的晚辈拒绝出钱的理由竟是如果给老人看病，世上的人就都不会死了。《山本》中井宗秀为了争粮缴税的事，命令夜线子策反银花河一带的恶人罗树森，夜线子却直接杀了罗树森，理由是他和李文成不是如杜鲁成、陈来祥一般的井宗秀的发小、亲信，只是半路加入的外人，如果再有像罗树森之类的能人加入，两人的地位将会不保，于是竟屠杀了罗家五口人。一次，陈先生接待了一位因为花椒树而气病了的老汉，老汉在几年前买了石家三间房屋，石家却年年来摘房前花椒树上的花椒，多次请来有高德的马六子主持公道，均以失败告终。两家因为一棵花椒树吵过架，也动过拳脚，老汉就气病了，陈先生没有给老汉开药方，而是主张将花椒树砍掉，这本是带有挖苦成分的说笑，却立马被老汉采纳，他觉得只要让石家吃不上花椒，花椒树可以砍，他吃不吃花椒都无所谓。

  对于人性之恶，贾平凹表示，"要写出或画出人的恶，那恶不是你个人的恶，而是集体的，至少是大多数人的恶"[①]。《土门》有一段由足球比赛引发暴力事件的描写，客队先进了无可争议的一球，但西京主队后卫的夸张演绎，使得全场爆发出了一阵阵"越位"的喊声。随后主队球员开始恶意犯规，裁判要开出的红牌被球员压住，两队球员开始互相推搡，看台上的观众随之大量拥入球场。当个体汇入群体之中，很容易发生一种近乎于催眠（暗示）的

[①] 贾平凹，武艺.云层之上：贾平凹对话武艺[M].桂林：广西师范大学出版社，2021：153.

传染现象，这类似于贾平凹所提到的"巨大的气场"[1]，他们的行为脱离了理性的束缚，进入了一种意志力与辨别力消失殆尽的被催眠的迷幻状态，所呈现的便是随波逐流般的有意识人格的削弱甚至消失。冲突由球场内迅速扩散开来，球场外发生了多起打砸抢事件，更有甚者，有一位妇女在骚乱中被无数流氓非礼，乳头没了，尿道至肛门也被拉伤，社会影响极为恶劣。由此，我们看到，当个人进入群体后，群体所带给他的那种势不可挡的能量，使其具备了发泄本能欲望的冲动和力量。此外，由于群体无名氏的特征，群体中的个人顷刻间卸下了责任感的束缚，行为便会变得越发肆无忌惮。群体心理学创始人古斯塔夫·勒庞对群体的特点做过如下总结，"群体在智力上总是低于孤立的个人，但是从感情及其激起的行动这个角度看，群体可以比个人表现得更好或更差，……一切取决于群体所接受的暗示具有什么性质"[2]。《土门》中的足球场打砸事件、《高老庄》中苏红被村民围攻、《秦腔》中由征税引发的冲突、《古炉》中榔头队与红大刀队的最终武斗、《老生》第三个故事中的村人互相揭发等，都淋漓尽致地展现了集体的恶，一种个人被放置于集体之中，被无数倍扩大了的本能与兽性的肆意宣泄。

　　仔细想，在乡土社会中，造成人们分崩离析、兵戎相见的通常不是什么大恩大怨，正如《山本》中老魏头所说，"忌妒才是最大的仇"[3]。井宗秀与阮天保原是青梅竹马的发小，两人的关系可谓亲密无间，但井宗秀当上预备团团长这件事，点燃了阮天宝内心的嫉妒之火。不甘于人下且觉得自己的能力远在井宗秀之上的阮天宝

---

① 贾平凹.土门[M].桂林：漓江出版社，2013：47.
② [法]古斯塔夫·勒庞.乌合之众——大众心理研究[M].冯克利，译.北京：中央编译出版社，2014：13.
③ 贾平凹.山本[M].北京：作家出版社，2018：136.

认为，井宗秀之所以能当上团长，完全出于自己的谦让，于是他悄悄离开了涡镇，决心在县城闯出一番天地。后来，阮天宝用凶残手段杀害了原保安队队长，鸠占鹊巢的他便打起了预备团的主意。保安队不但越界征税，还霸占了六十九旅拨给预备团的全部军械，阮天宝做这一切的目的就是为了将保安队与预备团合并，自己来当统领。于是，忍无可忍的井宗秀下令突袭保安队，从此开始了双方不死不休的互相厮杀。井、阮两人的关系，由最初可以轻易化解的恩怨，一步步升级为不共戴天的生死仇敌，追根到底，只是源于阮天宝最初的嫉妒之心，令人唏嘘不已。《山本》中陆菊人善用野蜂的习性，智斗土匪五雷的表弟玉米，致其被野蜂蜇死。一开始村民们都连声叫好，称赞她的聪明与果敢，没承想，本打算离开的土匪头子五雷却将表弟的死算在了涡镇头上，在村里越发横行霸道起来，村里人又都开始嗔怪起陆菊人的多管闲事。村民们最初对陆菊人的赞赏是出于正义、出于对土匪的憎恨，可五雷的变本加厉，伤及了他们个人的切身利益，个人的怨气在获得了群体性的认同之后，人性的自私便会成倍扩散，正义与公理瞬间变得毫无意义。

《暂坐》中，复杂的人性暗藏在叙事的细节与空缺当中。我们来梳理一下海若和她的暂坐茶庄。小说第三回，当海若提到暂坐茶庄时掩饰不住内心的自信与自豪，介绍暂坐茶庄不需要打广告，只做回头客生意。这里的"回头客"并非表面看来那么简单，这是一张复杂而隐秘的关系网，随着故事叙述的深入，这张网逐渐影影绰绰地铺展开来。小说第十五回，市里召开招商大会，向茶庄购买二百筒猴魁茶，茶庄伙计小唐问海若是不是齐老板给联系的，得到的虽是否定答案，却也说明了海若的这类生意以往大都是通过齐老板促成的，而且从后文得知，海若的表弟是齐老板的部下，更夯实了两者关系的紧密性与稳固性。海若将一张卡交给小唐，小唐的"还是交给宁秘书长?""还是那个数?"以及海若的"他一直照顾咱的"中的"还是"和"一直"点破了一切。既能说明齐老板在海若和宁秘书长之间起着牵线搭桥的作用,更能说明海若不止一次甚至多次给宁秘书长送"感谢费",一切都基于秘书长的"长期照顾"。这看似合情合理的"照顾"和"感谢",其实就是政治场上典型的"收受贿赂"和"官商勾结"。随后,小唐的"这次也就二百筒"中的"这次"和"也就",说明此次所售卖的茶叶数量与以往相比较少,且很有可能少很多。由此可知,海若的自信来自近乎垄断状态的销售途径,齐老板和宁秘书长等人就是她之前所提到的"回头客",而类似这种交易应该正是暂坐茶庄收入的主要来源。小说结尾,海若接受市纪委调查,究竟事情有多严重,从小唐所做之事以及二人接受调查的细节中可以略知一二。当年齐老板找市委书记办事,直接拿现金既俗气又显眼。经书记夫人"点拨",齐老板就决定将现金兑换成二百公斤黄金,并将中间跑腿的差事交给了小唐,齐老板为什么不用别人而偏偏选择小唐,一定与海若和茶庄有直接关系。上面提过,茶庄的主要销售渠道和收入来源是通过齐老板委托宁秘书长促成的,齐老板要想将生意做大,一定会将更大的利益输送转移到与秘书长关系密切且职权更高的市委书记身上。同时,茶庄的大部分收入依靠的是齐老板的关照,身为海若得力助手的小唐,自然就充当起了跑腿的身份,这样才能更长久地维护住海若与齐老板之间的密切关系,使茶庄获得更多的资源与销售渠道。此外,在文本中,小唐与海若多次提到齐老板,足以见得小唐做类似"跑腿"的次数绝非这一次。我们再来比较一下海若与小唐接受调查时的细节。市纪委直接到店里带走了小唐,使得众人皆知,这直截了当的行为,却恰恰说明了小唐涉事的简单程度。至于海若,市纪委并没有直接去茶庄找人,而是通过电话私下沟通,这其中的复杂性与严重性可想而知。还有一处细节,能够作为海若涉事严重的佐证。海若接受调查后,小唐被放了出来,当她看到茶庄被炸的惨状并没有多大反应,说明她心里有比这严重得多的事情。当众人询问海若的情况,小唐的支吾意味深长,不言而喻,这"支吾"证明了海若涉事的严重程度。此外,身为海若左膀右臂的小唐一定知道更多小说文本中并未讲述到的秘密,再联想到小唐接受调查的天数,想必她已经将海若的事全盘托出。

可以假设,如果将《古炉》置放在《商州》到《浮躁》甚至更早的阶段考量,或许,我们可能更多地看到其描绘历史的沉重与现实的暴力。但《古炉》的创作偏偏靠后,随着作家年岁的增长和对人性理解与审视的日益深入,贾平凹采用了一种更为真实、宽容、悲悯的方式,记录那段非黑即白的历史碎片,书写种种简单与复杂混乱交织的人性,残忍又不失慈悲,寡淡却遍地惨痛。"特殊时期"是什么?对于霸槽来说,是他施展拳脚、大展宏图的契机;对于榔头队与红大刀队员来说,是可以烧杀抢掠、肆意报复的借口;而对于善人、蚕婆、狗尿苔等局外之人,则是一场刻骨铭心、满目疮痍的灾难。《古炉》讲述了发生在古炉村"特殊时期"的政治斗争与日常悲喜,这一特殊事件几乎使古炉村所有人都不自觉地参与到了历史之恶投射到村人身上的关于人性的残忍与暴戾。庆幸的是,在村人集体失常的血腥与残暴中,还保存了象征人性良善、悲悯与救赎的点点微光。善人医者仁心,无论好人或恶人,在他眼中一律众生平等,甚至在被批斗时,也关注着自己脚下,生怕踩到蚂蚁。一年夏天,铁栓曾经给蚕婆垫过钱,为了报答他,蚕婆答应赠一只猪崽,但铁栓嫌猪崽太小,蚕婆又将猪崽喂过秋天才送去,由此可见,蚕婆用身体力行教导着狗尿苔"投之木桃,报以琼瑶"的道理。在那个人人自危的时期,蚕婆藏善人、给磨子治病、收留水皮等行为，充满着对人性的悲悯与救赎。同时，蚕婆的善良，也潜移默化地影响着狗尿苔：为了报复霸槽，天布把木橛子钉在了霸槽爹的坟头，狗尿苔随后偷偷将之拔出；在特殊时期，身为"黑五类"的狗尿苔在村人眼中与巷道里的猫狗无异，面对人们的玩弄与作践，狗尿苔只能与动物为伴，村人让狗尿苔把试毒的死鸡扔到尿窖子里，他却偷偷将其埋葬，并发誓从此不再伤害动物。蚕婆、善人和狗尿苔，默默守护着象征希望与良善的火种，这火光虽然黯淡、微弱，却成为了唯一能够温暖心灵的方向与力量，饱含着作家众生平等、观照人性的思想与立场。

我们看到，《带灯》中"身子不好"的马副县长以引产下来的胎儿进补，空气中弥漫着的腥味，充斥着万事以"我"为中心的人性的自私与凶残；长着人面的蜘蛛，俨然成为了一块人性照妖镜，反射出人类社会复杂、扭曲的人际关系，以及"开发"时期基层干部为了升迁和功绩急功近利、弄虚作假的丑恶嘴脸；钻进馍里的虱子，体现出欲望见缝插针般的奸刁与狡诈，同时也尽显人性之恶的顽固；带灯后期的"夜游症"和疯子捉鬼这些怪异行为，透示着人性扭曲、颠覆的异化现象，饱含着作家对于樱镇乃至国人罹患时代疾病的纠结与痛心。然而，《带灯》超越了一般意义上传统现实主义小说所代表的批判立场，更为重要的是，文本内部所蕴含和传达出的生命的精魄与希望。在带灯写给元天亮的短信中曾提到，"农村真正可怜，但如果有来生我还想在农村，因为在农村能活出人性味"[①]。在带灯身上，我们时刻能够感受到她通身散发着的观照人性的点点微光。卖鸡蛋的老婆子以次充好，拿县上的鸡蛋充当本地土鸡蛋售卖，得知吃亏上当的带灯却并没有跑去与其斤斤计较；集

---

① 贾平凹. 带灯 [M]. 北京：人民文学出版社，2013：184.

市上的小贩为了能赚到带灯和竹子的钱，硬往她们怀里塞小糕点，可他们一向"舍小利获大益"的销售手段在带灯那里竟完全不起作用，小贩们直呼带灯两人为樱镇的"稀女子"；当老实本分的王三黄双亲遭到镇长的不公平处置，一向宽厚和善的带灯挺身而出，当着众人面怒斥镇长的"欺软怕硬"，她甚至会因看不惯马连翘的自私与不孝行为而与之大打出手，极具热心肠与正义感；面对"上访专业户"张膏药和王后生的胡搅蛮缠，带灯抽着烟、吃着酒，以一种咄咄逼人的"江湖气息"震慑并摆平张、王两人，尽显其智慧与魄力；面对王后生多次的无理取闹，带灯仍旧为其用心拟定药方，这种以德报怨的行为，不只治病，更医人心。"咱们无法躲避邪恶，但咱们还是要善……善或许得不到回报，但可以找到安慰"[1]。这是一种与人性之恶"狭路相逢"时的本能选择，充满了作家对于人性良善的观照与呼唤。值得注意的是，刚经历过元家兄弟暴力事件的带灯，在给元天亮的信中却对此事只字未提，依旧倾诉着自己心中纯净、美妙的梦。"理顺自己的气韵，疏导生活的脉络……像蝉儿一样……唱着别人或许聒噪而我觉得快乐的歌"[2]，这也是《带灯》区别于传统现实主义小说的关键所在。作家在小说中构建了看似平行又相互交织的两重空间，即具有社会性的现实空间和充满自然性的精神世界。亲近大自然，可以使带灯暂时抽离于肮脏不堪的现实社会，她总是能从自然界的动物、植物身上探寻到生命弱小却坚韧的元气与精魄，这也成为了她能够渗透、过滤、融化现实社会寒流块垒的精神补给站。这种以自然之力建构起的精神世界，充满着作家最想要传达的人性观照与生命内蕴。

《极花》围绕城市化飞速发展中，隐蔽于社会暗处的"拐卖妇

---

[1] 贾平凹.带灯[M].北京：人民文学出版社，2013：208.
[2] 贾平凹.带灯[M].北京：人民文学出版社，2013：276.

女"现象展开叙述。当社会大众都在批判和痛斥这种丧尽天良的卑劣行径之时,贾平凹另辟蹊径,从被拐妇女胡蝶的视角出发,对自身以及她所接触的世界进行观察与思索。在那个陷入无尽恶性循环中的圪梁村,没有女子愿意嫁入这个极度贫困的村庄,久而久之,这个村子便成为了名副其实的"光棍村"。"传宗接代"的传统思想迫使村人动起了歪脑筋,为了延续香火和保全脸面,他们只能通过购买的方式"娶"到媳妇,悲哀的是,巨额的费用又将整个家庭全部掏空,圪梁村人面对的只能是从贫穷到更加贫穷的恶性循环。"贫穷而拮据的生活制造了普遍的猥琐、吝啬、自私乃至残忍"[1]。在圪梁村,上至一村之长,下至村人家的一条狗,都成为了这种严重违背道德和伦理行为的共犯。女人对光棍村人来说等同于一种繁衍与泄欲的工具,当众人的目的达到了空前的一致,被原始欲望支配着的村人共同建立起了一套"全新"的伦理与道德标准,在这种"本我"欲望的驱使下,一切残忍、扭曲的思想与行为,便具备了存在的合法性与合理性。作为一个渴望活成城市人的农村姑娘胡蝶来说,被拐骗至更加闭塞、贫穷的山村,无疑是极具讽刺性的残酷现实。在经历了一次次"灵魂出窍"之后,她从最初充满仇恨与诅咒的反抗,转变为最终对命运的屈服与接受,无论从其对黑亮、对孩子的情感累积,还是她对自我认知的心理转变来看,完全符合人性在复杂境遇下应该呈现出的基本逻辑。从道德的层面上看,很多论者无法接受胡蝶最终自愿回归的这一行为,但"贾平凹的高明在于,现实再强大,都不可能覆盖文学本身,对诗性和文学性的追求永远是其小说核心"[2]。从哲学的、人性的立场出发,这看似不合

---

[1] 南帆.剩余的细节[J].当代作家评论,2011(05):71.
[2] 吴义勤.贾平凹与《极花》[J].华中科技大学学报(社会科学版),2016(06):2.

情理的情节，却恰恰能够体现出贾平凹对于人物心理及人性较为精准的把握，充满着作家对于人性最为深切的关怀。

"作为一个优秀的文学典型，其性格的构成因素是复杂多样的，他们往往以其二极性的特征交叉融合，构成一个多维多向的立体网络结构"[1]。毋庸置疑，在贾平凹的小说作品中，我们能够清晰地体察到，作家擅于在人性的共性中探究精神的裂变与异化，在人性的个性中聚合、透视出灵魂的刹那与永恒。我们不仅能够深刻感受到对于假恶丑等充斥着"兽性"阴暗、扭曲人性的残酷揭露，更能体悟到对于真善美的普照着"神性"的"救赎"和观照。在贾平凹的小说创作历程中，无时无刻进行着关乎人性的灵魂撞击与挖掘，"善"与"恶"、"美"与"丑"、"真"与"假"的牵丝扳藤，编织起真实而错综复杂的生活原始图景，而正是这种"兽性"与"神性"的对立统一，才能呈现出最为鲜活、立体而完整的人性。

在这里，我们真切地看到贾平凹捕捉现实和历史中人性的"道行"。他能够在传统乡土世界中参破小农经济及其生活方式的现状，揭示自愚和愚人哲学的沉滞，同时，也呈现整个乡村世界的重大转型，以及转型所带来的巨大隐痛。可以说，贾平凹回到乡土世界"生活的原点"进行深刻的扫描，既再现出了历史深处的文化印记，也书写出乡土世界的欲望喧嚣。重新体验作家主体对历史沧桑、现实困惑的感悟。可以肯定，贾平凹小说叙事主题的深层、多重意蕴，不仅构成贾平凹正能量价值观的叙事伦理，也使其叙事生长出当代文学叙事较高的精神维度。

---

[1] 刘再复.性格组成论[M].合肥：安徽文艺出版社，1999：79.

第三章

贾平凹小说的人物形象塑造

不可否认,贾平凹小说作品中所涉及的"乡土""历史""人性"等主题,都是通过作家笔下一个个鲜活而独特的人物进行演绎与呈现。对作家所塑造的人物形象进行分析与勘查,我们不仅能够顺利把握小说的情节线索、主题意蕴,通过人物形象、命运及人物之间的复杂关系,我们还能够定位到文本背后作家的写作立场、叙事伦理以及具有超越性的审美追求等。就是说,一部小说,尤其是长篇小说,人物形象的塑造,在很大程度上决定着一部作品的成败。而一部作品的人物形象,能否跻身于文学史中的文学人物画廊,让人们长久地记住他,也是考量文学作品水准和质量的重要标志之一。半个世纪以来,在贾平凹的近二十部长篇小说、数百篇中短篇小说中,有许多属于"人极"般的人物:《浮躁》中的金狗、韩文举,《白朗》中的白朗,《古堡》中的老道,《人极》中的林青云,《废都》中的庄之蝶,《秦腔》中的引生,《古炉》中的夜霸槽,《带灯》中的带灯,《山本》中的井宗秀、陆菊人等等,不一而足。这些形象,已经构成贾平凹小说人物的"谱系",呈现出当代中国乡土和知识分子不同的命运史、人心的变迁史,许多人物都成为不同历史时期中国人生活的一面镜子,并且折射出当代中国的整体性、实质性转变。

对于小说中的人物塑造,贾平凹明确表示:"我的小说里女的差不多敢作敢为,泼辣大胆,风情万种;而男的又常常木讷憨厚保守,那是有生活依据的,是我从小就耳濡目染深深体会到的。"①可以肯定的是,贾平凹小说中的人物形象大多从生活出发,以真实存在的人物原型作为艺术创作的基础。我们看到,贾平凹小说无论从数量还是体量上来说都是相当庞大的,所塑造的众多人物形象无论从自然属性还是社会属性上看,都呈现出千姿百态的众生万象。本文将贾平凹小说的人物形象大致分为两类:一类为庸庸碌碌生活着的男人女人们,也就是"常人";一类为具有极强象征性、神秘性及叙事功能的"异人"形象。

如果从作家的主观情感倾向上来看,贾平凹笔下的女性形象大都属于中性偏褒义的感情色彩。有别于男性形象的类别划分,本文大致按照社会性质,将女性形象分为农村女性和城市女性,同时从人的伦理及审美角度,探究女性性格或人性中的"善"与"恶"、"美"与"丑"。贾平凹曾多次提到,他家乡商州的男人能文善武,受此启发,我将男性形象大致分为"文""武"两类。在"文"类中,分析了知识分子和基层干部两种男性形象。这里所说的"武"类,类似于鲁迅《扣丝杂感》中的"猛人",本文分析了像雷大空、井宗秀、夜霸槽等野心勃勃、快意恩仇、受得大苦、享得大乐的经济、军事、政治等枭雄"猛人"。"异人"是与"常人"相对应的一类人物,我根据他们自身属性的不同,将这类人物细分为"乡间智者"和"残缺人"形象。细读文本,我们发现,无论是社会身份低微的"乡间智者",还是生理或精神上存在缺陷的"残缺人",都具备一种与天地自然交相辉映的"神性",两者共同组成了贾平凹笔

---

① 贾平凹.我是农民[M].桂林:漓江出版社,2013:33.

下另一类极具审美观照,同时又兼备叙述功能的特殊人物群体形象。就是说,无论是中、短篇小说,还是长篇小说,贾平凹已经建立起其叙事作品中的人物谱系。这个"谱系"中,作家已经创造出诸多具有丰富内涵和个性的人物形象。同时,这些形象,更是我们全方位考察贾平凹小说创作成就的重要方面。

一、"常人":精神与道德内蕴的深刻发掘

在这里,我们将贾平凹小说的人物形象大致分为两类:一类为庸庸碌碌生活着的男人女人们,也就是"常人";一类为具有极强象征性、神秘性及叙事功能的"异人"形象。

首先,我们对贾平凹小说中"常人"类别中的女性形象进行分析。在贾平凹的笔下,最可爱、耀眼的要属他所雕琢出的女性形象。而在这些女性形象中,我们能够明显看到,农村女性是作家刻画和关注的重点人群。在贾平凹的小说文本中,能找到母亲慈祥、勤劳、善良的身影,更有如《黑氏》中的黑氏和《浮躁》中的小水那种从性格、外貌、身份、关系等方面酷似其初恋的人物剪影。从文字中不难发现,贾平凹对女性形象(尤其是农村女性)始终充满偏爱,这与他从小的经历以及后来受道家阴阳交感等思想的影响有着密切关系。贾平凹曾说:"乡下的妇女善良、勤劳、节俭,但总是自私、目光短浅、心眼小、长嘴多事、爱笑话人、好嫉妒,这些我体会得最深。"[①] 农村女性所具有的种种特征更具代表性,更能体现中国传统女性的特质,从她们身上可以映射出最原始、真实、

---

① 贾平凹.我是农民[M].桂林:漓江出版社,2013:33.

质朴的人性。

不难发现，贾平凹善于写女性，尤其是传统女性，而这些传统女性大多生活在乡土社会中。中国传统封建思想束缚着中国女性的言行举止，中国社会进行现代化转型之后，城市女性逐渐摆脱了传统的束缚，但对于偏远地区的人们来说，仍秉承着传统封闭的思维方式、道德准绳，他们以此规范女性一言一行，也因此导致绝大多数农村女性始终困囿于家庭之中。社会地位与身份的缺失，使女性在分类上有别于男性形象，因此，我大致按照社会性质的不同，将贾平凹笔下的女性形象分为农村女性和城市女性。同时，从人的伦理及审美角度，探究女性性格或人性中的"善"与"恶"或"美"与"丑"。

值得注意的是，贾平凹的女性观，或者作家对于女性的"偏爱"，并非站在"女性主义"的角度，更确切地说，是建立在中国传统文化的基础之上的。进一步讲，贾平凹的女性观，主要受中国道教"阴阳平衡""柔弱处上"等基本观念的影响，其中，也不乏儒家思想的浸润。道教讲究探寻万事万物的本源，而这一"根本"，在《道德经》《太平经》等道教经典中，通常用"阴""柔""雌""玄牝""母"等象征女性的词汇进行指代。另外，相较于儒家严格的等级观念，贾平凹的女性观，首先建立在道教性别平等的基础之上。其次，道教顺应自然、崇尚根本的基本教义，使其对于女性有着更加包容与开放的思想及立场。在贾平凹的小说中，存在许多集善良、贤惠、智慧、美丽、坚强、执着、勇敢于一身的女性形象，代表人物有《天狗》中挖井人的老婆、《浮躁》中的小水、《山本》中的陆菊人等。她们如菩萨一般温暖人心，又如"可人的小兽"一般惹人怜爱，充分展现了中华民族女性的传统美德，恰如其分地诠释出了女性的柔美与灵动。可以说，贾平凹所秉持的是以"道"为主,以"儒"为辅的基本女性观念。

较早给我留下深刻而美好印象的,一定是《浮躁》中的小水。小水是一个集美貌、良善、智慧于一身的好人才,她白净漂亮又生性善良,"青春少年都视她是菩萨,又觉得她是一只可人的小兽"[①]。小水爱憎分明,坚守严格的传统伦理道德标准,与金狗的关系再亲密也要守住女儿家最后的底线。当她得知田中正与其嫂长期存在有违伦常的关系,她顿感恶心、厌恶,从此与二人划清界限。小水命苦,父母早亡,最疼爱她的铁匠铺麻子外爷也早早离她而去。明明长得银盆大脸,一副正宫娘娘的气派,刚嫁入婆家丈夫却病倒了,又被公婆强迫倒骑毛驴谢罪,不久丈夫还是撒手人寰,未行夫妻之礼,小水竟莫名其妙地成了克夫的"未亡人"。为了能让金狗得到州城记者的名额,小水竟阴差阳错地为英英做了嫁衣,痛失挚爱。小水死守女儿家的道德底线,认为"处女宝"必须要在洞房花烛之时才能献给自己心爱之人,这种道德观念没有任何错误之处,但她的这种观念和行为却将血气方刚的金狗推向了开放大胆的英英身边,事后金狗说他对英英的所作所为只是一种对英英甚至是对小水的报复,其实这只是金狗抵挡不住女性身体诱惑的借口罢了。面对横刀夺爱,小水一方面自我反省,在自己身上找寻原因,一方面自我麻痹地将这一切归咎于命运的安排,可怜得让人心疼。小水后来和福运结了婚,福运却惨死于村干部讨好上级的口食之欲之中。就这样,小水又一次成了寡妇。

现实的苦难促成了小水这个人物形象的两次蜕变。第一次是关于爱情观念的转变。在英英成功勾引金狗之后,小水突然意识到,她的一些矜持与坚守最终却成为了断送自己爱情的屠刀。同时,她

[①] 贾平凹.浮躁[M].南京:译林出版社,2012:15.

对白香香被人说三道四的爱情故事予以了赞同和支持，这明显相悖于她之前的爱情观。她明白了主动争取的重要性，也就在她意识到这一点后，主动拉近了与福运的距离。依福运的性格，如果小水不捅破这层窗户纸，两人的进展将会极其缓慢甚至停滞不前。小水的菩萨形象至此有所改变，她不仅保留着"只可远观不可亵玩焉"的菩萨形象，还获得了可爱小兽的某些特点，人物形象更为鲜活、丰满、真实。导致小水第二次转变的直接原因就是福运的惨死。她不再软弱怕事，而是用勇敢与积极的态度去直面困苦，解决困难。金狗含冤入狱，小水没有太多时间痛苦和慌乱，取而代之的是她果敢与镇定的态度和行动。当小水再一次面对与金狗的感情，她变成了主动的一方，此时的小水拥有的不仅是美丽与善良，更增添了属于自己独一无二的女性魅力。值得强调的是，"水"自古以来就是一个象征意味极强的汉字，它代表纯洁、包容、坚韧与温柔。贾平凹在小说中将"小水"与"大水"作为一对可以相互参照的象征，"大水"气势磅礴却残忍无情，"小水"看似羸弱、柔软，却细腻、坚韧。小水的包容与爱，印证着"滴水穿石"的孜孜不怠，诠释着女性性格特点中的细水长流与润物无声。我们感到，贾平凹在小水这个女性人物身上，无疑注入了"儒释道"等中国文化的元素，女性性情与内心深处的柔美，尽显无遗。

贾平凹在塑造《商州》中的珍子和《秦腔》中的白雪时，着重叙述了她们的感情经历，但通过比较，能够明显地观察到作家在处理两人感情观、价值观上的区别。珍子与刘成的爱情，无疑是一个纯粹的悲剧。《商州》作为贾平凹长篇小说写作的起点，现在看来，作家在结局的处理上略显刻意与饱胀，情节虽蜿蜒曲折，结局却难免落于俗套。我隐约感到，贾平凹在白雪的形象中附着上了珍子的影子。《商州》中珍子为爱赴死，这是一种一了百了的解脱。而白雪最终的解脱在艺术处理上更富智慧、辞微旨远，这是一种认识的深入与艺术技巧的提升，是为思想留白。对于爱情的处理，无论是表达矢志不渝、海誓山盟，还是体现痛不欲生、肝肠寸断，不是只有生与死才能让人记忆深刻。事实上，精神与思想上的重生才是最具挑战、最刻骨铭心的自我蜕变。与珍子、小水相比，贾平凹弱化了白雪对爱情的炙热与执着，而是通过一个又一个残酷而现实的事件，让白雪自己去正视所谓"门当户对"的传统婚姻，感受和体会引生对她的感情，寻找自己真正的情感皈依。贾平凹的叙述，给我们提供了"留白"的空间和时间，他在对白雪感情的处理上更加贴近真实，具有层次感与伸缩性。

可以肯定地说，《山本》中的陆菊人，是贾平凹刻画的众多好女子形象中最为典型、完满的一位。与小水不同的是，陆菊人的女性形象更具充满能动性、社会性的自我意识。贾平凹笔下的"好女子"形象，通常都是长相出众，符合时代与大众审美的阅读期待，陆菊人自然身处其中。这类人的性格给人感觉通常都是极其舒适的，陆菊人也不例外，她善良、沉稳、坚韧、果敢。值得一提的是，气质作为更具个性化、社会化的心理特征，一般不在评价中国传统女性的范围之列，因为传统的中国社会讲究和谐，也就是共性，且传统的妇道人家一般都是"大门不出、二门不迈"的，家即是她们主要的生存和社交场域。但陆菊人却有着与众不同的气场，贾平凹在文本中提及，这不是打扮出来的，是与生俱来的，而且随着陆菊人自身的成长与历练，她身上的那股光愈加夺目。文本中，陆菊人的手上有十个斗纹，应是有福之人，却生来命苦，且未等长大就被罩上了童养媳的身份。面对低人一等的身份，她并未显露出自卑与怯懦。生活不易，她却相当知足，她觉得人就是要过好自己的日子，不艳羡他人，日子再苦也终会熬过去。这种自强、自信、自尊与自爱，对于她本人的境遇来说是难能可贵的。同传统意义上的好女人一样，陆菊人在生活上自然是勤劳能干的，家里的一切她都打理得干干净净、井井有条，是标准的贤妻良母。面对既医治身体又慰藉心灵的盲人陈先生，她永远心存感恩，一到安仁堂便会帮忙做各种家务。

在小说中，陆菊人与井宗秀第一次正式碰面的地点，是在地藏菩萨像前。这是一种象征，奠定了她善良、慈悲、正义、仁爱的形象基调。作为涡镇的风水树，皂荚树代表着涡镇的魂，陆菊人从树下走过，会有干皂荚掉落，这在涡镇是德行极高的象征。正如地藏菩萨一样，陆菊人拥有着慈悲之心、恻隐之心。村里人说她与井宗秀的闲话，并当众羞辱她，周一山解围并要严惩闹事者，陆菊人却将心比心，对闹事者的行为表示同情和理解；陆菊人常去庙里，她感念生者，不忘故人，自己出钱，为生者立延生牌，为逝者立往生牌；为预防霍乱，陆菊人等人通宵达旦为村人准备盐水、熬马兰根汤，还在茶行门前准备粥食，十多天里每天分三次供逃荒者吃喝；预备旅为了剿灭以阮天宝为首的保安队，死了五十一人，井宗秀下令屠杀阮氏族人，陆菊人去求麻县长劝井宗秀，遂将屠杀改为驱逐。陆菊人的行为进一步印证了其悲天悯人的菩萨形象，所做之事皆是慈悲心所造就的大功德。在文本中，贾平凹有意设置了许多充满神秘主义色彩的事物和情景，以凸显人的内在变化及可能性。

值得注意的是，陆菊人并非普通农村妇人般只是贤良淑德，她同时拥有不输男性的智慧与果敢：土匪来袭，她利用野蜂的习性智斗土匪五雷的表弟玉米；保安队与预备团明争暗斗，陆菊人怕保安队挖井掌柜的坟，事先让弟弟将坟填平；扩建作坊需要填埋一个大土坑，陆菊人分文未花，而是以娱乐的方式聚集群众的力量将土坑填平。可以说，陆菊人的智慧与力量一部分来源于其自身，另一部分则来自于她所感念的自然。她对自然界的生命力量有着超乎常人的领悟，她能从一朵花上感受到植物努力向上的精魄，洗地衣时会思考地衣存在与消亡的意义。从自然中感知生命的意义，并转化为自身的智慧与力量，这便是陆菊人的过人之处。"女的要能行了就比男的强得多，要不能行了，就比男子又差得远，女的是容易走两个极端的"①。陆菊人是茶行总领掌柜，分管着众多分行。她为人信守承诺，做事有条有理，具有掌控全局的思维和能力，她身上多了股威严的气势，这种转变与男性化无关，是一种身为女性的独立与自信，俨然地藏菩萨的化身。陆菊人被周一山评价为金蝉托生，随着茶行生意日渐兴隆，也坐实了这个说法。有人举报茶行私通共产党，陆菊人为了保全井宗秀而将责任全部揽下，这种担当与气魄，足以同顶天立地的大丈夫比肩，她如若生在当下，也必定巾帼不让须眉。

在感情层面，陆菊人无疑是钟情于井宗秀的。她对井的爱也是小说文本中最温暖、柔美的灯火，她化身为井宗秀赠予她的铜镜，警醒自己更照亮对方。文本中，陆菊人对井的爱存在得既深沉又克制，杨钟在时她恪守妇道、相夫教子，杨钟死后，陆菊人并不觉得寡妇有多么低贱，但她深知成大事的井宗秀不应该与寡妇结合，希望井能找到"条件"更好之人。于是她在安守本分和默默支持井宗秀的同时，为其选定准新娘花生。花生年纪尚小，陆菊人便处处提点教导，直至二人成婚。陆菊人对井宗秀的感情"发乎情，止于礼"，体现了一个女人既深沉又饱含理智的大爱。我们可以说，陆菊人的人物形象，一方面秉承了中国传统女性的基本特质，是女性

---

① 贾平凹. 小月前本[M]//贾平凹. 贾平凹中短篇小说年编·中篇卷·小月前本. 济南：山东人民出版社，2018：116.

至善至美形象的典型代表和集中体现。另一方面，贾平凹对于"好女子"形象的塑造，冲破了传统思想的困囿，陆菊人所展现出的过人的智慧与胆识、独立与自信，更符合当代女性的心理需求与审美特征。

与前文提到的几位女性人物相比，《废都》中作家庄之蝶的夫人牛月清，虽为城市女性，却是一个典型的受中国传统思想、道德规范影响的女性形象。要完整地剖析牛月清，必须从生活（行为）和精神（心理）两方面进行考量。牛月清长得银盆大脸，鼻端目亮，在外人看来，这种娘娘面相与名人作家甚是般配。在日常生活方面，她不喜涂脂抹粉，为人热情、善良、贤惠，属于传统思想中的"好女子""贤内助"形象。牛月清为人节俭，家里有两个痒痒挠都要去退掉一个，是个过日子的好手。牛月清有着一副热心肠，她接济双方农村亲戚，暗中帮助庄之蝶学生，陪护钟唯贤，给流浪者吃食等，是个极富同情心的善良之人。牛月清遵循不惹事也不怕事的原则，面对周敏文章惹出的官司，她表现得既积极又勇敢。面对庄之蝶与唐宛儿的奸情，她大摆鸿门宴，尽扫唐宛儿的颜面。毋庸置疑，牛月清对待丈夫庄之蝶，永远都是"刀子嘴豆腐心"。面对丈夫在生活中的诸多缺点，她再挑剔抱怨也永远遵从"嫁夫随夫"的中国古代女子传统思想，她认为女人就要永远跟着男人，她任劳任怨地照顾丈夫的起居饮食，在这一点上，牛月清不仅是丈夫的妻子，也扮演着母亲的角色。在精神层面，牛月清的文化程度虽然不低，却缺乏精神和艺术等方面的思考与追求，是一个过分务实的人。可以说，她虽然家境殷实，在精神领域却仍停留在生存的边缘，离富有情趣的生活层面还相距甚远，面对丈夫这方面的埋怨，她不屑一顾、嗤之以鼻。牛月清恪守女人的本分和道德标准，认为唐宛儿之流不守妇道，都是水性杨花、拈花惹草之辈。牛月清的爱情观似乎有些矫枉过正,她无法接受凌驾于婚姻之上的爱情,认为两个人在一起,时间长了便会产生爱情。从以上两个方面来看,牛月清在生活上做到了一个妻子应做的一切,是一个名副其实的贤内助。但她在精神层面的保守与匮乏,确实无法与从事文化工作、情感丰富细腻的作家庄之蝶相匹配。牛月清虽为城市女子,骨子里却与思维保守固化的农村女子并无二致,在这一点上,她与《浮躁》中小水前期的爱情观有着相似之处,换来的男人"出走"的结果更是如出一辙。值得一提的是,距离《废都》的出版已经过去三十余年,牛月清的这种传统意义上的"贤妻"形象值得广大女性重新思考与审视。正如书中慧明师傅说的那样,女人不应该依附于男人,"女人要为自己而活,要活得热情,要活得有味,这才是在这个男人的世界里,真正会活的女人"[①]。

不可否认,牛月清虽为城市女子,但其思维方式、思想意识等仍具有极强的传统性、农民性。相比之下,《高老庄》中的西夏,无论从出身、形象还是思想上,都是真正意义上的城市女子。显而易见,西夏应该是贾平凹书写的众女性形象中,较为鹤立鸡群、与众不同的一位。文本中,西夏的形象同高老庄人的传统审美是如此格格不入:乡下人讲究象征福气富贵的银盆大脸和浓眉大眼,西夏却是单眼皮,面部瘦长且棱角分明,不像纯种的汉族人形象,是明显区别于"盆盆脸"的长相;乡下人认为短腿大屁股的女人好生养,西夏则四肢纤长,丰臀细腰,略带骨感美;老法讲太漂亮的女人短命,西夏虽不是传统意义上的美女,却由内而外散发着通体的自信与时尚,极具个人魅力,在她身上洋溢着旺盛而昂扬的生命力量,完全找不到"短命"的踪迹;与沉稳内敛的菊娃相比,西夏是

[①] 贾平凹.废都[M].南京:译林出版社,2012:383.

如此地直率与洒脱，张扬着现代女性的自信与灵动。

西夏在博物馆从事壁画临摹工作，自然属于知识型女性，她热爱艺术与自身的专业，并保留着可贵的初心与执着。在高老庄，她发现了刻有飞天形象的古砖，这足以改写美术史的发现，使西夏兴奋得仰面倒在地上手舞足蹈。石头的画，无论从生物的内在结构、专业而富有张力的绘画技艺、奇珍异兽的形象刻画，还是诡异万象的艺术表现等方面都让西夏如获至宝、叹为观止。随着对高老庄了解的不断深入，西夏发现了许多具有学术价值、历史意义的古代碑文。于是，她开始四处寻找碑文，并对其进行拓印与记录，这让西夏对高老庄的历史、风俗、规约等产生了浓厚的兴趣，并在心中点燃了探寻神秘白云漱的星星之火。

西夏的感情极为丰富，对待爱情也同样炙热。她毫不避讳地流露自己对子路的爱，认为人只有献出了爱情才是富有的。面对子路对前妻菊娃"剪不断，理还乱"的感情，西夏虽偶有醋意，却展现出了令人敬佩的大度与宽容。在众人都在嘲讽蔡老黑之时，西夏却独树一帜，认为蔡老黑对菊娃的感情，是极为深刻且让人敬重的。这种深深的共情，也是西夏寻找自我、认识自我的有效途径。西夏有种稚气未脱的孩子心性，在她的脑中存在着孩童般的天真烂漫与奇思妙想，也正因为她的童心未泯，才保留了对于成年人来说极其珍贵的好奇心与能动力。她热爱自然，置身于乡间的山山水水、花花草草之中，她能捕捉到樱桃树的微笑，能看到只为她而绽放的血之花。大概是与自然之力的相互吸引，西夏在去到高老庄后，身上开始出现某些无法解释的神秘力量：在她的脑中经常会莫名出现新奇的想法，并时常能够成真；她会做很多天马行空、莫名其妙的梦，这些梦境又会很快地在现实中得以印证，方顿悟梦中之事具有极强的象征性与暗示性。来到高老庄以后，自然之力促使了西夏天性的释放，同时也使其找回了真正的自我。鞋在当地代表了人的灵魂，在小说文本的末尾，西夏把鞋丢在去往白云湫的路上，就意味着她将最本真的自我留在了高老庄，留在了令她魂牵梦萦的白云深处。

不可否认，小说中存在善良、贞洁的女性形象，就必然会出现一些水性杨花、能言会道、自私自利的女性。在反复阅读贾平凹的作品之后，我有了不一样的体会，每个人并非简简单单的好人或坏人，那些与传统观念相悖的女性形象亦是如此。"一千个读者心中有一千个哈姆雷特"，只是看待他人的角度和自我认知的程度不同罢了。

《浮躁》中的陆翠翠，韩文举评价她为"女活鬼""狐狸精"。这个女性一心想出人头地，用尽手段勾引书记田中正，怀孕了以结婚相逼才肯打胎，又为弟弟的工作强占金狗的名额。田中正最后与英英娘结婚，翠翠五雷轰顶，抑郁而终。不难发现，当时的贾平凹在翠翠这类女性形象的处理上相对表面化、模式化，这难免让人联想到其早期短篇小说反面人物的形象和结局。《浮躁》中还有一位与好女子小水大相径庭的女性形象——田中正的侄女英英。英英外表丰满艳炸，为人好强自负，处事开放大胆，有一定魄力。值得注意的是，小说完成于1986年，这种女人在那个年代是极具争议、格格不入的，更何况在偏远的乡村。她们的某些行为甚至会被大多数人看成是伤风败俗的表现，尤其是在思想封闭保守的农村。我在初读《浮躁》时对英英也有着类似的印象，甚至自然而然地将英英归类到了"坏女人"之列。但当我第三次阅读《浮躁》时，却对英英有了不一样的认识。时间来到二十一世纪的第二个十年，距离《浮躁》的完成已过去了近四十个年头，人们的思想认识更加深入且开放，看待事物的角度更加多样，对待事情的态度也更加宽容。

如果将英英对金狗的感情和行为拿到当下来讨论，很多人对英英将是一个截然不同的态度和评判。这是一个目的性极强，弱化过程，强调结果的年代，英英的种种表现不能再用对与错来评价。面对自己工作晋升的失利，她略施手段将自己变成金狗的家属，既收获了爱情又保住了体面。虽然她得到的一切都是短暂的，但她的行为不失为一种"敢爱敢恨"的表现。可以说，贾平凹在英英这个人物的塑造上是超前的，值得读者重新认识和体悟。不可否认，英英的思想是新派的，她不迷信鬼神，懂得努力争取的意义，相比之下，小水的思想就显得保守、落后很多。在当今社会，我们无法评价孰对孰错，孰好孰坏，只能说这两个女子在处理爱情等方面的思想和方式迥乎不同。如果将英英这个人物形象放在当下，由于个体的差异和其他社会因素的参与和作用，所得到的结果也将会是难以预测的。

需要特别分析的是，贾平凹在《废都》中塑造的那个耐人寻味的女性形象——唐宛儿。如果说，小说中的牛月清是唯婚姻论的坚守者，唐宛儿就是个唯爱情论的狂热追随者。从形象上看，唐宛儿无疑是个美艳迷人的尤物。她聪明慧智、多愁善感，骨子里是个无拘无束、天马行空的诗人。唐宛儿始终追寻着一种轰轰烈烈的生活，当她听着报话大楼上的钟表奏乐报时，她想象着自己若要死就要从这钟表上一跃而下，这样死得壮观，又能成为众人的焦点，这种思想大概也只有疯子和诗人才能想象得到。可事实上，就是这样一个风花雪月的妙人，竟嫁给了一个动辄打骂的"大老粗"，至于她和周敏后来的私奔也就变得自然、合理了。这种为爱私奔的行为在唐宛儿看来是伟大而绚烂的，但在牛月清等恪守妇道的女性看来，唐宛儿无疑是世风日下、伤风败俗的典型异类。唐宛儿认为，女人就要充分展现自己的美丽，面对爱情就要奋不顾身、不计后果,而且她在生活上过得小资、百变且富有情调,这些都正是她能够吸引庄之蝶的魅力所在。牛月清这边"闭关锁国",把自己裹得严严实实,唐宛儿就将门户大开,赤条条展现在庄之蝶面前,这种赤诚相见不只局限于身体,更在于内心的表达。两种女人形成了极其刺眼的对比,庄之蝶所求之"缺"赫然在目,他的沉迷与沉沦就变成了水到渠成之事。从小说中可以得知,唐宛儿与牛月清、柳月的文化程度差不多,但唐宛儿在面对众多"文化人"时却并不落下风,她所体悟的艺术既鲜活又接地气,表现出的大方与智慧是一般女性难以做到的。唐宛儿与牛月清的爱情观、道德观可以说是截然不同的。在看待钟唯贤初恋的观点上,牛月清觉得无论如何,背离婚姻讲爱情的女人都是娼妇和妓女,而唐宛儿则觉得二人的爱情千回百转、荡气回肠,这有违一般人的道德评判。孟云房说庄之蝶完全是将生活艺术化了,唐宛儿似乎更是如此。可以说唐宛儿是个生不逢时且投胎投错了人家的女性,她热爱生活、向往艺术,应该生长在一个艺术氛围浓厚的知识分子家庭之中。这种如从大观园中走出的人儿结局也如同《红楼梦》众女子一般令人唏嘘且愕然。至于如何评价唐宛儿其人,立场不同、角度不同,观点必然截然相反,权当是唐宛儿和庄之蝶共同做了一场春秋大梦罢了。辩证地来看,我们不应单纯地从道德的层面来"审判"这类女性。从审美的层面看,唐宛儿、陆翠翠等如《雷雨》中蘩漪一般的"恶之花"形象,在她们的个体生命轮转中,是充满鲜活的生命激情的。她们的种种"另类"行为,是对中国传统女性温良恭俭的抗争与反叛,她们以本性为生命的"反传统"之美,这种通过不同个体生命所泛起的"颤抖"与"涟漪",足以使我们产生心灵上的冲击、震撼与"现代性"反思。

如果说,贾平凹笔下的女性形象大多来自记忆或经历,那么,基于男性本身客观的社会属性以及作家自身的性别属性,他所刻画的男性形象必定更加丰富、多义。刘再复指出:"伟大的作家都是真诚的人。他们对人的认识,在很大的程度上是从自我认识开始的。他们自身,就不是单一性的。"[1] 贾平凹也是如此,在他精心雕琢的人物中,有些人拥有他的经历与记忆,有些人则继承了他的精神与思想。沉静内敛的贾平凹在自己的文学世界里似乎发生了基因突变,转身万语千言,娓娓而谈,甚至出现了很多他想表达却不敢吐露的"妄言妄语"。客观地讲,较之于女性,男性人物性格更加复杂、丰富,充分体现出人类性格系统中的两极性特点。因此,相较于女性形象相对单一的分类方式,在男性人物形象的塑造方面,我们可以从职业身份、性格特点等社会、自然属性等方面进行区分。贾平凹家乡商州的男人能文善武,我们也延续这种分类,大致将男性形象分为"文""武"两类。在"文"类中,分析了知识分子和基层干部两种男性形象,而这里所说的"武"类,类似于鲁迅《扣丝杂感》中的"猛人"。在"武"类中,分析了像雷大空、井宗秀、夜霸槽等野心勃勃、快意恩仇、受得大苦、享得大乐的经济、军事、政治等枭雄、"猛人"。

深入文本,不难发现,在贾平凹的小说中,还有一些具有作家自传性色彩的人物。这些人物大多为知识分子,他们或单一或复合地从外貌、性格、职业、经历等方面,依稀折射出作家自身的影子。走近他们,好似走进充满单面镜的迷宫中,他们看似贾平凹,又不是贾平凹,这些人物在小说中或多或少地承载着作家的所思所想,并逐渐构建出一个既多维、立体,又信步于真实与虚构之间的现代知识分子形象谱系。在这里,我们是否能够认为贾平凹始终拥

---

[1] 刘再复.性格组合论[M].上海:上海文艺出版社,1986:64.

有一种直面自我、大胆剖析的"狠劲儿"？具体地说，是一种把自己也"熔铸"进人物的"真"，一种知识分子的"良心"，一种敢于榨出皮袍下的"卑小"的勇气？

《商州》中游历家乡的后生，生于商州，身高一米六二，从小就梦想到省城见大世面，闯出一片天地。他十九岁时考学到省城，之后当了报社编辑。正当儿时梦想终于如愿之时，他竟对省城的气息有了凝滞之感，觉得城市里人与人之间的相处好似哑巴相遇般隔阂、淡漠。因此，这位知识分子开始对生活进行反思，对时代进步与道德水准滞后之间的不平衡产生担忧与疑惑，对城市文明与乡村落后之间的关系有了新的思考和认识。于是，他重回商州，在充满野情野趣的乡间找寻自我、重建自我，重拾对于生活积极的态度与意义。这位后生的经历和思考，像极了当年在省城当编辑时的贾平凹，后生书写家乡的想法更是作家本人的夙愿。我们知道，作家本身的身份就是知识分子，是创作的主体，他们有时会将自己的身份经过艺术加工与处理转换为创作对象，这就能够让我们从这些知识分子身上探寻到作家创作时的心态、思维等掠影。贾平凹提到过二十世纪八九十年代知识分子的样子，"他们腰里的钱少，书架子上的书多，没时间便是他们普遍的苦处，呆头呆脑又是他们统一的模样"[①]。可见，在贾平凹笔下，这些知识分子由同样的身份出发，是对"五四"以来知识分子进行自我审视、反思传统的继承与发展。在文本中，他们通过社会化的千锤百炼后，形成了具有动态性、差异性的身份与角色。

作为一位知识分子，贾平凹时刻关注社会化后知识分子的种种境遇，在无奈与忧虑中深入思考改革与发展中的精神异化、社会异

[①] 贾平凹.商州[M].桂林：漓江出版社，2013：112.

化等问题。关于贾平凹小说中的知识分子形象,《废都》中的庄之蝶可能不是最典型的代表,却是最为著名、最具争议的一位。同样身为知识分子,我们从庄之蝶身上能寻到诸多贾平凹的踪迹。庄之蝶是个西京城内的名作家,他个子不高,其貌不扬,为人低调、谦和,操着一口浓重的潼关话,穿着随意甚至有些邋遢,在二十世纪八九十年代的中国,知识分子大概就是如此这般的外貌形象罢。同从事艺术创作的文化人一样,庄之蝶是个情感极其丰富、细腻,善于观察与思考的人,他有着知识分子独有的坚持与骄傲,其中也不可避免地掺杂着中国知识分子千百年来传承下来的酸腐之气。人们常用"穷酸"来形容中国的知识分子,但因为是西京城的名作家,所以庄之蝶酸而不穷,虽谈不上大富大贵,稿费和书店的收入也足以让他一家子过上衣食无忧的生活。在这一点上,庄之蝶和中国大多数知识分子有所区别。

　　按照中国文学中的传统人物关系及模式,"才子"后面往往跟着"佳人"。庄之蝶的夫人牛月清就是众人眼中的那个"佳人",令人艳羡。可二人在文化程度、价值取向、艺术鉴赏能力等方面差距甚远。在庄之蝶眼里,二人只是对付着"过日子"罢了。名作家的身份是令人羡慕和崇拜的,但正是因为自己的身份,他的名字逐渐被政治化、经济化、社会化,这使得庄之蝶逐渐失去自我,这种境地对于一个自我意识突出的文化艺术工作者来说是悲哀的、致命的,这般苦楚只有自己知道,于是脑力过剩的他开始寻出口,觅缺口。更加耐人寻味的是,"才子"前面往往又会用"风流"二字来修饰,这就为庄之蝶的"求缺"找到了一个风雅的借口。在结识唐宛儿之前,庄之蝶只是在自己的作品与内心世界里风流恣意、寻花问柳,唐宛儿的出现彻底打破了庄之蝶为自己设立的结界。在这之前的庄之蝶是不信鬼神与命运的,他告诫孟云房"学习佛呀道呀的,主要是从哲学美学方面借鉴些东西罢了,别降格到民间老太太那样的烧香磕头"[1]。可随着自身精神的沉沦,以及牛月清母亲"胡言乱语"的应验,他内心逐渐惴惴不安,开始相信牛母的"疯言鬼语",并让孟云房为自己卜卦算命。严格地说,此时的庄之蝶,已经脱离了原本的自己,他清楚自己的境地,却欲罢不能,无法自已。柳月曾向牛月清高谈阔论过庄之蝶的性压抑,牛月清觉得她在"胡扯",但事实上柳月的分析却相当准确,正是由于庄之蝶在牛月清身上找寻不到心灵与肉体的满足,才使得他在作品中创造出了灵与肉的理想伴侣形象。这种压抑、叛逆与报复的心理也在他遇到唐宛儿之时达到峰值,从而如洪水猛兽般喷薄而出,一发不可收拾。可以说,庄之蝶在唐宛儿身上找寻到了真正的爱情,他对柳月的感情只是对年轻肉体的占有欲罢了。阿灿的出现让我不禁想到了唐代李复言《续玄怪录》中的锁骨菩萨形象。锁骨菩萨以美色诱人,最终的目的却是度化众人永绝淫欲。但遗憾的是,自诩拥有慧根的庄之蝶并没有悟到阿灿的用意,坠入深渊,就成了必然。实质上,摧垮庄之蝶的有两根稻草,第一根缘于钟唯贤的离世。在庄之蝶眼中,钟唯贤一死,世间再无身为知识分子、身为脑力工作者的纯粹与宁静之地。第二根摧垮他的稻草与唐宛儿的失踪有关,唐宛儿被丈夫捉回潼关,庄之蝶的情感寄托也随之被强行剥离,从此变得如行尸走肉般仅留一口气。庄之蝶从未料到,寻觅到最后,不仅失去了曾经拥有的,幻想拥有的更是化为了泡影,反过来将现实中的自己拽入到万劫不复之地。好在贾平凹给他取了个意味深长的名字,一切可以看作庄周梦蝶般,只是一场彻底失控的梦罢了。

很明显,在贾平凹所构建的知识分子群像中,农民出身大体是

---

[1] 贾平凹.废都[M].南京:译林出版社,2012:23.

他们的共性。《高老庄》中的子路则是其中的典型代表人物。如果说，贾平凹写庄之蝶，更多的是从社会心理与精神追求的角度，揭露知识分子的内心变化与异常，那么，他写子路，就是从身份与地位的纠结中，展现农民出身知识分子的心理纠结与挣扎。从外貌上看，子路实在其貌不扬，矮体短腿更是他最显而易见的缺点与标识。身为农民，"子路"当然是他满腹经纶以后所改之名，他试图用孔子学生的名字来强调、提升自己的形象与地位，却恰恰反映了其内心对于出身的自卑与恐惧，因此，他改名的行为只能说是多此一举、欲盖弥彰。人一旦存在缺点就要寻找其他途径加以补偿，身材短小、做农活也不如人的子路只能通过刻苦读书来弥补自身的不足，这是一种显而易见的心理补偿，子路以教授身份为傲，以借西夏的长手长腿为"换种"的目标，这似乎又绕回了其自卑的源头。值得玩味的是，在城里当教授的子路，提到家乡都是山美、水美、人美，而一旦真正回到了生养自己的村庄，却是百般地鄙视自己和村人。对于自己的农民身份，子路一方面极其痛恨、嫌厌，回到高老庄以后，更是出现了一系列"水土不服"的症状。另一方面，农民习性又如刻在骨子里般无法摆脱，他愈是挣扎、反抗，农民习性反而愈加突出、明显。在我们看来，一个农民出身之人，回到家乡竟然出现了身体上的排斥反应，而身为城市人的西夏到了农村却有种如鱼得水之感，两相对比之下，子路的"水土不服"就显得极其可笑与讽刺。前文提到，西夏将象征着灵魂的鞋遗失在去往白云湫的路上，却在山野乡情之中找寻到了真正的自我。相比之下，在小说的结尾，子路将其记录方言土语的笔记本撕毁，俨然是一种气急败坏且抱头鼠窜的出逃。他的毅然回城，从表面上看是做出了选择，实际上却证明了他对自己身份的不确定与不认同，这是否也是贾平凹曾经有过的一段心路历程。其实，这已经涉及了"五四"以来走出乡下的知识分子群体，在现有身份和"乡下人"出身之间所存在的一个相互"撕扯"的问题，这不禁让人想到了鲁迅笔下的一些人物，如《祝福》中的"我"，其实也存在类似问题，只不过与子路的表现方式不同罢了。

我们知道，描绘乡村人情风貌，展现农民生产生活，一直是贾平凹写作的中心和主题。他的小说又紧紧围绕历史的脚步，反映城市化进程中农村暴露出的时弊。而在农村改革的道路上，基层干部起到了至关重要的作用。在贾平凹笔下，存在很多基层干部形象，如《浮躁》中的田中正、《高老庄》中的顺善、《秦腔》中的夏天义和《古炉》中的朱大柜等。这些人物，大多以男性为主，他们学历虽不高，但在见识上相较于村人却相当博杂，勉强算是"知识分子"。这些从"知识分子"转变为乡下人的男性形象，有的铁面无私，克己奉公，一切从农民权利、集体利益出发；有的自私自利，侵占农民权益，将个人利益、宗族利益放在首位；有的则懒政不作为，"当一日和尚撞一天钟"，贪图安逸，尸位素餐。《浮躁》中的田中正，就是一位典型的依靠宗族势力、裙带关系以权谋私的官僚形象。在文本中，田家与巩家的势力在仙游川各占据了半壁江山，两大宗族之间的斗争一直持续不断，情势此消彼长，权均力齐。长期以来，田中正倚仗宗族势力，并利用职务之便在仙游川作威作福。在生活上，田中正风流成性，同陆翠翠等人长期保持不正当男女关系，甚至一度对小水起了歹心，在两岔镇简直就是"土皇帝"。他利用职务之便私占房基，与嫂子长期存在不伦关系，群众举报以后，由于其与县委书记田友善的亲戚关系，职位不降反升，彻底掌握了两岔镇的实权。工作中，田中正大搞"一言堂"，掌握着村上大小事务的决策权。省城报社记者的两个名额原本内定给了侄女英英和翠翠的兄弟，却因嫂子的干涉才将翠翠兄弟的名额替换给了金狗。做惯了"村霸"的田中正内心难免膨胀，当侄女英英因为自身能力不足没有被省城报社录取，他试图以权压人撤销金狗的名额，却终于意识到自己的权力只能触及仙游川及两岔镇。这种井底之蛙的见识，从古至今不乏其人。在田中正身上，残留着封建官僚主义、封建地主阶级等陈腐思想，体现出了宗族之间、上下级间、村干部之间、干群之间等多重层面的矛盾关系。这些矛盾的存在，一部分属于历史遗留问题，一部分反映出二十世纪八十年代，国家在实行农村土地改革初期，基层民主政治建设体制的不完善与不健全。从田中正身上，我们看到，贾平凹这时已经高度重视乡村社会干群之间的复杂关系，及改革初期基层民主政治存在的诸多实际问题。

在贾平凹笔下，还有一部分基层干部，他们思想落后、工作方式陈旧，《秦腔》中的夏天义就是这类人物的典型代表。他们思想过于僵化、古板，等级观念严重，法治意识淡薄，始终沿用老思想、土办法，以绝对的道理和身为长辈或上级的绝对权威压制农民群众，解决生产生活矛盾。不可否认的是，夏天义是个传统意义上的优秀村干部，他克己奉公、大公无私，希望村里的每个家庭都不愁吃穿，过上安稳的日子。在夏天义当权的那个年代，农民群众的文化程度很低，也没有接收外来新鲜事物和思想的渠道，他们受几千年来中国传统儒家思想的影响，惯于服从和听从上级或长辈的命令，主体意识尚未觉醒，夏天义在管理这些人时自然如鱼得水、游刃有余。后辈夏君亭上任以后，夏天义在行政管理和经济建设等方面多次与君亭发生矛盾，他驳斥"允许一部分人先富起来"的提议，认为农民就应该贫富相当、安分守己。他强烈反对以君亭为首的村政府办市场以及用七里沟换鱼塘，认为作为农民就必须勤勤恳恳地耕地，其他与种地无关的行为都是不务正业、歪门邪道。他没有意识到在君亭上任之际，正是国家从计划经济转向市场经济，农村实行家庭联产承包责任制的特殊时期。夏天义的思想观念和工作方式已远远滞后于当时农村的实际情况，农民种地的数量与获得收益的多少已失去了必然联系，经济效益成为了越来越多农民考虑和面临的实际问题。需要注意的是，类似夏天义这种基层干部形象，在当时的乡村基层单位并不是特例，这些"老资格""老支书""老主任"的存在，反映出二十世纪八九十年代的中国农村长期存在的传统与现代、守旧与改革之间的拉锯与博弈。

从贾平凹的作品中，我们得知，由于地理和历史等诸多原因，秦岭一带"逛山"众多。随着时间的推移与历史的变迁，便出现了形形色色具有"匪气"的枭雄人物，这类人物群像，构成贾平凹人物书写的一条重要脉络。《浮躁》中的雷大空、《高老庄》中的蔡老黑、《古炉》中的夜霸槽和天布、《山本》中的井宗秀和阮天宝等，都属于典型的枭雄形象。这类男性足智多谋、快意恩仇。在他们眼中，有两样最为重要，一是命，二是命根子。当他们遇到危险，首先确保自己的命还在，其次就是摸交裆，查看自己的命根子是否安在，充分体现了这类人的热血与"匪气"。

《浮躁》中的金狗和雷大空，虽然性格、身份、经历等都不尽相同，但都算得上是拥有谋略和"野心"之人。在这里，我们有必要对两者做出细致比较，以发掘出他们相近的"根性"。两相对比，金狗偏文，雷大空重武；金狗理智又畏首畏尾，雷大空冲动且不计后果。身为记者的金狗虽为知识分子，但因要与雷大空进行比较，故在此处对其形象进行分析。金狗身世离奇，传说母亲被水鬼拉走，他却奇迹生还。金狗因其胸前的青痣酷似当地极其珍贵神圣的"看山狗"图案，被认为是"看山狗"所化，因此他天生具有抗邪之气。从这一点上看，金狗的出身就带有独特性与神秘色彩。金狗头上两个旋,生来就不是安生人,当地的老话说"男双旋,拆房卖砖",这与我们东北的老话"一旋愣,两旋横"的说法大同小异,冥冥中注定了金狗未来道路的颠簸与不凡。金狗的出身和在船上的经历,让读者对其产生了强烈的兴趣与期待。但到了城市,当上记者的金狗,却被残酷的现实打压得喘不过气。表面上的名气和成就虽然越来越大,行动上却愈加畏首畏尾,同时有了被人监控的感觉,此时的金狗已经由"水中龙"变为了"地上虫"。金狗直到在经历了牢狱之灾,选择放弃记者身份,重新回到船上之后,才又有了如鱼得水的感觉和敢拼敢闯的劲头。虽为小说的主要角色,但与雷大空相比,金狗后劲明显不足。

与金狗相比,雷大空更具枭雄人物的特点与气魄。雷大空的始与终都人如其名,无父母妻儿,孑然一身的他,做起事来也就更加大胆、无所顾忌,是一个真正"出得大苦又能享得大乐"[①]之人。雷大空是一个重情义的汉子,在小说中,他给读者留下的第一个记忆点,就是他剁下了企图强奸小水的田中正的小脚趾。有些人会觉得他的做法太冲动、不理智,但这种不计后果的做法,正体现出了他作为一位兄长对小水的保护与关爱。雷大空深知自己走了一条不归路,他完全理解和认同朋友们的劝告,但他无法回头,他唯一能做的就是尽力不将金狗、小水、福运等人拖下水。

刘再复曾提到一类"猛人","即不需要当官也有小汽车、小洋楼而且能够拉拢名人和利用能人的猛人"[②]。毋庸置疑,雷大空就属于这类经济"猛人"。雷大空的智商和情商同时"在线",是个极其聪明且精明的商人。他一路贿赂,竟用一两天的时间将七元钱变

---

① 贾平凹.浮躁[M].南京:译林出版社,2012:223.
② 刘再复.人论二十五种[M].北京:中信出版社,2010:54.

为了七万元的银行贷款，迅速成立了白石寨城乡贸易联合公司。他通过大宗贩卖生意，短时间获得了巨额收益，短短几月光景就成为了白石寨的风云人物。在那个国家鼓励少数人先富裕起来的年代，雷大空深知信息、金钱、权力和人脉的重要性，充分调动了自身的魄力与能力。雷大空是个不计后果的野心家，明知危险却偏偏要飞蛾扑火般干一番大事，他在贿赂的同时还不忘记录，"杀"出了一条随时准备与他人同归于尽的暴发之路。可以说，在特定的历史时期，雷大空的非常手段是非必需但必要的，如果脱离了这些非常手段，雷大空就只会落得个不见经传的小商小贩身份，白石寨就不会出现这样一个叱咤风云的人物。他虽做着投机倒把、买空卖空的勾当，却真正做到了金钱与权力的互相抗衡。现实中，任何时代、任何社会都会存在一些像金狗那样的人，但如雷大空这般的枭雄，在任何时代与社会都是凤毛麟角的存在。雷大空生而逢时，来人世折腾了一番，也必将因为自己所酿之果葬身于这个时代。我注意到，在完成《浮躁》时，贾平凹三十五岁，下一年便是他的"门槛年"，贾平凹同时将小说中的"下一年"设置为雷大空的"门槛年"，对于作家贾平凹来说，他将自己的命运与之沟通，下一年是"门槛"还是"新生"变数不断，未尝可知，那么对于雷大空的结局，每个人心中的定义也必定是不同的。对于雷大空来说，结果为空并不重要，重要的是过程，是记忆。回想雷大空的一生，不禁让人慨叹，"如飞蛾之赴火，岂焚身之可吝"。

显而易见，《古炉》中的夜霸槽与古炉村其他男性格格不入、迥然不同。他生得高大、壮硕、白净、俊朗，安静时比教书先生还要斯文，一走动起来却自带一股邪气，使人心生畏惧。可狗尿苔却对他有种莫名的亲近感，想象中的父亲就是霸槽的样子。古炉村人大多没上过学，霸槽则是除水皮之外最有文化之人，再有了英俊、壮硕外表的加持，使他在村里显得尤为与众不同、鹤立鸡群。霸槽有骄傲的资本，就连善人也说他是州河的骐骥和鹰鹞。霸槽也常对人说，他的生殖器上和脚底有痣，如果生在战乱时期，不是土匪就是将军。这样一个非"平地卧"的霸槽瞧不上村里的任何人，也不去为村人家里的红事白事帮工，大家都说他自命不凡，活成了"独人"。霸槽人如其名，是饭槽中的一霸，他绝对是一位野心家，他相信狗尿苔能闻到预感灾祸的气味，并为没有那种气味而懊丧失落。村人都为不明朗的政策和形势人心惶惶，而霸槽却觉得到了"时势造英雄"的时候。可以说，霸槽是狼狗，是熊，有一颗"熊心豹胆"。太岁在村人眼中代表不祥，是凶恶的魔鬼，只有霸槽敢"在太岁头上动土"，并将其养在家中，这大概是一种以恶制恶、以毒攻毒的平衡。

当然，无论怎样铁石心肠的人也存在相对柔软的一面，霸槽也不例外。霸槽将在洪水中丧生的女人贴于树身，为的是让爱美的女人能够美着死去；霸槽对狗尿苔虽然招之即来挥之即去，但他的确是喜欢这个小家伙的，村人都说狗尿苔是蚕婆从大水中捡到的，面对狗尿苔的失落，霸槽给他编了一个更容易被接受的身世，使狗尿苔感动不已；狗尿苔觉得经常给人点火很丢人，霸槽就给他讲原始社会火种的重要性，这对狗尿苔来说既是闻所未闻的知识，更是心理上一种莫大的安慰与鼓励。在理解霸槽和杏开的感情时，我始终心存疑问，霸槽对杏开究竟有没有感情？当他有了好消息，第一时间想要分享的人是杏开，而杏开的缺席又使他面露失落。想必，霸槽是喜欢杏开的吧，只是他的喜欢同杏开对其的"痴迷"相比，显得模糊而浑浊。这里所说的浑浊是指霸槽在感情动机上的不纯粹，他选择杏开，漂亮是其次，最看重的则是杏开的身份——队长满盆的女儿，他认为身为人中豪杰的自己必须匹配"门当户对"之人。

当霸槽遇到了身份地位更高的县联指马部长，他对杏开的那一点感情便烟消云散了。由此可见，女人对于霸槽来说，只起着发泄私欲与点缀身份的意义罢了。

霸槽虽是个钉鞋的，却脑筋活泛、胆大心细，这构成这个人物的另一面向。他故意砸碎酒瓶子扎漏轮胎，给自己制造商机。他私自与外人交易粮食，宣扬太岁水治病，从中通过卖水赚取收益，但他拒不给生产队交提成，支书拿他也毫无办法。精明的霸槽深知自己在古炉村折腾不出什么浪花，因为在古炉村，朱姓最大，其次才是夜姓。村里的一系列权力大多掌握在以村支书朱大柜为首的朱姓族人手中，这是两派宗族势力间的抗衡与拉锯，而夜氏家族在这场权力的较量中明显呈现劣势，所以无论霸槽如何"兴风作浪"，也无法在村中夺得话语权。面对朱氏宗族的权力镇压，霸槽只能走出去，以获得转机。当霸槽从洛镇回来，也带来了古炉村特殊的历史时刻。他成立了古炉村联指，带头"破四旧"，批斗公社书记张德章、村支书朱大柜。刘再复曾对政治猛人进行过解释，这类猛人需要资源，也可以说是一种权威，"中国的权威……来自'势'（资历），来自'权'（权力），来自'术'（个人的政治能力和组织能力）"[①]，此时的霸槽，不再是单枪匹马的独行侠，他本身就具有超凡的政治能力和组织能力。身为古炉村榔头队的创始人，背后又有县联指作为强大的靠山，使他同时具备了"势""权""术"于一身的权威。于是霸槽摇身一变，从自命不凡的小人物，变成了古炉村的政治猛人。在霸槽的带领下，古炉村联指改名为红色榔头战斗队，随后天布成立以朱姓族人为主的红大刀队。情况似乎又回到了当初朱、夜两派宗族之间的对立与激战，但此时的霸槽，身后有着

---

① 刘再复．人论二十五种［M］．北京：中信出版社，2010：53．

县联指的强大支撑,他不再孤军一人,不再处于劣势。不可否认,霸槽的初衷应该是积极的、正义的,他梦想着在古炉村甚至整个州河成就一番事业,但卧薪尝胆太久了,他所怀抱的初衷逐渐开始裂变与扭曲。王春林认为,霸槽最初"破四旧"时所做的"恶"袭用了"历史本身的恶",通过对历史之恶的照猫画虎,霸槽体验到了前所未有的快感与荣耀。当霸槽真正实现了"脚踩一星,能领千兵"的壮志,当初铿锵激昂的豪言壮语已被唾手可得的权力与欲望焚毁殆尽,当魂牵梦萦的权力终于在手,他所要做的就是对权力急不可待的享受与挥霍。霸槽和他的榔头队,实际上是以正义的名义进行着满足私欲的泄愤与报复,这场莫名其妙、胡天胡地的革命注定会以失败告终。可以说,夜霸槽是"造反派",是"冒大不韪"的政治猛人。显然,在这里,贾平凹将儿时记忆与艺术创作相融合,塑造并还原了一个极具时代特点、性格张力的枭雄形象。

我们看到,《山本》中的井宗秀,无论是经济、政治还是军事方面,都足以步入"猛人"之列。井宗秀人如其名,长得白净秀气,身材高大却十分瘦弱。当地的女性生得标致,男人就相形见绌了,井宗秀却恰恰长得白面清秀,又不长胡子,似乎有些"女相",但在这张迷惑人的外表之下,蛰伏了一颗壮志凌云的雄心。麻县长"大雄藏内""至柔显外"的评价,最能概括井宗秀其人。最初,井宗秀仅仅是个画匠,他心思缜密且言语不多。县政府干事用"白脸"来形容井宗秀的外貌,其实也符合他的性格特征。"白脸"有不以真面目示人、善用脑、不安分等象征意义。因此,"白脸"往坏了说,就是奸诈之人,往好了想,即是善用谋略的官人,这一象征随着故事的发展得到了印证。在用人上,麻县长选择了杜鲁成,因为杜鲁成的本性像狗一样踏实、忠诚,而井宗秀却像鳖,是大智若愚、卧薪尝胆之人,这类人即使屈于人下,也终会有爆发的一天。

井宗秀聪明过人，又善于俘获人心，用今天的"话语"来描述，就是智商与情商同时"在线"。或许这种人天生就会做生意，他"不图小利，必有大谋"，分五步建构起了自己的商业版图。首先，井宗秀通过变卖胭脂地里的古董，攒了一千八百块大洋，这成为了他生意上的启动资金。随后，他租下岳掌柜家十八亩地，在地里种笋，并开了酱笋铺。之后，他花半价买下岳掌柜的房产，包括岳家大院、先前租下的十八亩地及多个茶行等。再后来，土匪五雷打起了韩掌柜的主意，井宗秀偷偷给韩掌柜报信，于是他的布庄摇身一变，成为了五县十个分店的批发总店。最后，井宗秀请陆菊人当茶行总领掌柜，陆菊人经营有方，一个月的盈利是往日半年的总和。可以说，井宗秀的"升官"与"发财"是同时进行的。首先，井宗秀用计搅起了土匪内部的矛盾，解决了令涡镇百姓苦不堪言的匪患，他在村民心中的地位也因此陡然上升；剿灭土匪以后，涡镇组建了预备团，井宗秀任团长；歼灭了县保安队后，六十九旅被冯玉祥收编，并同十二师合并成为西北第六军，预备团提升为预备旅，井宗秀便成了旅长；井宗秀曾自比为城隍，县政府迁入涡镇，架空县长后，他成为了县上名副其实的"土皇帝"。井宗秀不信鬼神，只信自己，并以钟馗自居，钱与权的"强强联手"，释放出了井宗秀成倍增长的戾气与野心，如滚雪球一般愈滚愈大。在经历了众人的敬仰、"膜拜"以及战争的洗礼后，昔日秀气内敛的小画匠越发残暴狠毒起来：设计害死自己的媳妇，修城墙用人命祭奠，下令屠杀阮氏全族，剥人皮并做成鼓……此时的"猛人"已变成了凶狠异常的猛兽，这并不代表井宗秀变得更猛，"而是变昏——变成昏虫"[①]。这种人性的暴戾，就像连成串的鞭炮，点燃引线便放出

---

① 刘再复. 人论二十五种[M]. 北京：中信出版社，2010：55.

了内心的困兽，无法中止与撤回，直至最后在爆裂中粉身碎骨。

通过比较与分析，我们发现，贾平凹笔下如金狗、雷大空、庄之蝶、夜霸槽、井宗秀等男性形象，都具有"猛人"或"枭雄"的种种特质。我们在注重小说人物结局的同时，一定不能忽视过程即个体生命轨迹存在过的重要意义。从贾平凹所刻画的诸多"猛人"形象中，可以清晰地嗅探到这些人物生命中所散发出的野性与激情，这让我想到《怀念狼》中贾平凹所寻觅与召唤的"原始"与"野性"的精神气息。同时，贾平凹的这种对于原始气息的呼唤，于冥冥之中与沈从文不谋而合。在沈从文笔下，不吝对于柏子、龙朱等诸多少数民族青年人身上所具有的那种原始、野性、"蛮力"的赞美。因此，从这一点上说，贾平凹同沈从文一样，以此注入到现代人苍白无力、麻木不仁的精神生命中去，两相比较，其所形成的是来自心灵深处巨大的张力与冲击，引人深思。毫无疑问，这些个体的"猛人"或"枭雄"，最终又无法抗拒历史的洪流，他们中的大多数，都在历史的烟云中无奈地迷失掉自我的异秉。换句话说，他们得益于自身的"异秉"，但"成也萧何，败也萧何"，由这种特质所衍生出的欲望的膨胀，又最终将自身吞噬一空，终酿成"尘埃落空"的结局。

二、"异人"：灵魂的考问与人性的摆渡

"异人"是贾平凹小说中与"常人"相对的另一类人物形象。李星、王春林将此类形象称为"神界"之人，本人根据他们自身属性的不同，将这类人物细分为"乡间智者"和"残缺人"形象。"乡间智者"大都具备身份的二重性，一方面，他们社会身份低微，

另一方面又是众人心中最"博物""神性"和德高望重之人。他们虽深陷苦难,却将慈悲之心与自然之力注入人心,具有神圣的使命感与责任感。顾名思义,"残缺人"或多或少在生理或精神上存在缺陷,但这种缺陷具有强烈的象征和反讽意味。与众不同的是,在他们疯癫、残缺的外表下,却隐藏着最能感知自然万物的纯净之心。因此,拥有神性的"乡间智者"(博物者)和富有灵性的"残缺人",组成了贾平凹笔下另一类极具审美特点、叙述功能及心理观照的人物群体形象。

王立在《文学主题学与传统文化》中提到,"所谓博物者,就是知识广博,可为众师"[1]。"博物者"应具备博学、博知、博闻等特点。他们不仅能运用自有的知识为人们答疑解惑,有些"博物者"还具有通晓天地、沟通阴阳、预测未来等能力。书中还论述了人格与神格兼备的东方朔类"博物者"人物身份及角色的意蕴,其中两点,在贾平凹的"博物者"人物形象中同样适用。一点是"由物及人,特别是透过物与人的关系,揭示出更为深层的意义"[2]。另一点是"可以作为沟通人鬼的一个人物,曲折表达不满"[3]。可以说,"博物者"在小说创作中是相当重要的,他们既表现了作家的学富五车、博古通今,又给小说增添了许多新异色彩。与此同时,我们可以通过"博物者"的启发与引导,进行延展性的联想与思考。

我们知道,贾平凹的大部分小说都紧密围绕乡土社会的现实或历史进行书写,所以他笔下的"博物者",大都属于"乡间智者"。他们在其所处的社群中社会地位不高,甚至极低,但在村人心中

---

[1] 王立.文学主题学与传统文化[M].北京:中国社会科学出版社,2016:148.
[2] 王立.文学主题学与传统文化[M].北京:中国社会科学出版社,2016:170.
[3] 王立.文学主题学与传统文化[M].北京:中国社会科学出版社,2016:170.

却是最德高望重的代表。因此,"乡间智者"基本上都存在身份上的二重性。与下面将要论及的"残缺人"不同的是,这些"乡间智者"大多为身体健全之人。在小说中,作家没有刻意强调"博物者"的天赋异禀,而是着重描写他们面对苦难时的乐善好施与从容达观,这种带有使命感的神性不是与生俱来的,而是通过岁月的沉淀和洗礼磨砺出的经验与智慧。贾平凹为何要突出这些人的神性?首先,贾平凹从小就生活在充满神鬼传说、山精鬼怪的环境中,他所在的地区就存在类似的人物,而这样的人也确实在乡土社群中扮演着极其重要的角色,因此,在贾平凹的心中,"乡间智者"(博物者)的地位举足轻重。另一方面,在小说文本中,作家通过"乡间智者"(博物者)的言行举止,将自己所秉持的世界观、价值观、人生观传递出去,他们所彰显的价值取向与精神向度,具有启迪、净化心灵的引领作用。值得注意的是,这些"乡间智者"大多没有后代,而能够领悟和感召他们精神与力量的人,即是他们真正意义上的"后人",其中就包括下面我们将要论述的"残缺人"。此外,从人物自身的角度来看,这类具有神格、神性之人的社会地位不高,甚至极低,他们在小说文本中遭受着各种各样的苦难。贾平凹赋予他们神性,就是为他们输送了精神上赖以生存的氧气。这种神性,即是一种心理补偿,是一种让紧绷、苦痛、破碎的灵魂,能够得到慰藉的媒介。或许,这正是贾平凹塑造此类人物形象的叙事动机与逻辑。

《废都》中有两个"通神"的人物,一位是牛月清的母亲,一位是唱谣的收破烂老头。他们的社会地位不高甚至极低,却是最通达透彻之人。牛月清的母亲经常说一些"疯话""鬼话",属于"沟通阴阳"之人,算是一个狭隘意义上的"博物者",也可以说是贾平凹塑造"智者"形象时的雏形。牛母性格古怪,自从老伴死后就更是神神道道，她有床不睡，偏睡在棺材里，整天嚷嚷着鞋就是一个人的灵魂。令人讶异的是，一些"正常人"无法解答的问题，经老太太用"鬼话"解释，竟能自圆其说。她还时不时地说出一些预言，后来竟相继应验，使得庄之蝶由最初的不屑一顾转化为后来的深信不疑。在这里，贾平凹有意将一些隐喻、反讽、象征等借牛母的"疯言鬼语"一语道出，看似七颠八倒、毫无逻辑，实则是通过神秘虚幻的途径对现实的警醒与鞭笞。有人传说，捡破烂老头曾是一位教师，因转正问题数次上访不成而渐渐疯癫，他在小说中出现的次数不多，差不多唱了十次谣儿，但他充满幽默与讽刺的唱词中道尽了生活的无奈与社会的复杂，寥寥几句，却极富通俗性、概括性、针对性和真实性。最重要的是，捡破烂老头随口吆喝的"破烂"二字，可谓一语破的的点睛之笔，我们可以将这时不时出现的"破烂"看成作家旁白式的概括与嘲讽，"破烂"与"废都"的"废"互相照应，响彻是非不辨、乌烟瘴气的废都之上。

　　与牛母、收破烂老头不同的是，《老生》中的唱师本身就是个神职，他的职责就是沟通阴阳，让逝者灵魂安妥，令生者反思生命的意义。唱师通晓秦岭历史，晓畅秦岭方言土语，懂得婚丧嫁娶等传统仪式的风俗规约，明晰秦岭各类飞禽走兽、花草树木的性状等等，是一位较为全面的"博物者"形象。唱师的"玄乎"之处还在于他具有预知祸福、吸引动物的能力。没有人知道唱师的年龄，从他熟知秦岭二百年来的天上地下来看，唱师的年龄已远远超越了"常人"的生理极限。他在弥留之际能够二十天里不吃不喝，汗毛却像草一般生长，像一棵古树，是类似道教中"仙"一般的存在。唱师唱阴歌就是在履行他的神职，在拜天拜地之后，他便拥有了无尽的力量，此时的他已不再是他自己，不论逝者生前善恶，他只做沟通阴阳的使者。从阴歌的内容来看，一唱开天地、儒释道各界之门；二唱孝子贤孙应为逝者所做之事；三唱三界诸神、亡者宗祖诸神充满；四唱安慰生者生死有命；五唱歌颂死者丰功伟绩。如此看来，一曲阴歌，便是一套完整的乡土社会伦理。唱师就像一棵古树，见证了军阀混战、国民革命、土地革命、抗日战争、新中国成立、"特殊时期"、改革开放等重要历史节点。他确实经历过这一切，却又似乎置身事外，处变不惊地讲述着一个人、一个家族、一个村落、一座秦岭的故事。唱师的精神和力量是需要赓续下去的，贾平凹在《老生》后记中感叹："年龄和经历是生命的包浆啊。"[①]这"包浆"即是唱师留给后人的精神与力量，它是唱师最后吐出的一团类似于云彩的白气，也是唱师最后留在脸上既悲苦又欣喜的笑容。

  与贾平凹其他小说不同的是，《古炉》中同时出现了两位"乡间智者"（博物者）——善人和蚕婆。善人禳治心灵，蚕婆关照生活。作为国民党军属，蚕婆被戴上了"四类分子"的政治帽子，在古炉村的社会地位自然是最低的。蚕婆善良，在她心中满是"众生平等"的慈爱与宽容，即使她是"伪军属"，村里人也只是在开大会时敷衍了事，背地里仍旧视她如最可亲可敬之人。当蚕婆病了，狗尿苔找善人为其说病，善人的哈哈大笑表明，蚕婆是古炉村除狗尿苔之外唯一不需要说病之人。小说文本中提到蚕婆缠过足，后来又放脚，因此脚的形状很奇怪，走起路来也有些吃力，这与狗尿苔不长个子一样，象征了发育迟缓、畸形的人心。蚕婆由耳背发展到彻底失聪，伴随着榔头队与红大刀队之间矛盾的形成、激化与最终的不共戴天，这是一种逃避，也透露出蚕婆对古炉村形势由失望到绝望的悲痛历程。

[①] 贾平凹.老生[M].北京：人民文学出版社，2014：294.

蚕婆觉得万物都有神灵附体，对一切心怀感恩与仁慈之心，因此，她最懂自然界的万物：她一从村里走过，动物都簇拥她、亲近她，仿佛想让蚕婆将它们的样子印在脑子里；蚕婆好剪纸花，剪出的动物和草木栩栩如生、惟妙惟肖，真真正正地逮住了动物们的样子；蚕婆画牛，有一头没有被她看到的牛故意走入她的视线，希望自己的形象能出现在她的画里。在村人眼中，蚕婆是古炉村的仙人：村人生活上有什么不明白的，都可以向她请教；蚕婆会驱鬼祛邪之法，谁家有了邪乎事儿，都找蚕婆立筷子、跳火堆、招魂等，事情往往就能顺利解决；蚕婆能给人摆治病痛，懂得各种土法偏方，村人有了小病小痛不看大夫，找她就能消除头疼脑热；蚕婆懂得婚丧嫁娶等传统礼仪规程，村里人染布、结婚、生娃、送葬等都要请她前去指点帮忙。可以说，蚕婆是古炉村毋庸置疑、无可替代的"乡间智者"。因此，她虽然在古炉村的社会地位极低，却无法撼动其在村人心中至高而神圣的地位。

既会接骨又能说病的善人原名郭伯轩，他原本是和尚，在"社教"中被强制还俗，公社将其分配至古炉村，从此居于窑神庙内，这些都表明了其社会地位的低下。值得注意的是，善人的出身就自带了充满神性的宗教色彩。此外，善人能预测未来，能与邪气论理，能差使小鬼，可以得到六畜的守护，即使从高高的塄畔上掉下去也毫发未伤，村里人因此视其为"异人""神人"。善人会接骨，步骤是先将骨头打断，再将其归入原位。作家在这里设置了隐喻，以错位的骨头指代扭曲的人心，同时也点明了善人的使命，即将人心归于正位，具有极强的象征意义。善人能给人说病，村人生了病，扎针或是吃中药、西药都不见效果，经善人排解，竟能"药"到病除。从医学角度看，善人虽不懂得现代心理学和精神病理学的相关知识，但他的确在做着精神科或心理科医生的工作。善人说的

"病",具有两层含义。首先是人心理出现问题,即有了心结。然后由心理的交互作用扩大了患者的主观感受,从而引起人体植物神经功能紊乱。必须区分的是,善人所说之"病"并不是身体上的器质性病变。所谓器质性病变,就是"身体的某一部分出现了一定的缺陷或变化"[①],而善人所治疗的病人其实不属于此类范畴,他们所谓的"器质性病变"是主观臆断出来的,所以扎针、吃药等治疗方法是徒劳无益的。这些病人其实是通过心理的交互作用,进而使自己认为不正常或不健康的感觉强大起来,久而久之就会引起如疼痛、精神性心脏病、失眠、胃部膨胀、感觉障碍等神经症。

  总而言之,这些神经症的病根在于人心,在于人们为人处世的角度与态度。而善人要做的就是纠正村人思维与道德上的偏差,就像他打断骨头使其归于原位一样,他试图以"说病"的方式,重新建立起人们正确的、合情合理的思维方式、价值观念与道德规范。总结起来,善人说病的核心就是讲道德、说道理,也就是儒家讲的"德治"。儒家思想认为,以道德、道理去感化、教育人,是较之于法律更为彻底、根本、积极的育人途径。善人所讲的三纲五常、孝悌忠信等也都是以儒家的思想主张作为最基本的道德规范。可以说,儒家思想是善人说病的基础。出身佛门的善人以因果业报、"苦"与"无常"等佛教思想劝诫人们放下贪、嗔、痴等执念,指明以"无我"代替"自我",才能消除疾病、净化人格。因此,从佛教的角度看,善人是一位通达智慧、接近于圆满人格的"觉悟者"。此外,善人还运用道家的阴阳、五行等理论对道德伦理等进行推演与解释。可以说,善人说病,就是用中国传统儒释道思想来

---

① [日]森田正马.神经衰弱和强迫观念的根治法[M].臧修智,译.北京:人民卫生出版社,1996:41.

禳治心灵。在他的口中，生僻晦涩的哲学与宗教思想变成了浅显易懂的生活道理，三种思想相互补充，达到一种和谐的平衡。与蚕婆一样，善人怜悯众生，他在受批斗的时候都注意着不要踩到地上的蚂蚁，在他眼中，人无高低贵贱之分。他从颜、言、心、眼、身等方面帮助村人、感化众生，以言行举止进行着最大限度的施舍与奉献，身体力行地践行着自己所秉持的大道。

善人的经历不禁让人联想到圣人孔子。孔子周游列国，传播他的"仁"与"礼"，但在那个礼崩乐坏的年代，他注定失望而归。善人的遭遇与孔子相似，他向古炉村人宣讲他所维系的传统道德规范，但在那个人性散发着丑陋与污秽的年代，终会失败。然而，"星星之火可以燎原"，善人的自焚并未将一切化为灰烬，他留下了象征希望的火种，他将遗言和"心脏"留给了狗尿苔这个"残缺人"，这是一种精神的传承，一种普度众生、悲天悯人精神的传递与延续。以上所述，善人的接骨、说病、唱阴歌等，是从身至心治疗与感化处于混乱秩序中的古炉村村民，这是上天赋予的神职与使命，只可惜他生不逢时，"下凡"到了充斥着人性罪恶与丑陋的年代。最终，独木难支的善人，选择与被砍得支离破碎的古树一起离开，在离去也是归去的路上，天乐阵阵，荡气回肠。

在贾平凹的小说中，还存在一些生理或精神（心理）不健全的"残缺人"。他们看似疯癫残障，却是最接近自然、最能感知宇宙人生的一类人。他们身体的缺陷或发育的迟缓具有强烈的象征意味，从反面揭露社会上存在众多"精神发育迟缓者"。本文大致将"残缺人"分为两种，一种是接近前面提到的"乡间智者"（博物者），如《山本》中的宽展师傅和陈先生，他们虽一哑一瞎，却完美地诠释了心如明镜般的此处无声胜有声，所见所闻比任何人都通透达观。由于此类人物与"乡间智者"的作用与使命接近，故此节详细论述第二种"残缺人"。在贾平凹的小说中,第二种"残缺人"大部分为乡间"守村人",他们无处不在,同时又可有可无,因为他们是村人眼中的疯子、傻子。值得注意的是,贾平凹对每一个"残缺人"外貌的"奇"与"异"都进行了着重描写,一是要强调他们的与众不同,二是为了突出他们地位的低微,这种旁观者的身份,能够更好地为小说叙事服务。与"乡间智者"不同的是,他们没有抚慰人心、答疑解惑的责任与义务,而事实上,人们也不会相信这类人的"疯言疯语"。作为一个"局外人","残缺人"更适合充当一位故事的讲述者,他们在守护村子的同时,若即若离地注视着乡村的众生百态、云起云落。

《高老庄》里子路和菊娃的儿子石头具备"乡间智者"的神格,但因其先天具有生理残疾,故将其纳入"残缺人"一类进行分析。石头天生双腿残疾,四岁了也不说几句话,他"双目圆大,又距离分开,头颅长而扁,额角凸起,而耳朵明显高出眉目,且尖耸如小兽耳"①。石头头颅的长而扁应该是个椭圆形,这与高老庄人看到的草帽或者飞碟的形状相似,好似天外来客,是对开篇就提到的具有象征性椭圆形物体的一种呼应,是作家对生命形态的新的挖掘与探寻。说到眼距较宽,我们首先能联想到兔子、老鼠、鹿等眼睛分别长在头两侧的动物。事实上,这种构造是为了最大限度地扩大视野。再者,在生活中,有些天生智力低下之人双眼间距往往过宽,而石头智力不仅不低下,反而表现出了超乎常人的智慧与感知力。他的眼睛犹如"X射线"般可以由表及里、由内而外洞察到事物的本质,只是看破不说破罢了。石头额角凸起以及高而尖耸的耳朵,则让人想到驴或者鹿等自然界的动物,而石头也确实能够与动

---

① 贾平凹.高老庄[M].桂林:漓江出版社,2012:78.

物对话,这是一种对自然之力的先天感知,是一种远超常人的非凡能力。石头天生"冷脸子",他不是没有感情,而是类似佛家所讲的斩断七情六欲以后的心如止水罢了。此外,他跟着蔡老黑的爹学医术,也有普度众生之意。文本中,石头能看出事物的根本,唯一的喜好就是画画,这大概也是他天赋异禀所必须承担的责任与义务。令人称奇的是,石头所绘之画惟妙惟肖,更有预感灾难的能力。他画宇宙神、阴曹地府、龙蛇战车、天地人生等,所画之物包罗万象,寓意极深。因此,我们可以推测,石头是一块落入人间的"圣石",他用残缺延展完美,以绘画诠释宇宙人生,而这样一块稀世珍宝也需要伯乐的发掘,如果没有西夏,石头在村人眼中只能是个怪癖可怜的残疾儿。可以说,石头的画是宇宙,是历史,也是人生,无论被人发现与否,都会静静地存在下去。

在分别阅读了《商州》《秦腔》《古炉》之后,我发现,贾平凹冥冥之中将秃子、引生和狗尿苔串联在了一条线上。在情感维度上,引生是秃子的进阶版;而在思想与行为的维度上,狗尿苔则属于引生的升级版。谈到他们三人,就一定要提到一个关键词——"守村人",这个专有名词来自民间,自然没有一个权威的学术定义。总结起来,"守村人"大都没什么坏心眼,精神上虽或多或少存在一些问题,但他们却知晓村中大小事宜,村里的红白喜事他们会不请自来,不会错过任何一场村宴。民间传说,只要"守村人"在,其守护的村子就在。他们今世是来村子里苦修的,因此他们大多在心智或身体上具有一定的残缺,这和修道之人所应的"五弊三缺"相类似。从整体上看,《商州》中满头癞疤、身边总跟着一只黄狗的秃子,应是作家"残缺人"形象的试验品、探路石。他的形象介于"常人"与"异人"之间,心理活动与思想转变略显生硬,在小说中起的作用也相对模糊。但在长篇小说创作的初期,贾平凹的这种试验与尝试是必要且必需的。怎样把握"残缺人"的外貌、性格、心理、经历等，这类人在小说中所起的作用和意义究竟是什么，秃子的形象无疑是一个起点，需要作家不断尝试、雕琢与丰满。

相对于"残缺人"形象试验品的秃子，《秦腔》中引生的形象，就显得丰满而富有层次，他是贾平凹塑造的较为成熟而典型的"残缺人"和"守村人"形象。引生最初的残缺只表现在精神上，村里人都说他是疯子，后来他阉割了自己，从精神到身体彻头彻尾地成为了残缺之人。前面说，引生是《商州》中秃子的进阶版，因为他们有着相似的情感经历。秃子爱珍子，如痴如狂，而引生爱白雪，视其如菩萨般圣洁美好。值得注意的是，引生向来都比较正常，可一旦与白雪产生交集，就会引发疯癫，这足以证明白雪在其心中异常重要的地位。在现实中，"守村人"一向命苦，引生也是如此，但他由命苦引发的自卑却经过了曲折的心理运作，转化为了一种类似于"精神胜利法"的自负。他认为自己和白雪的丈夫夏风是一种"既生瑜，何生亮"的关系，经常以预测到白雪身上的某种再自然不过的行为反射来判断白雪是否心中有他。每当受到村人的戏弄和作践，他都能用一种蹩脚的理由自圆其说、自我安慰，这些自欺欺人的行为让人看了既可怜又辛酸。在村人看来，引生是个可有可无的可怜人、苦命人，他莫名其妙的言行举止经常被看作发疯的表现。其实，引生的内心十分敏感、细腻，他能体察到"常人"无法感受到的智慧与灵气。同时，引生对自然有着与生俱来的亲切与热爱，他能依稀听懂哑巴的咿咿呀呀，能感受到树叶的疼痛，能读懂狗儿、鱼儿的意思，能够接收到来自山谷的音讯，甚至连理发时都能体会到头发丝的疼痛。当村政府养的母狗赛虎被村人打死以后，只有引生和公狗来运悲痛欲绝，随后引生又唱起秦腔来安妥赛虎的灵魂，这种善良与悲悯之心，既简单又深刻。此外，引生还能感受到自己的五脏六腑，并对其抱有感恩之心，这种思想境界在当时的农村是极其怪异、疯狂的。事实上，这并不是发疯的表现，而是一种类似于现代医学心理学中的理论与方法，是一种"天人合一"的精神境界。更有甚者，引生能看见人头上的光焰，能够短暂地拥有读懂人心的能力。这一系列不同于"常人"的疯癫行为，只能说明引生较他人多了能够进一步思考与体会的神经系统，是一种极少数人才能进化出的"基因突变"。

同为"残缺人"，在形象上，《古炉》中的狗尿苔与引生类似，前者地位却比引生更低，在形象塑造方面更富弹性。同时，狗尿苔在能力上又与《高老庄》中的石头接近。可以说，贾平凹在处理狗尿苔的人物形象时，削弱了《高老庄》中石头的神秘感，增加了《秦腔》中引生的清晰度，使狗尿苔的形象更具真实与张力。在外貌上，狗尿苔长得黑，眼珠突出，大耳朵且耳尖高过眉毛，肚子大腿细，这些都能够让人联想到《高老庄》中石头的形象。贾平凹将人像动物化，突出狗尿苔异乎寻常的自然性与"神性"，同时也是一种对人性中暴露出的"兽性"的反讽。文本中，狗尿苔名叫平安，蚕婆取此名，是保佑他平安顺遂的意思，同时"平安"也呼应了其"守村人"的身份寓意。我们看到，"狗尿苔"这个名字是与"残缺人"相统一的，"狗尿苔原本是一种蘑菇，有着毒，吃不成，也只有指头蛋那么大，而且还是狗尿过的地方才生长"[①]。平安与"狗尿苔"这种蘑菇的特征出奇地一致，十二岁的少年正是身体发育最为迅猛的时期，狗尿苔却只长脚，不长个子，看起来像个刚入学的小学生。狗尿苔自己认为，他是因为常年遭受村人的打击才被

---

① 贾平凹.古炉［M］.北京：人民文学出版社，2011：4.

压抑无法长高,"残缺"特征体现在此。与此同时,狗尿苔的这种"发育不良",也隐喻古炉村乃至整个中国在特定历史时期人心的发育迟缓与失常。相比之下,"狗尿苔"这种蘑菇只生长在狗尿过的地方,比《秦腔》中的引生地位卑贱得多,同时也与"守村人"可有可无、不受重视等普遍地位低下的情况相吻合。大概是因为狗尿苔的地位过于卑贱,他只能不停地帮村人跑腿、做事,才能体现出自身存在的意义,于是他"垄断"了帮人点火的差事。霸槽为了安慰他,给他讲原始部落火种的重要性,这也是作家贾平凹对狗尿苔的一种心理安慰与补偿。火种象征希望,身为"守村人"的狗尿苔守护火种,就是保存着古炉村仅有的生机与光亮,这种行为虽然是无意识的,却是不可或缺、弥足珍贵的。

进入文本,《古炉》开篇就介绍了狗尿苔的"特异功能"。他能闻到别人闻不到的气味,而这气味往往预示着祸事的降临,这与《高老庄》中的石头、《老生》中的墓生等"残缺人"相类似,他们都拥有预感灾难的能力。马勺死了,村人砍树做棺,树流出水来,只有狗尿苔认定树在流血,这与《高老庄》中的石头相似,可以透过表象直接看见事物的根本。我们发现,在贾平凹的小说中,所有"异人"对大自然都心存热爱与敬畏,同时也从中获得了超乎常人的感知与领悟。文本中,村人越是作践狗尿苔,他越是与自然亲近:没人相信狗尿苔能闻到特殊的气味,他就向大树诉说;狗尿苔觉得是古炉村的每一棵树、每一块石头收留了他,生活再穷再苦,他吃饭之前也要先夹一粒米、一勺粥给它们吃。与此同时,大自然对狗尿苔也是无比怜爱的:狗尿苔家总有鸟在舞蹈、歌唱;遇到不想见之人无处躲藏,雾便将他包裹起来;狗尿苔晚上走夜路怕黑,一路上就有各种动物护送他回家……前文所述,《秦腔》中的引生偶尔能听懂一些动物的语言,狗尿苔则可以同猪、狗、鸡、牛、猫、鸟、知了、蚊子、树、谷等动植物进行无障碍交流。在落寞时,他向着黑夜诉说,甚至和半截子石头都能说上两句。通过文本,我们看到,狗尿苔在村中虽常恶作剧,却都是无伤大雅的孩童行为。实际上,他的内心柔软而善良:狗尿苔疼爱短尾巴小猪,怕小猪自卑,经常夸赞它的尾巴漂亮;老顺家的白狗被霸槽剪了毛发,白狗接受不了打击而失落抑郁,狗尿苔就给狗讲道理,一见了狗就夸说它的毛好看;村人让狗尿苔把试毒的死鸡扔到尿窖子里,他却偷偷将其埋葬,并发誓从此不再伤害动物。以上种种,都体现出了作家众生平等的自然观念与审美观照。

如前文所述,贾平凹小时候又瘦又小,在身体发育上远落后于同龄人,因此干农活和体育活动都不在行,这种"器官劣势"的先天条件,使他真正有了自卑的心理。雪上加霜的是,在那个"特殊时期",父亲又被戴上政治帽子,"可教子女"的身份进一步使贾平凹陷入自卑的泥沼。回到小说文本中,身为"四类分子",凡是跟阶级斗争沾边的事,狗尿苔都抬不起头。他的"伪军属"身份,再加上自身个子小、力气弱的"器官劣势",队长因此只给他三工分。于是,狗尿苔就耍小聪明,将"3"改成"8",这不正是少年时期那个可怜无助的小"菜籽儿"(贾平凹)吗!贾平凹俨然将年少的自己附在了狗尿苔身上,为了安慰狗尿苔,更为了抚慰自己少年时的伤痛。由此可见,在塑造狗尿苔时,贾平凹回忆起了儿时他在脑海里为自己"量身定做"的"隐身衣",并将这自欺欺人、逃避现实的"隐身衣"披在了弱小、可怜的狗尿苔身上,文字中满是心疼与怜爱。小说的结尾,狗尿苔获得了三样意义非凡的礼物——善人的"心"、遗言和他要上学的消息,这不仅是他一个人的礼物,更是作家贾平凹留给这满目疮痍的村庄的火种。可以肯定,狗尿苔未来的蜕变,即是古炉村日后的光亮与希望。

通过以上论述，我深切地感受到，贾平凹所塑造的"异人"形象，氤氲着一种神秘主义性灵而幽玄的诗学气息。在自然的层面，作家对于人物的神秘化描摹，能够直抵学理上无法揭示与极尽的宇宙的玄妙与奇异，这类人物形象的刻画，是对世界不可知性与不可穷尽性的诗性表达。在生命的层面，"神格"或"神性"人物本身，就带有一种宿命般的神秘气息，是作家从"世事无常"中体悟出"人生从容"的生命路径。与此同时，"异人"的"神性"及"救赎"，使文本超越叙事层面，更是超越了所谓"农民本位"价值结构和范畴，直通作家的精神世界与更为多义的审美指向。

综上所述，贾平凹的人物形象谱系，成为其创作不可忽视的重要方面。这些形象也体现出作家贾平凹心理、精神、灵魂诸多层面的"精、气、神"。在这些人物身上，既有传统文化元素的滋养，也有新时期、新时代注入的现代性基因。当世界扑面而来的时候，贾平凹笔下的这些人物，都在他们各自的时代、社会环境和历史语境中悄然而起，走到生活和世界的前台，令我们惊异和兴奋。

第四章

贾平凹小说的叙事形态

本章分别从叙事话语、叙事结构以及小说文本中的意象与象征寓意等方面,论述贾平凹小说创作的叙事策略、叙事形态。关于小说叙事学的理论模式研究,中西方各有所长,本文针对贾平凹小说叙事的文本呈现状态,对贾平凹小说的叙事形态进行理解、描述、阐释与论述,力求更加准确、真实,从而恰当地还原贾平凹小说叙事所呈现的结构、话语策略和美学形态。具体说,我们要探索的是,贾平凹小说叙事本身的特性是如何与现代小说叙事技术彼此深层对接的,整体叙述的浑然一体和圆融,生成蕴藉丰厚的有别于其他作家写作的异质性元素,构成具有独特面貌的叙事文本本体。可以说,贾平凹的小说,尤其是长篇小说,其叙事所营构的氤氲和状貌,充满哲学的、诗性的光晕和色泽。我们发现,贾平凹依照这样的艺术思维方法写作的大量文本,在近些年来愈加地不见策略,不见锋芒,他的叙述呈现出自然而老到、深沉而精微的形态。我相信,这是叙事文学所能抵达的修辞、修智。贾平凹以生活之心体味现实之意,他处理"中国经验"时,既有民俗学的参照,也有哲学思考的沉潜,更有美学的升华。而叙事的从容,文气的舒缓,不乏睿智的结构力和辨识度,使他不断勘察乡土和人性的隐秘,叙事过程里不断地迸发出智性光泽。我们知道,贾平凹最敬畏的中国作家是古代的苏东坡、现代的沈从文和孙犁，这几位文学大家的审美精神，对他的写作影响巨大。无疑，这是现代文学精神融化进血脉、骨髓里的叙事精神和选择趋向，这也是贾平凹文学叙事在内在精神和文本形式两个层面的双重解放，是中国当代小说叙事水准的一次次拓展和升华。

我认为，贾平凹的写作，对中国当代长篇小说发展，有着文本叙事方面的重要贡献。半个世纪以来，贾平凹共创作了二十部长篇小说。其文本艺术形式，包括叙述方式、题材和人物形象系列，都表现出贾平凹小说创作的独特之处。加之，他数百万字的中短篇小说和大量的随笔、散文、书信，一起构成贾平凹叙事的整体脉络和庞大体量，共同构筑起贾平凹的文学高地。毫无疑问，叙事策略、"叙事能力"，在贾平凹的文字里已经成为内在精神力量的表征和底蕴。其中蕴含着强大的文本力量。因此，我们可以不夸张地说，贾平凹是最具"结构感"的当代作家，而其审美策略、语言、细部修辞的探索与创新，都是使得贾平凹获得重要艺术成就的关键因素。

一、"讲述"与"描述"叙事语式的杂糅

"讲述"和"描述"是两种最基本的小说叙事话语方式。探讨这两种叙事语式，必然会涉及叙事视角，又会随之牵涉到视点及人称的转换问题，此外，还与叙述者与叙述对象的距离等密切相关。格非在《小说叙事研究》中指出，"'讲述'即作家通过历时性的叙述，提供故事的来龙去脉，交代人物的过去以及种种有关信息。……一般采用过去时态讲述故事"[1]，格非在"讲述"的叙事

---

[1] 格非.小说叙事研究[M].北京：清华大学出版社，2002：93.

立场上用了"近乎"一词修饰全知视角,我认为,"讲述"主要运用全知视角和限制视角作为叙事立场进行叙述,这种理解更为妥当。"讲述"一般叙述已发生之事的前因后果,所以具有历时性,由于叙述中存在作者或"叙述者"对描述对象的主观评价,故"讲述"也具有一定的主观性和评述性。"描述"则与"讲述"相对,作者或叙述者的叙述尽量隐去带有主观性、评述性的议论,"而是通过描述,使读者自己看到事件的过程并做出自己的判断"[1]。格非在解释"描述"语式时提到了第一人称,我认为"描述"语式的叙事立场不应局限为某一人称的限定,它更贴近于陈平原的"纯客观叙事"或者热奈特的"外焦点叙事",即"叙述者只描写人物看到和听到的,不作主观评价,也不分析人物心理"[2]。这种只对叙述对象状貌进行还原式的叙述,充分体现了"描述"语式的客观性。"描述"语式一般采用进行时态,由于"描述"的客观性和进行时态,会使读者顿生参与之感,表面看来,虽拉开了作者或叙述者与读者之间的距离,实际上却增加了读者阅读过程中的能动创造。

中国古典小说大都使用"讲述"这种叙事语式对故事进行叙述,贾平凹最初的小说文本也沿用了明清白话小说的传统模式,是一种偏重"讲述"的带有作家主观评述式的叙事话语语式。贾平凹完成于1985年的中篇小说《人极》,开篇第一句即是"商州有俗",这类似"古语有云"的传统小说讲述范式,奠定了整个小说的语式基础,之后的"此俗陈陋"明显带有作家主观评述性话语,作者即为小说的隐含作者或叙述者。文本随后将该风俗虽然陈陋,却延续

---

[1] 格非.小说叙事研究[M].北京:清华大学出版社,2002:94.
[2] 陈平原.中国小说叙事模式的转变[M].北京:北京大学出版社,2010:59.

下来的原因进行解释,表现出"讲述"语式中典型的通过全知视角交代事情前因后果的基本特征。小说第二段前部介绍了人物祖籍、职业及人物间的关系等相关信息,并道明了光子和拉毛作为异性兄弟之所以相依为命的来龙去脉。这种通过第三人称全知视角进行的"讲述",为故事之后的发展进行了充足的铺陈工作,属于典型的"讲述"叙事语式。

我们看到,贾平凹最初的长篇小说《商州》,开篇即充满了对叙述对象的"讲述"式描摹。文本以明清白话小说的讲述定式"有这样一位……"拉开了"说书式"的故事序幕。开篇几段叙述运用过去时态,从后生的籍贯、性情、外貌、秉性、家庭、经历及重游故乡的原因——讲起,体现了"讲述"语式历时性、概括性的特点。在整体行文上运用的是第三人称全知视角,其中对后生的"半残废""不安分""微不足道"等品评,明显带有叙述者或隐含作者的主观思想感受。我们之所以说《商州》开篇的整体行文运用全知视角,是因为在叙述的过程中存在视角的转换,第一段中部的"但见"即是一种标志,之前的全知视角叙述仿佛是叙述者的"远观",此时全知视角转换为后生的限制视角。由"远观"变为"近看",视线虽不再通透阔达,但后生这种"只缘身在此山中"的举目四望,对他来说却至关重要。目之所及的山山水水奠定了他认知世界的基础,这种认识虽然随着知识与阅历的增长而不断变化和扩展,但这种世界观的雏形对于后生来说刻骨铭心。我们可以看出,正因为贾平凹对故乡山水的念念不忘,才展开了他对《商州》的深情重返。

"说书人强调的削弱以致逐步消失,是中国小说跨越全知叙事的前提"[①]。《暂坐》开篇就是对暂坐茶庄存在原因的简单介绍,在

---

① 陈平原.中国小说叙事模式的转变[M].北京:北京大学出版社,2010:63.

叙述中，不再使用类似"话说""有这样一位""有诗为证"等中国传统小说叙事中的套语。小说文本开篇引用了一副对联，按照中国传统叙事话语方式，使用"有诗为证"或"有联为证"，更显古典和传统韵味。但《暂坐》并没有像《商州》开篇那样延续这种中国传统叙事话语定式，只是毫无赘言地陈述暂坐茶庄存在的事实，其中的"开着"体现出了句式和文本的进行时态，这种"描述"的客观性和进行时态，使读者产生继续探寻暂坐茶庄的兴致与欲望，引着读者去茶庄坐坐。

在《暂坐》中，"讲述"与"描述"可谓交叉、轮番登场。"讲述"主要依托俄罗斯姑娘伊娃的视角展开叙述，读者可以通过视点人物所投射的限制视角，感受西京环境的变化，思忖伊娃由外界的所见所闻转化为内心思索的不解与疑惑。限制视角的运用，营构出了作家文本创作的叙事意图和戏剧效果，随着通过这种限制视角的持续叙述，又延展出了很多由视点人物的视线流转或凝聚而产生的心理聚焦。文本中，海若和伊娃在停车场碰到了严念初的表弟张怀，通过张怀的口信，文本第一次提到了冯迎。从小说结尾我们可知，冯迎已经遇难，而通过伊娃限制视角的设置，最大限度地延长了冯迎在众人心中的生命状态，同时，使故事情节变得意味深长。按照正常情况，冯迎此时应在菲律宾，所以海若对张怀的话表示怀疑。这段对话中出现了几处极有深意的伏笔，在小说末尾可以与冯迎的遇难一一对应。首先是张怀遇到冯迎的时间，回望整个文本，"昨天上午"正是冯迎遭遇空难的时段。面对海若的质疑，张怀顺嘴说的"烧成灰也认得"，这看似无意之举，却是作家的有意为之。随后，张怀对冯迎的外貌衣着进行了描绘，海若知道白西服和花裙子确实是冯迎"走时"的穿着，此处的"走时"既是冯迎出国之时，更代表了她生命结束的时刻，短短两个字竟充满了无限的伤感与悲痛。此后,通过伊娃视线的流转产生了升华性的心理聚焦,"一阵子风从樱树那里旋着过来,花瓣如鳞片一般撒在空中,汽车从停车场往出开,后视镜竟然都看不清晰。这情景使伊娃想起了一个成语:弥天大谎"①,这里的"花瓣",暗喻冯迎,而"撒在空中",则暗示了冯迎生命的消逝,同时也隐含了冯迎遇难的场域。生命如斯,一切都随着风的旋转和汽车的开动变得模糊不清。正如阅读此处的读者和身处此事中的故事人物们,面对冯迎的遇难,大家竟全然被蒙在鼓里,这正是作家对人物和读者设置的"弥天大谎"。作家埋下伏笔的同时,也同读者和故事人物开了一个巨大的玩笑,得知真相以后重读此段,满是被戏耍后的荒唐与震撼。从这一点上说,作家在叙述上的处理完全达到并超越了小说可以表现的文本意图和戏剧效果。最后,伊娃视线流转所凝聚成的内心结论成为了破题关键,"弥天大谎"四字完满地诠释了冯迎早已停止的生命状态,它同被蒙在鼓里的众人心中冯迎仍在延续着的生命状态之间的错位,使关于冯迎的这条线索充斥着云谲波诡的荒诞感与撕裂感。

  论及由伊娃的视点展开的叙述,我们有必要对视点人物进行分析。从《秦腔》视点人物引生的第一人称叙事,到《古炉》由狗尿苔展开的第三人称叙事,再到《暂坐》跟随伊娃进行的第三人称叙事,我们可以感受到贾平凹小说由"讲述"逐步向"描述"倾斜的创作自觉与叙事话语语式变化。

  《秦腔》开头第一句,"要我说,我最喜欢的女人还是白雪"②。短短十四字却潜藏了极其深刻的蕴意。在这里,"要我说"明确了

---

① 贾平凹.暂坐[M].北京:作家出版社,2020:17.
② 贾平凹.秦腔[M].北京:作家出版社,2018:1.

小说主要是以引生作为第一人称及叙事视角展开故事讲述,"还是"暗含着一种对比关系,而这种比较是建立在事情已经发生的基础之上,体现了"讲述"语式一般使用的过去时态特征。从开篇这句话中,读者会产生"我"在"经历"过很多女人后最终选择了白雪的错觉,这种选择中夹杂着难以掩饰的倔强与骄傲,使读者浮想联翩。而读过《秦腔》的人都清楚,这种语气的自信只是源自引生的"精神胜利法",但这都是后话。文本开始就有意地透露出小说叙事的视点人物、叙事人称以及"我"对白雪的这条感情线索,由这短短十四字展开的故事,紧紧抓住了阅读者的好奇心与探索欲,充满了叙事的潜在力量。在这里,《秦腔》以引生作为叙事视点人物,开启了贾平凹"生活流"叙事浩荡而绵长的文学旅程。我们在前文详细分析过引生的人物形象,将引生这个"残缺人"设置为叙事的视点人物,表现了作家贴服大地、众生平等的文学观念和叙事立场。毋庸讳言,"引生"就是引着故事发生,"引生"之名即为一种明示,表明了他作为全文视点人物的功能与地位。引生在众人眼中是个疯子,疯言疯语不可尽信又不可不信,后来他将自己阉割,从心理到生理上彻头彻尾地成为了"残缺人",这种身体和心灵的"残缺"愈加降低了他在村人心中的地位,使他成为了一个可有可无的"透明人"。正因为这种卑微的身份,他可以随意评说他人,众人也可以将他的话视为废话,这就给限制视角的"越界"提供了理所当然的"可乘之机",极大增加了"可靠叙事"与"不可靠叙事"之间的辩证与张力。作为"疯子""白痴",在思维上更接近于心智未成熟的孩童,对于种种复杂的关系或现象,引生想破脑袋也无法理解,但对于作家来说,这种十分窘迫的"尴尬"反而成为了叙事的潜能与优势。就是说,引生那种尽自己所能去理解,却又无法加入主观评论的叙述,更具客观性、真实性。在文本中,夏天义告诉引生夏天智身体健康、活得长久的秘诀是多做好事。但是，随即引生又想到了夏天礼，夏天礼如此吝啬自私，可每次重病却都能转危为安，两相对比，引生就犯起了糊涂，他的"这又是为什么"①的诘问直戳人心。实际上，他的疑惑也正是贾平凹想让读者思考的问题，通过引生的百思不得其解，完成了作家与读者思想上的碰撞与合作。这种视点人物与叙事视角的确立，形成了一种"有"与"无"、"是"与"非"、"真"与"假"间的悖论，而贾平凹却恰到好处地利用了这种关系上的矛盾，通过"生活流"般的叙事，使其在彼此交互中变得和谐而统一。从小说文本中，我们可以感受到"讲述"叙事语式中全知视角与限制视角的互相转换，为了强调并扩大视点人物引生的叙事功能，使所叙述之事更具真实性、客观性，作家曾多次故意将全知视角"送"至视点人物手中。在小说文本中，引生几次有意或无意地提到他不在场但是却能清晰得知事实的原因，"事后是赵宏声告诉我的""都是陈亮后来告诉我的"②，类似的解释明显是作家为了将全知视角拉入引生的限制视角而作出的说明，这似乎有些多此一举，却也是一种对于视角转换手法的积极尝试。值得注意的是，引生的叙述显然超出了他所掌握的范畴，有"越界"之嫌。这时贾平凹将引生"分裂"，衍生出了引生能够"灵魂出窍"的"特异功能"。在叙述中，多次提到引生的"走神""发呆"和"灵魂出窍"，作家写此的目的，一方面是借"灵魂出窍"的神秘性，烘托万物有灵、众生平等的文学观念和叙事立场，另一方面也借引生之口，实现一种视角转换的暗示性与功能性。

毋庸讳言，第一人称叙事虽能更加直观地呈现作家的写作意

① 贾平凹.秦腔［M］.北京：作家出版社，2018：62.
② 贾平凹.秦腔［M］.北京：作家出版社，2018：18，40.

图,但这种与读者的亲密距离,同时会将作者或叙述者的立场潜移默化地转嫁到读者身上,使读者从进入文本开始就携带着与叙述者相似或相同的立场与态度。这样虽能更加迅速且顺利地展开叙述,却极大限制和压缩了读者的阅读潜能。于是,在《秦腔》以后,贾平凹越来越多地选择了第三人称叙事,他将议论与评判归还给读者,由此,逐渐拉开了与读者之间的距离。

相较而言,《古炉》所选用的视点人物狗尿苔与《秦腔》中的引生,在身份与境遇上极为相似,不同之处在于《古炉》选用了第三人称进行叙事。这种倾向于"描述"的语式虽使作者隐于暗处,却并不等于"作者已死",这种"以退为进"的叙事方式极大程度地扩展了读者的阅读自由度,从而实现作品的二次创作,作品的生命力也随之延展开来。我们前面已经分析过《秦腔》开头的第一句话,它以第一人称展开叙述,充满了视点人物引生主观的、不容置疑的肯定语气。而《古炉》开头的第一句则是,"狗尿苔怎么也不明白,他只是爬上柜盖去墙上闻气味,木橛子上的油瓶竟然就掉了"[①]。开头第一句,同样交代了文本叙事所使用的人称和视点人物,但第三人称较第一人称叙事在所呈现的语气上明显更加委婉甚至怯懦,视点人物狗尿苔似乎急于寻找一位文本之外的目击者来为他的无辜进行辩护与认同,这种偏向中性的、含蓄的叙事语调,能够轻而易举地使读者进入文本,读者可以抱着中性的立场与怀疑的态度,逐步探寻狗尿苔最初陈述的可靠与否。因此,与"讲述"语式由主观评述带来的肯定或确定性不同的是,这种偏重"描述"的叙事话语语式更具精神的穿透性,能够给读者提供不断变化着的动态的阅读体验与思考空间。

---

① 贾平凹.古炉[M].北京:人民文学出版社,2011:3.

不可忽视,《暂坐》的视点人物,相较于贾平凹以往的作品而言,既独特又新鲜。伊娃作为女性,在情感的体悟方面,相较于男性更加丰富、细腻与感性。曾在西京留学五年的俄罗斯姑娘伊娃,虽说她已经将西京看作自己的"第二故乡",并对西京的地理、人文等有了一定的了解,但这种了解也只能说是表层的、肤浅的。无论从她所长期生长的地域,还是接纳和理解的文化,都与土生土长的中国人大相径庭。因此,在事实的呈现上能够做到更加原始与客观,我想,这也是贾平凹选用伊娃作为视点人物的主要原因。我们知道,若要了解一个国家的风土人情,首先要精通该国的语言和文字,伊娃在这方面无疑是优秀的。可很多时候,操着夹杂西京方言普通话的伊娃,既认识她所看到的汉字,也明白她所听到的汉语,可一旦将这些汉字或语言整体放在一个特定的语境当中,身为"西京通"的伊娃就会被活生生地打回到"老外"的行列。对于中国人说的话,每一个句子都懂,却不明白他们最终要表达的整体含义,这在伊娃看来是缺陷或遗憾,但在作者贾平凹看来,她的叙述更贴近于孩童般的观感与体验。正因为伊娃的"不解其意",才能够通过不断的移步换景,更加直白、纯粹地将她的所见所闻朴拙而真实地铺陈开来。因此,这种身为"老外"的困惑或遗憾,恰恰成为了叙述视角的优势与幸运,彰显了"陌生化"叙事策略的价值与意义。此外,局部与整体叙事视角的不断转换,推动着故事情节的发展,更扩大了叙事的自由度,富于立体感与延展性。首先,作家通过俄罗斯姑娘伊娃的视角,实现局部画面的观测与透视;其次,作家通过流转于小说文本各处的第三人称全能视角,呈现出整体上的状貌。伊娃作为事件的参与者和见证人,可以说是西方美术中的焦点透视,而代表全知全能的整体视角,可以理解为中国美术中的散点透视。贾平凹精心而巧妙地绘制着叙事中的结构,并运用笔墨的浓淡干湿呈现出小说文本的层次与空隙。而局部视角补充整体视角，伊娃虽参与其中，但因地域和文化的差异而更像个"局外人"，她所描述的事实从内容上虽有局限，却也因为这种限制增加了内容的客观性与真实性，她所思考之事也正是读者应当咀嚼与回味的问题。

此外，贾平凹叙事话语语式由"讲述"向"描述"倾斜的一个重要标志，是他开始为俗世"制造声音"。我们发现，贾平凹近年来的小说，尽量削弱、隐去作者或叙述者的"声音"，取而代之的是对他人话语或对话中的议论的客观呈现。由此，贾平凹以不同视点打开看待世界的大门，聚少成多，汇聚成一个纷繁复杂的"声音场"。"人都说话，话和话混在一起了，……话就不是话，是市声"①，这种"描述"能够极大提高读者阅读中的能动作用，读者可以带有目的性、选择性、过滤性地完成与作家的互动，并将这种哲学性思考延伸至文本之外，使小说的生命力尽可能地得到延展与升华。

显然，已进古稀之年的贾平凹，对自然世界和生命世界的感悟越发纯澈而通达。他逐渐意识到，比起作者或叙述者的议论与评价，散落在各处的声音更能直观、多维、立体地对客观世界进行呈现。他在《暂坐》后记中肯定了该小说整体上所沿用的"生活流"叙事风格，同时也指出了该小说与以往"生活流"叙事的不同之处，"不同的是这次人物更多在说话。话有开会的，有报告的，有交代和叮咛，有诉说和争论，再就是说是非。众生说话即是俗世……众生之相即为文学"②。贾平凹借七嘴八舌的街谈巷议还原

---

① 贾平凹.山本［M］.北京：作家出版社，2018：275.
② 贾平凹.暂坐［M］.北京：作家出版社，2020：275.

"众生之相",体现出人物话语在小说叙事过程中的重要功能与独特意义,通过不同侧面的众口纷纭,实现"描述"叙事话语语式的客观性、丰富性与延展性。

《暂坐》的第九回,有一段关于吃喝街兴隆街的描写,引人深思。外卖小哥车速极快,摔倒了第一时间不是庆幸自己没出大事,而是担心所送饭菜是否完好,路边目睹此事的鸡蛋小贩一边唯恐天下不乱地喊着"撞!撞!"一边努力闪躲,生怕祸及自己的鸡蛋。随后,作家加入了腊肉店老板一边数钞票一边同老主顾的对话,腊肉店老板的注意力始终在钞票上,所问候之事无非只是礼貌性的日常寒暄。按照以往客套话的一般范式,类似"今天气色好啊""要保重身体呀"之类的问候,所得到的应是"好啊""是啊"之类的礼貌性回应,而老主顾的回答却没有顺着老板的意图来,回答中充满对生活的无奈与抱怨。两人各说各话的举动,瞬间切断了这种看似熟络、亲切的关系。作家表面上描写街上的热闹与繁华,实际上,想呈现的,则是人声鼎沸、车水马龙的大街上,人心却无比空落、遥远的困窘处境。我们看到,从熙熙攘攘的具象中透视出内心的冷冷清清,更能激起直抵人心的落差与震撼。《暂坐》第二回伊娃初回茶庄,在茶庄不远处先是看到工人在搬运东西,同时听到一声碰撞,随即又听到了小唐尖锥锥的质询声,"把啥撞坏了?谁把啥撞坏了"[1]?!看似再普通不过的两个问题,不但暗含着当代中国大多数人的价值取向,还揭示了人与人在交往中的某种通病。第一个问句的中心语是"啥",表明在小唐心中,构成某种关系最为重要的不是人,而是工人所搬运的物品,物品价值越高,越值得她重视。第二个问句的中心语是"谁",小唐在确定了损坏物品的价

---

[1] 贾平凹.暂坐[M].北京:作家出版社,2020:8.

值以后，最为在意的就是责任的追究，换句话说，"谁"的提出是小唐将其本人与负责任一方划清界限、撇清关系的一种利己行为。贾平凹这种对人物话语的"描述"，不是为了丑化当代中国人的形象，而是隐晦地向读者发出了邀请，作家为何要借伊娃的视角进行"描述"，正是缘于两种价值观念的拉扯与较量。此时敏感的读者会产生疑问和联想，如果将小唐换作俄罗斯姑娘伊娃，她应作何反应？如果将小唐换作读者本人，又会首先考虑哪种问题？

此外，《废都》中捡破烂老头口中的歌谣，《秦腔》中引生的打油诗，以及赵宏声的对联，都是作家借他人之口所制造出的声音。单从这些歌谣、打油诗或者对联具体的内容上看，具有"讲述"语式极强的主观性与评述性，但将之汇聚到一起形成一个抽象的整体，叙事话语语式便由"讲述"转换为了"描述"，在具备了"描述"语式客观性、真实性的同时，又颇具概括性、暗示性与讽刺性。

深入文本，我们看到，贾平凹所"制造"的声音不仅局限于人类，还有动物之声、自然之声。多种声音的聚集，共同构成一个生动、玄秘而有序的隐秘世界。《秦腔》中的引生能听懂动物的语言，借他之口，"翻译"、呈现出了一段动物之间的日常对话。在一个漆黑的夜里，人们都进入了梦乡，一切似乎都安静了下来，家畜们却集体发起了牢骚。鸡抱怨人们提倡计划生育，却天天盼着它们多生蛋；牛抱怨人们总是吃它的奶，却没人管它叫娘。家畜们的抱怨看似荒唐，却更加直观、灵动，这是来自自然界的声音，它们所议论之事满是人们理所当然的一味索取，人们的欲望与贪婪蒙蔽了双眼更冰冻了内心。这些来自动物的声音，一方面体现了作家的生命观、自然观；另一方面，是作家对当代人的一种需要换位思考的提醒与警示。

可以说，贾平凹的这种复制式的"制造声音"，不加任何作者的评述性修饰词语，句子本身是客观的，但话语的内容却藏匿着人们强烈的主观感受，两者之间看似二元对立，却体现了一种"讲述"与"描述"的辩证统一关系。通过人物话语的设置进入文本，从这种价值观念的呈现中，读者不仅可以体察作家的写作意图与价值立场，更拥有自主选择感知世界方式的自由与权利，作家与读者在"看"与"写"的过程中，完成了一次精神与思维的碰撞与合作。

二、"细部"蕴蓄出的"生活流"叙事

众所周知，作家创作一部小说，最终目的，当然不仅仅是给读者讲述一个故事，而是为了使读者能够体悟到超越文本之外的作家的诸多的心理、精神向度。贾平凹通过小说文本，反映社会的深刻底蕴，启发人们加深对存在世界的感受和认识，提升心灵、灵魂的意义"纯度"。与此同时，身为读者的我们必须清楚，只有走进文本，考察作品本身的"意义生成"过程，才能走近作家，从而抵达作家通过文本实现的形而上的审美空间与精神世界。

每个作家都希望找寻到属于并适合自己的写作风格，贾平凹并没有被"冠名"为"先锋作家"，但是，他却一直走在对艺术形式探索、实验的路上。可以说，他是"新时期"以来中国文坛最具实验精神的作家之一。在形式上，贾平凹早期的小说作品受中国古典小说、新中国成立之初的革命现实主义，及苏俄现实主义等陶染较重。在语言风格上，受孙犁、沈从文等人的影响颇深，充满了清新优美、秀丽灵动的田园意趣，颇具散文性与唯美化等特点。但贾平

凹在《废都》后记中提到，正是这些"辞章灿烂，情趣盎然，风格独特"[①]的评价及定位困囿并迷失了自我，使他找不到属于自己的特点与风格，并长期处于尴尬与悲哀的窘境。

在二十世纪的尾声，"很中年"的贾平凹在世界观逐渐发生变化的同时，开始正视并重新思考自己小说在语言与形式上的出路问题。贾平凹在《高老庄》后记中明确表示，将用"整体的，浑然的，元气淋漓而又鲜活"[②]的叙事方式，取代优美、清新以及壮阔、华丽的语言及叙述方式。这是作家评判标准和审美趣味转变的信号，也是形成其独特叙事风格的准备阶段。随后，贾平凹在《怀念狼》后记中，提到了自己未来小说叙述方式的基本路径及目的，"以物观物，使万物的本质得到体现"[③]。那么，如何体现万物的本质？贾平凹选择对叙事对象进行"原生态"的描摹与呈现。从这句话中，我们能够清楚地感受到作家今后所要采用的叙事逻辑与策略，而实现这种叙事构想，必须通过对生活流程的细致描摹来完成。《秦腔》的发表令人耳目一新，也有人认为是大跌眼镜，但不可否认的是，贾平凹终于摸索出了具有个性化和独创性的叙事风格。南帆曾说："《秦腔》……开启了另一种叙述学。"[④] 这种贾氏叙述学最突出的特点在于南帆所述，类似于"黏稠的液体"般的"细节的洪流"，这种对日常生活绵密而厚实的，且似乎抽离于故事线索之外的细节描写，无论从作家、读者还是论者看来，都是一种前所未有的阅读体验与挑战。在《云层之上》中，贾平凹高度赞扬了中央美术学院武艺的敦煌油画作品，称其作品打破了人们以往的

---

① 贾平凹.废都［M］.南京：译林出版社，2012：411.
② 贾平凹.高老庄［M］.桂林：漓江出版社，2012：252.
③ 贾平凹.怀念狼［M］.桂林：漓江出版社，2013：187.
④ 南帆.剩余的细节［J］.当代作家评论，2011（05）：67.

认知,最可贵的是,武艺除了临摹以外,将敦煌的现实生活融入其中。从贾平凹的这段评价中,能够瞥见他别具匠心、不拘一格的实验精神和艺术认同。书中还提到了贾平凹的书房里挂着的"面对生活存机警之心,从事创作生饥饿之感"的条幅,这里的"饥饿之感"就是他不断进行形式实验,打破叙事常规的警示与动力。

"年好过,月好过,日子难过"[①],《秦腔》中的一句过渡性话语,恰恰点明了作家开始注重细部修辞的根本原因所在。我们知道,大部分长篇小说往往通过各种专业性叙事技巧与策略,建构起恢弘浩渺、错落有致的叙事结构。但贾平凹试图呈现的,是外部世界,尤其是乡土社会泼烦细碎的日常生活,那些看似专业性极强的叙事手段,似乎无法真正贴服于大地,扎根于生活。就如同用法国贵族用餐礼仪,去描绘和理解陕西山沟沟里的农民们蹲作一团,嚼一口辣子、吃一口馍的场景。因此,语言再优美,结构再高级,也无法从根本上对日常生活进行最地道的描摹与还原。只有对细部密集、厚实而富有极大耐心的精雕细刻,才能真正植根于土地,呈现生活内部丰盈而繁杂的结构与肌理。或许,这就是张学昕所说的,来自文本"细部的力量"。"这种力量可能来自一个小说人物的表情或动作,来自一个蕴含了特别氛围的场景,一件生活中琐碎之事的回顾,来自一段充满浓郁日常性的话语,也许是一段类似'闲笔'的不经意的叙述。……它必然是文学叙事的精要所在,是触动心灵的切实要素或原点"[②]。

叙事方式的重新选择,意味着作家审视事物和存在世界的角度与思维逻辑,逐步发生变化或调整,作家的审美方式随之出现"拐

---

① 贾平凹.秦腔[M].北京:作家出版社,2018:17.
② 张学昕.细部修辞的力量[M].台北:花木兰文化事业有限公司,2020:4.

点"。我认为，小说文本中的语言、话语方式及叙事细节等，共同凝聚成为贾平凹小说"细部的力量"。正是诸多"细部"的"暗流涌动"、聚少成多，才蕴蓄出了贾平凹充满个性化和独创性的叙事风格。

我们看到，在《秦腔》后记中，贾平凹将这种由生老病死和吃喝拉撒睡的诸多"细部"支撑起的叙事结构，形容为"密实的流年式的叙写"[①]，韩鲁华称之为"生活漫流"式叙述，王春林称之为"生活流"式叙事。我认为，王春林所定义的"生活流"式叙事更加容易被理解和接受，因此，本文沿用了王春林定义的"生活流"叙事，对贾平凹"密实的流年式的叙写"进行分析与论述。

贾平凹"生活流"叙事，以自然流动的历史时间顺序展开叙述。因此，文本在整体上通常使用顺叙的叙述手法。在对细部的叙述中，常用插叙进行细节的铺垫与补充，偶尔也使用预叙。贾平凹"生活流"小说所呈现的，通常为叙事时间较短的小跨度叙事，通过细部的雕琢，加大了文本疏密度，放缓了叙事时间速度及叙事节奏。

亚里士多德在《诗学》中，曾分别强调了情节的连贯性与完整性，这意味着情节必须依附在长度较为适中，甚至宽裕的时间段中。而细节则是"'细小的事情或情节'，……是感官对外部世界的反映"[②]，这里的"细小"与"反映"决定了细节短促而自由的时间跨度与灵活度。我们可以将贾平凹笔下的"年"与"月"，视为情节所代表的连贯性与完整性，而"日子难过"，则道出了细节描摹对于"生活流"叙事的必要性与重要意义，与此同时，也意味着

[①] 贾平凹. 秦腔［M］. 北京：作家出版社，2018：518.
[②] 张柠. 论细节［J］. 当代文坛，2021（05）：12.

对于情节连贯性与完整性的拆解。细部的精雕细琢，绕不开时间亘古不变与瞬息万变之间的碰撞与融合。历史时间是客观持续运行的自然时间，叙事时间也称文本时间，是通过叙事呈现并存在于文本中的时间。我们可以从文本内部和外部两个层面对"时间"进行考察，一是历史时间与叙事时间的对比，二是叙事时间的速度与小说文本疏密程度的比较。我们分析叙事时间，更确切地是对叙事时间速度的考量，"叙事时间速度是和叙事情节的疏密度成反比的，……在本质上是人对世界和历史的感觉的折射，是一种'主观时间'的展示"[①]。《秦腔》之后的大部分小说文本，充分反映了情节疏密度与叙事时间速度的反比例关系，这也成为了贾平凹独特叙事形态的特点与关键所在。细部描写的稠密与丰富，直接黏稠了文本的疏密度，加大了叙事的强度，叙事时间速度便会变得愈加缓慢。这就影响到了读者的阅读速度，细节密度越大，阅读速度越慢，读者的阅读惯性与阅读期待也会受到相应的冲击和打压。"事实上，众多日常生活的表象迅速地导致'典型'的思想机制瘫痪"[②]。按照以往的阅读经验，我们掌握故事线索，依靠的是典型环境中塑造的典型人物，而西方现实主义小说传统模式中的情节铺垫、冲突与高潮，是最抓人眼球、最令读者期待的阅读快感所在。但从《秦腔》开始，贾平凹硬是与读者的阅读期待"较起了劲"，开始实施他在《高老庄》后记中要改造、征服并最终吸引读者的"计划"。贾平凹的这种全新的叙述方式，如农民般日复一日地耕种，"絮絮叨叨"地与生活对话，还原生活最原始、真实的状态与境况。一切看似可有可无，却在自在的"细部"中静静流淌着"无用之用"的价值与

[①] 杨义.中国叙事学（增订本）[M].北京：商务印书馆，2019：195.
[②] 南帆.当代文学、革命与日常生活[J].南方文坛，2013(04)：8.

魅力。

《秦腔》从整体上按照历史时间的自然线性流动展开叙述，描写了发生在清风街上大大小小的家事和政事。小说的叙事时间差不多只有一年，而在文本的阅读过程中，读者对于"时间"似乎进入了一种"失控"状态。"鸡零狗碎"的日常琐事，使时间感越发膨胀，仿佛"熬"过了五年、十年。随着文本阅读的深入，读者没有找到强烈的戏剧性冲突，取而代之的，依旧是家家户户的是是非非与吵吵闹闹。毋庸置疑，就是这种"唠唠叨叨""吵吵嚷嚷"的日常"细部"，支撑起了叙事时间只限定在短短一年的小跨度叙事，文本密度在每家每户的纷纷扰扰中愈加浓稠、绵密，叙事速度也随之放缓甚至凝止，与此同时，读者的阅读期待被日长似岁、永世无穷的时间感消弭殆尽。从这一点上说，贾平凹真正做到了同读者的阅读期待和惯性"硬碰硬"。

维克多·什克洛夫斯基最先提出了"陌生化"（反常化）的概念，"艺术的手法是事物的'反常化'手法，是复杂化形式的手法，它增加了感受的难度和时延，既然艺术中的领悟过程是以自身为目的的，它就理应延长"[①]。贾平凹在叙述模式上所制造的"陌生化"效果，充分体现了叙事形式的实验性与原创性。作家创作的受众虽是读者，但它首先应属于作家本人，作为不断进行文学形式实验的贾平凹来说，这种尝试是欣慰且必要的。再者，读者和小说文本之间存在双向选择性，选择接受这种叙述模式的读者，即是选择了通过阅读来"领悟自身"，那么贾平凹"生活流"叙事所带来的"感受难度和时延"，对于这些读者来说，既是一种阅读挑战，更是一

[①] [俄] 维克多·什克洛夫斯基. 作为手法的艺术 [M] // [俄] 维克多·什克洛夫斯基, 等. 俄国形式主义文论选. 方珊, 译. 北京: 生活·读书·新知三联书店, 1989: 6.

种反观自身的艰难过程与必经之路。这种被延长了的或者需要重新咀嚼的感受过程,所换来的可能是预设之外的前所未有的感悟与收获,"故意违拗读者的期待,……看上去破坏了读者预设的故事进程,……有时会产生令人意想不到的奇妙结果:读者在更高的层次上获得了满足,同时也得出了作家比自己高明的印象"[1]。

在这里,我们感受到《秦腔》的"一地鸡毛"看上去是"反故事性"的,但我们却能从任意一片羽毛中捡拾到生活的具体片段。放眼望去,这"一地鸡毛"缺少连贯而完整的故事性,但当视线稍加凝止,便会发现到处都是故事,处处都有生活。因此,在叙事情节上,"生活流"叙事呈现出"故事性"与"反故事性"的悖论与张力。《秦腔》开头,戏楼上引发骚乱,引生只好带着剧团演出队长去找老主任夏天义主持大局。按照我们以往的阅读经验和惯性,去夏天义家这一段通常会被作家一笔带过,因为我们更关注的是夏天义到了戏楼后,如何化解骚乱的相关情节。而贾平凹在此,却偏偏放缓了叙事时间速度,将一个个琐屑的细部,从容又丝丝入扣地填充进线性的时间轴当中。一路上,引生首先瞥见了翠翠和陈星偷欢。随着脚步的移动,他们由歪歪扭扭的巷子,聊到了夏天义家的风水,又由风水聊到了夏家房子的由来,其中用插叙的方式牵扯出了新中国成立初土改时白家与夏家的恩怨,又从中勾连出夏家四兄弟及他们的儿女及配偶等情况,队长也由引生的介绍串连起了夏风与夏天义之间的关系。话音未落,两人便遇到了夏天义的儿媳竹青,简单交流后,终于到了院门口,敲动门环迎接他们的是夏天义家名叫来运的狗。引生隔着铁门向屋里的夏天义喊话,开门的竟是来运。进了院子,引生向夏天义说明了戏楼的情况,才要往出走,

---

[1] 格非. 小说叙事研究 [M]. 北京:清华大学出版社,2002:22.

夏天义又折返将褂子和眼镜取了出来。这一系列看似对人物目的、故事情节毫无用处的"赘言"，真正做到了以"无逻辑"的"东拉西扯"，体现闲话家常的普遍逻辑与真实状貌。每一个人，甚至来运那条狗，都有着属于自己的独特生命轨迹。人掺着事、事绊着人，这就是生活片段繁乱而清晰的本来面目。

看上去，《古炉》以自然的历史时间为叙述顺序，实际上讲述了从1965年冬季到1968年春季，围绕"特殊时期"这一中心事件，发生在古炉村的纷繁故事。文本字数六十六万字，是贾平凹目前为止体量最大的长篇小说作品。在惯性思维的驱使下，人们通常认为，如此大体量的长篇小说，应该是对故事人物几十年、一辈子甚至家族几辈人的大跨度叙事，如陈忠实的《白鹿原》、梁晓声的《人世间》等。但是，长达六十六万字的《古炉》，却偏偏只描绘了短短一年半里发生的故事。根据读者以往的阅读期待、经验与惯性，叙事时间似乎与历史时间不成比例，令人匪夷所思。然而，能将如此巨大体量的小说文本限定在如此有限的叙事时间内，这无疑是对作家各方面写作能力的巨大考验，这就涉及了绵密繁杂的细节描写，而细节描写的长短，又直接影响到小说的文本疏密度和叙事时间速度。

"生活会给我们提供丰富的细节，细节的丰腴和典型可以消除观念化带给作品的虚张，使作品柔软而鲜活"[①]。贾平凹是一位名副其实的生活观察家，他用细腻、敏锐的洞察力和坚定不移的叙事耐力，擘肌分理地拼凑出生活最逼真、鲜活的诸法实相。在《古炉》中，贾平凹并没有着力强调生活的艰难与贫穷，他只是将与之

[①] 贾平凹.生活会给我们提供丰富的细节［M］//林建法,李桂玲.说贾平凹（上）［M］.沈阳：辽宁人民出版社，2014：49.

有关的碎片"随意"地散落于文本的诸多细节当中。当我们将一片片散落的细节碎片捡拾到一起,便能够聚敛出生活中切切实实、惊心动目的贫穷与饥饿:古炉村人不是不喜欢吃米,而是舍不得吃,因为一斤米可以抵换一斤八两或两斤苞谷,在村人眼中东西好吃与否并不重要,重要的是能够尽量多吃一些,因此他们经常将米换成苞谷;霸槽出门不忘拿猪尾巴蹭蹭嘴,这样看上去嘴唇既厚实又带着油光;村里的男人买不起瓶装酒,实在馋酒,就用苞谷制酒,后来粮食紧缺得连苞谷酒也舍不得做了;牛玲在自家屋脊上给狗尿苔向下扔柿子,狗尿苔好不容易接住了,柿子却在他手上摔得稀碎,于是他将沾满红酱的十个指头全部仔仔细细地舔了一遍;树上的柿子只能吃一两个,其余的要拌稻皮子做炒面,如果将柿子都吃了,二三月就要断粮了;狗尿苔好不容易吃了顿稠饭,跑着出去玩儿,蚕婆叮咛他跑慢一些,不然跑着跑着肚子又饥了;狗尿苔用火柴点火,生怕浪费了其中一根,就先把火柴放到耳朵里温一温,再点火;狗尿苔看到荠荠菜的嫩芽舍不得吃,因为过了年可以用长大的荠荠菜煮锅或者将其包在窝头里吃;家里没有多余的吃喝,女人们只能用清水供奉梅、葛二仙;狗尿苔在霸槽那里好不容易吃撑了,却忍不住想吐,但他捂住了自己的嘴,舍不得将饭菜吐出来……深入文本,我们看到,类似这种细节的碎片散落于文本的"沟沟岔岔"之中。在文本中,贾平凹完全没有使用只言片语来描绘和强调生活上的贫穷与饥饿,而是通过人物动作或语言等行为,来"描述"和还原他们生活中的原本状貌,就在这"不经意"的生活呈现中,让我们清楚地目睹古炉村人触目惊心的饥馑与贫困。可以说,贾平凹就是在对存在世界表象的"抽丝剥茧"中,还原、聚拢出"众生喧哗"的世界本相。这种由诸多"细部"逐渐拼凑出的生活境况,既能更加深入、立体地贴合作家的叙事意图,又能够成为支撑起文本的源源不断的叙事动力,它所迸发出的,是涓滴成河、震撼人心的叙事力量与效果。

《古炉》中有一段描写狗尿苔和牛玲在屋脊上的所见所闻,文本通过人物的视线流转,从整体上采用顺叙的自然时序进行叙述。狗尿苔看到牛玲在屋脊上,也想上去,但他个子矮小只能求助于牛玲,牛玲就戳他的软肋戏耍他,终于上了房,牛玲笑话狗尿苔笨。为了回击,狗尿苔让牛玲把帽子戴好,此时用插叙,牵扯出了牛玲半拉左耳的往事。两人在房上一边吃柿子一边将视线下移,看到了巷道里走过的面鱼儿老婆,他们随即对女人的屁股品头论足了一番。在他们打趣的同时,只见面鱼儿老婆敲了三婶的门,此时,文本又采用插叙的方式对面鱼儿的来历、婚姻及开石对面鱼儿的"不孝"进行了补充。插叙完毕,又回到自然时序进行叙述,面鱼儿老婆来向三婶借一升面,两人的对话中又牵扯出了开石媳妇即将临盆、派发救济粮等家长里短。此时戴花路过,三个女人嬉笑打趣,戴花一抬头,对上了屋脊上的狗尿苔和牛玲,三人目光的对接完成了一次视线流转的交互与闭环。在《古炉》中,这种看似与故事线索毫无关系的黏稠的细节不计其数,即是南帆口中"剩余的细节"。一方面,这种细节描写增大了文本疏密度,拖延了叙事时间速度,读者在一次又一次的"无效片段""孤立片段"中,丧失了最初对悬念的阅读期待。另一方面,贾平凹有意将故事情节日常化、片段化、零碎化,这就直接导致了对历史"宏大叙事"的弱化与拆解。我认为,作家采用这种叙事逻辑存在两点考量:第一,贾平凹在《秦腔》文本中以收核桃的例子,侧面回答了他之所以设置诸多"无效片段""孤立片段"的原因。"明明已经打净了,可换个地方一看,……怎么还有一颗?再去打了,再换个地方,又有一颗。核桃永远是打不净的"①。这段极其普遍、日常的行为与经验，恰恰可以作为"生活流"叙事逻辑的佐证，也是细部描写"无用之用"的特点与价值所在。日常生活所呈现的就是那些纷繁凌乱的细部流动，如果将之移除，就无法透视生活真正的肌理与构造。同理，如果将这些"多余""无效"的片段剔除，便无法还生活以最本真的模样。第二，贾平凹书写生活中的零碎片段，是以对不同维度的观照，呈现不同的生活面向，这种对生活多维度的细密呈现，能够更加自然地透视、还原出存在世界的本相。第三，贾平凹要让读者看到，伴随着中心事件的"从天而降"，抽象的、历史的恶，不足以直接颠倒生活、扭曲人性，而具体的直接关联到日常生活中的贫穷与饥饿，才是压垮人性的最后一根稻草。从这一点上讲，以无数细节描写支撑起的叙事结构，最能体现历史闯入生活时，格格不入的触目惊心和千疮百孔的破碎之感。

  与贾平凹以往的十七部长篇小说相比，《暂坐》从创作体量上来说，算是比较轻逸的作品，只比《妊娠》《土门》《怀念狼》《病相报告》《极花》字数多一点。但如果与其他作家长篇小说的体量相比较，《暂坐》将近二十二万字的创作体量实属正常。根据我们通常的阅读经验，二十余万字的小说，所叙述的时间跨度应该不会过短，但《暂坐》却仅仅呈现不到一个月的叙事时间。确切地说，详细描写的有效叙事时间只有半个月左右。通过文本的细读，可以找到关于叙事时间的一明一暗两处答案。首先是小说中具体指明的时间。文本第三十二回，海若得知冯迎死讯，冯迎的离世和伊娃来到西京的日子差不多。伊娃来到茶庄已"十四五天了"，这里明确指出了从第一回到第三十二回的叙事时间，这"十四五天"也是文

---

① 贾平凹.秦腔[M].北京：作家出版社，2018:98.

本主要叙述的时间跨度。而海若接受市纪委调查也是在同一天,在海若被调查的第二天,辛起丈夫来茶庄闹事并与高文来大打出手,两人被带到派出所,随后茶庄发生爆炸。这一系列事情都发生在第十六天。再从第三十五回的"直到第三天中午"高文来被放回来,到"过了四天"伊娃和辛起去了机场,中间又过去了六七天。仔细算来,小说文本完整的叙事时间应是二十二三天。再来考察暗处的时间标记。文本开头,海若装修二楼作为佛堂,是因为要迎接活佛的到来。而文本第六回透露出活佛到达的具体时间分别是"一个月里"和"半月里到不了",从侧面隐晦地交代了整个小说的时间跨度和详细描写的叙事时间长度。值得注意的是,在《暂坐》开头,作家就点明了故事发生的时间——2016年初春,但从冯迎遭遇的"马航空难",又将小说的虚构性拉回到历史时间的维度上。历史上,"马航空难"的发生时间是2014年3月8日,这明显与文本开头提到的故事时间发生矛盾。我们发现,时间上的冲突与错位,不止一次地出现在贾平凹的小说作品之中。这当然不是作家不清楚历史事件发生的具体时间,只是作家希望通过时间上的错位,来模糊历史与小说之间的关系与距离,毕竟,小说创作的主要意图不是梳理历史,而是对世界、对生活、对自身的认识与反思。

具体地说,《暂坐》第一回到第四回,共三十四页,却仅仅描述了从日出到日落十几个小时里发生的事情。小说从视点人物伊娃回到西京城的第二天清晨开始讲起,其间出现了很多人物,并围绕这些人物,发生了一些纷繁芜杂的日常琐事。伊娃看不惯中国人的某些习气,却又乐于观察流动于大街小巷姿态各异的"走虫"。小说从她还未醒来开始,夹杂着这位俄罗斯姑娘独特异域视角的细部描写,便已经开始上演。于是伊娃来到了暂坐茶庄,从见到的小唐、小苏、小甄、张嫂等人,到一楼、二楼的布局与摆设,再到目标人物海若的出现，无论是对人物外貌、语言、神态、动作的描写，还是对空间的布局以及对家具摆设的形容与刻画，都描绘得精细而传神。随后，海若带伊娃去见陆以可，中途又碰到范伯生，空间在改变，叙事视角依然是伊娃。三人分开以后，范伯生去找羿光，空间变为拾云堂，叙述的角度也由伊娃的限制叙事转为了全知叙事。从日出到日落，时间的推移，使空间、人物和叙事角度进行着不断的转换，膨胀了情节疏密度的同时，叙事时间速度也随之减慢。

贾平凹曾多次提到，不必刻意将小说按照题材进行分类，不能将作家或作品困囿于某种类别之中。像《秦腔》《古炉》和《废都》《暂坐》，我们就不应该简单地将前者看作农村题材小说，将后者视为城市题材小说，这种归类与区分显然是粗暴的、不恰当的。这些小说，关注的中心和重点不是历史、时代或地域，归根结底，贾平凹小说文本描述和呈现的中心点，是人和人性，是人自身以及人与人之间的复杂关系等问题。

我们必须清楚，《秦腔》《古炉》等作品只是将作家关注的视域集中在了乡村，在乡土社会中，人与人之间的关系是张极其繁杂而浓密的大网。贾平凹所运用的叙事策略，符合乡土社会农民的日常生活状貌，更贴合人与人之间黏稠与焦灼的关系与状态。在这里，我们可以将象征乡土社会人与人之间关系的那张网，比作捆扎在一起的稻谷，抽出一根或者多根，依旧紧密而牢固。与《秦腔》《古炉》不同的是，《暂坐》的文本密度不再有密不透风的厚重与焦灼之感，在细部的处理上加大了可以吐纳呼吸的空隙。《暂坐》的故事发生在西京城内，现代社会人与人之间的关系看似也是一张网，但这张网相较于乡土社会就显得断断续续、似有还无，这捆稻谷羸弱而松散，随便抽出一两根，这张网就面临崩溃与断裂的风险。到最后，连接人与人之间关系的线消失了，只剩下零零星星、斑斑驳驳的几个点。鉴于现代社会中人们工作与生活的丰富性、多变性，以及人与人之间关系的若即若离，贾平凹自然不会再像描写乡村日常生活那样展开叙事，他开始为细节"留白"。"文字与文字之间是要有呼吸的……作品的意义常常就在那些空白之处"[①]。细节依然存在，但从《暂坐》的文本中，能够明显感受到叙事密度的微妙变化。作家不再事无巨细地写尽生活中的鸡零狗碎、细枝末节，而是为自己想深入表达的关系与细节，留出供人思考与揣度的空隙。

或许，对一部作品而言，叙事的空隙，就存在于一个眼神或一抹浅笑之中。此刻，身为读者的我们，便会参与进小说文本之中。一开始，这种行为或活动可能是被动的，但久而久之就会变得主动而自觉，我们所揣测和想象的，或许就是作家留出的那片空白，也或许不是。总之，为细节"留白"，带来了内容与叙事的张力，使作家和读者分别对叙述和阅读产生活力与冲动。

《暂坐》的第四回，第一次正式介绍羿光和他的拾云堂。开头便是范伯生去找羿光，从上下文中，读者可以得知范伯生应该经常去拾云堂。他首先听到屋里有人声，按了门铃后声音却停止了，他便意识到了羿光的"不方便"之处，屋子里应该不只羿光一人。于是为了确认，他又按了一次门铃，依然无声，他立即领会了这"此处无声胜有声"的意思——屋里必然还存在一个女人，便留下一句"哦，你忙"下了楼去。范伯生的一系列动作和反应证明了类似事情绝非第一次发生，他应该是在经历过此类事件之后，得到了经验和教训，才与羿光之间形成了这种心照不宣的默契。在此段叙述中，羿光既未露面，也未留下只言片语，却实实在在地参与到了这

---

① 贾平凹，武艺.云层之上：贾平凹对话武艺［M］.桂林：广西师范大学出版社，2021：129.

场交流当中,以"不在场"的"在场"完成了"暗号"的传递,这是存在于两个男人之间的默契,画面感十足。之后,羿光向范伯生介绍自己收藏的雕刻,说它们一旦被雕琢就具有了灵性,范伯生随即意味深长地问"那你干什么它们就知道了"[①]?其中的"意思",当然特指羿光和那些女人发生的男女之事。羿光于是便让范伯生看卧室门口象征"天聋地哑"的石雕,暗示其守口如瓶。耐人寻味的是,这石雕摆在卧室门口,颇具戏谑性,有种"此地无银三百两"的讽刺意味。最后,范伯生在得知出国考察的冯迎完全没和羿光联系时,很是讶异,于是出现了"你不是跟她好吗?……我和那十姊妹都好"[②]的一问一答,接着,羿光一边耸肩一边表演性地笑了笑。范伯生的反问充满了戏谑和调侃,我们可以有两种理解,其一是冯迎和羿光的交情颇深,其二就是两人之间存在超越友谊的关系。读到此处,我们大概从两个男人日常的互相调侃中,更偏向于对冯迎和羿光关系的第二种理解。但羿光之后的话又让人顿感疑惑,加之他的耸肩和明显带有表演性质的笑容,让人分不清羿光话语与表情中的真真假假。这种细节处的"留白",为这场对话增添了太多的戏剧性和神秘色彩,瞬间调动起我们探究真相的欲望。至于羿光与冯迎、与十姊妹,有没有超越友谊的关系,读毕小说,每位读者心中都会给出不同的答案。我们可以明显看到,叙述上的空隙,清晰而活泼地流转于两人的交流之中。无疑,对于"空白"的处理当然不是简单地放之、任之,从头至尾,两人并未将事情点破,但通过作家对语言、动作、神态等一系列的细部描写,其中的"细枝末节"若隐若现、呼之欲出。为细节"留白",一切画面跃然

---

① 贾平凹.暂坐[M].北京:作家出版社,2020:31.
② 贾平凹.暂坐[M].北京:作家出版社,2020:34.

纸上，这种叙事方式，既隐晦暧昧，又灵动鲜活。

在文本中，海若时常思考她和羿光之间的关系，其实是在试图理解自己身为女人的身份和角色。第十六回讲，海若一旦有了烦心事就习惯向羿光倾诉，两人的关系在精神上十分亲密，在身体上却相当疏离，他们虽连一个拥抱都不曾有过，但海若坚信羿光是爱着自己的。读到这里，读者自然会感叹海若和羿光感情的稳固与纯粹，但随着故事的推进，我们一定会对叙述的可靠性产生困惑与怀疑，两人的关系似乎并不像海若之前所描述的那样简单而超尘。第三十二回，海若回忆初与羿光认识的时候，用了"随心所欲"和"乐此不疲"来形容，她时常到羿光家玩乐，为其做饭，并共享晚餐。一切看似都保持在正常和安全的范围内，但"她也会在黎明前回家"，顿时使阅读产生强烈的冲击，"随心所欲"与"乐此不疲"，大概就发生在"黎明前"这一象征着神秘与暧昧的时间段。读到此处，读者大概仍然会对自己的推测表示怀疑，取笑自己对二人的"欲加之罪"，但继续阅读，我们便会逐渐将对自身在理解上的怀疑，转移到对海若和羿光关系上的怀疑。半夜三点，羿光的"需要你来"和海若压住笑回问的"需要我干啥"，俨然充斥着情侣之间的调情意味，而且，结合语境，读者能够感受到类似的对话绝非第一次发生。随后，从海若洗澡，穿上粉色内衣，到最后换上黑色网状紧身内衣，这一系列行为背后的真相昭然若揭。但是，每位读者的理解与想象都不尽相同，愿意忽略什么，强调什么，相信什么，这也正是作家贾平凹馈赠给读者的无尽想象空间。

"在叙事文学中，'情节'和'细节'地位的变化，决定了文学形态的变化"[①]。贾平凹"生活流"小说在整体情节上通常缺少中

---

① 张柠. 论细节 [J]. 当代文坛, 2021 (05): 13.

心事件,呈现"去中心化"的特点及状态。"生活流"叙事以绵密繁杂的细节流动支撑起小说的整体结构,像拼图一样逐步拼凑、还原出日常生活的原始脉络,呈现出"团块"或"块状"的叙事结构。如果说,零碎而繁乱就是生活本身的结构,那么,生活本身的结构也就自然而然地形成了贾平凹小说文本最根本的叙事结构。

"清风街的故事从来没有茄子一行豇豆一行,它老是黏糊到一起的"[1]。"每一次闲聊还不都是从狗连蛋说到了谁家的媳妇生娃,一宗事一宗事不知不觉过渡得天衣无缝"[2]!这正是贾平凹采用"生活流"叙事进行文本创作的现实依据和叙事逻辑。这种"黏稠到一起的""一宗事接一宗事"的生活脉络和叙事逻辑,充分体现了"去中心化"的叙事特点。我认为,贾平凹"生活流"小说情节的"去中心化"具备两点特征:第一,"生活流"的叙述对象大多为普通老百姓。普通老百姓琐碎芜杂的日常生活通常不会发生巨大的戏剧性冲突事件,但反过来说,平凡的小事在不同对象看来意义却天差地别。换句话说,在"生活流"小说中,人人都可以成为叙事中心,"不起眼的小事"也可以成为固定对象的重大事件。"去中心化"呈现的是一种整体透视局部,局部把控并辐射整体的基本叙事格局,体现了"生活流"叙事的平等性、统观性与开放性。第二,乡土社会亲缘、地缘等的关系以及"一宗事接一宗事"的生活逻辑,决定了人与人、事与事之间的不可割裂与相互缠绕,体现了"生活流"叙事的关联性与交互性。

《秦腔》以"残缺人""守村人"引生,作为视点人物,通过纯客观叙事、全知叙事、限制叙事等多重视角的凝止与转换,对清

---

[1] 贾平凹.秦腔[M].北京:作家出版社,2018:98.
[2] 贾平凹.秦腔[M].北京:作家出版社,2018:26.

风街一年里发生的家事、政事等进行叙述。小说从整体上按照时间顺序的线性流动，自然而然地流淌出生活本身的脉络与状貌，也因此摒弃了充满戏剧性的中心事件。而且，视点人物引生的自我阉割，呼应了"生活流"叙事在情节方面的"去中心化"。剔除了强烈戏剧性冲突的情节，在某种程度上就是对传统小说叙事模式的一种"蹂躏"与"阉割"，投射出贾平凹对小说叙事模式不断尝试与创新的实验精神。我们看到，《秦腔》隐去了高潮迭起的中心事件，由一明一暗两条基本故事线索关联而成。发生在清风街的家事和政事汇聚成了故事的明处线索，秦腔艺术的衰败和乡土社会的土崩瓦解，则匍匐于文本的深处、暗处，两股线索纵横交错、盘根错节，从整体上呈现出"团块状"的叙事结构。在"家事"这一明线中，主要存在两条情节线索。其一是引生对白雪的爱情，其二围绕以夏天义、夏天智为中心的夏家家务事展开叙述，并由家庭内部人与人之间错综复杂的相互关系，辐射、蔓延出了整个清风街的生活图景，同时也由夏天智、白雪等人对秦腔的热爱，勾连出了秦腔等传统艺术衰败的暗线。在"政事"这一线索中，存在两个叙述重点。一是突出了以夏天义和君亭为代表的夏家两辈人之间，在意识形态、政治主张等方面的相互对立；二是叙述以君亭为首的"新一代"村班子，对清风街村务的日常处理，反映出了改革开放以后，基层干部在处理村务中存在的诸多问题。我们在前文已对这些"乡村政治"问题进行了详细分析，这里不再赘言。从君亭等人的建设市场、置换鱼塘，到夏天义的七里沟淤地，逐步拼凑出乡土社会土崩瓦解的残酷现状。在《秦腔》中，明处的故事线索越冗长、细腻，所影射出的暗线就越深刻、清晰。或许，少数人的努力与坚持无法撼动历史前进的脚步，在文本的末尾，在乡土社会处于弥留之际，夏天义染上了吃土之癖，这种行为，俨然是对乡土社会痛彻心扉、撕心裂肺的特殊告别。七里沟的山体滑坡，掩埋了将泥土溶于血液的夏天义，更意味着乡土中国的日落西山与支离破碎。同样的逻辑，也发生在白雪和夏天智等热爱秦腔，并试图守护秦腔的众人身上，令人惋惜与痛心。如上所述，自《秦腔》开始，贾平凹终于寻觅到了既切合创作意图又顺应生活逻辑与状貌的叙事形态。可以说，《秦腔》从正面反映了"生活流"叙事与日常生活肌理的契合与统一。

《古炉》与《秦腔》一样，从整体上看，仍旧采取"生活流"的叙事方式进行故事的叙述，但随着文本叙述的深入，前者与后者在叙事结构上产生了明显的不同之处。《秦腔》从整体上看缺少中心事件，而是以局部的细节支撑起叙事的脉络，呈现"团块状"叙事结构。而《古炉》的后四部分，无疑围绕着"特殊时期"这一中心事件进行故事的叙述，从而引起小说在叙事结构上的明显变化。《古炉》的前两部分即"冬部"和"春部"，延续了《秦腔》的叙事风格，贾平凹将日常生活零碎、细密地铺展开来，再以"蒙太奇"的方式，逐渐演绎出古炉村日常生活的真实状貌，因此，《古炉》的前两部分呈"团块状"的叙事结构。随着中心事件序幕的缓缓拉开，打破了古炉村村民的日常生活秩序，团块状的、混沌的叙事结构也随之被颠覆。如果将富有重大戏剧性冲突的"特殊事件"视为故事情节的高潮部分，那么小说文本前两部分的日常生活，则自然而然地成为了日后中心事件的情节铺垫，因此，整体的叙事架构也从"团块状"，转换为中心事件一以贯之的"线性"叙事结构。

《古炉》的前两部分，主要以故事人物的日常生活为叙述主体。从整体上看，文本交代了古炉村的历史及朱姓、夜姓两大家族的恩恩怨怨。从局部上讲，由亲缘关系和地缘关系在日常生活中的密集流淌，勾连出了古炉村的众多人物形象。其中着重刻画了狗尿苔、蚕婆、善人等人的良善与悲悯，夜霸槽无处施展的野心与抱负，以及支书朱大柜对村务等的处理情况。这些内容都可以看作后面"高潮"的情节铺垫，一切都仿佛做好了准备，忧心忡忡又满怀好奇地静待着中心事件的"野蛮入侵"。从"夏部"开始，混沌的大雾被夏风吹散，叙事节奏显著加快，叙事重点愈加清晰，小说文本开始有了触目惊心、波澜起伏的故事情节。也就是从这一部分开始，小说整体的叙事格局，由"团块状"向"线性"结构转换。这条"线性"结构由两股故事线索组成，一股以霸槽和天布为主要人物，描写他们的明争暗斗。霸槽先人一步组建了"榔头队"，此时的天布处于劣势地位，两方的关系类似于《山本》中的井宗秀和阮天保。另一股以狗尿苔、蚕婆、善人等人为主要人物线索，描写他们在古炉村"特殊时期"初期的日常关照与救赎行为。随后的"秋部"和"冬部"，依然按照"夏部"的叙述方式，在描写狗尿苔等人的同时，叙述"榔头队"和"红大刀队"斗争的升级以及情节高潮部分的最终武斗。两股线索互相拉扯，彼此呼应，蚕婆、善人等人的悲悯与救赎，如镜子一般反射出"造反派"对权力欲望的无限贪婪，以及人性的狰狞与残暴。在小说的最后部分"春部"，此次中心事件最终以霸槽、天布等人被解放军枪决而落下帷幕。当一切尘埃落定，春夏秋冬依旧周而复始地更替着，古炉村的日子还要继续，被"造反派"们打乱的秩序将会在伤痛中慢慢复原。支书曾经说过，"我不允许古炉村没个秩序"[①]！这里的"秩序"就是古炉村细水长流、平凡琐碎的日常生活。如果说，《秦腔》从正面反映"生活流"叙事结构与日常生活肌理的契合与统一，那么，《古炉》由"生活流"叙事的"团块状"向"线性"叙事结构转变的写作意图，就是

---

① 贾平凹. 古炉 [M]. 北京：人民文学出版社，2011：32.

要与小说的中心事件针锋相对,从自然、历史与生活的角度反映"特殊时期"的"宏伟目标并未顺利地移植到日常生活领域"[1]。也从反面证明古炉村日常生活秩序与那个"特殊时期"之间产生的荒谬感、割裂性与破碎之美。

  从叙事结构上看,《暂坐》并无类似于《古炉》中那个"特殊时期"之类的中心事件,而是通过一明一暗两条故事线索进行文本叙述。两条线索时而"各行其是",时而交替盘旋,整体上仍呈"团块状"叙事结构。《暂坐》虽然将叙述的场域由乡村转移到了城市,本质上表现的仍是人与人在日常生活中的各种关系,因此,依旧属于"生活流"叙事。小说中的明线,是以暂坐茶庄老板海若作为关系的中心展开叙述。文本中出现的羿光、伊娃、陆以可、严念初、希立水、虞本温、司一楠、徐栖、应丽后、向其语等人,都是通过海若这个中心关系形成交集并逐步向外扩展。随着故事的深入,这些关系最终或亲密无间、盘根错节,或产生嫌隙、渐行渐远。小说中的暗线又可一分为三,分别以夏自花、冯迎和活佛为关系的主体展开叙述。夏自花在茶庄众姊妹眼中是象征人性良善的化身,文本虽未在这方面留下只言片语,但从夏自花生病,众姊妹的用心照料这一点,完全能够证明夏自花的为人以及她与众姊妹间的良好关系。同时,也体现出贾平凹的"生活流"叙事不直接点破人物特点,而是采用一种"拼图"式的,以一个个看似无用实则至关重要的细部,逐步拼凑出人物性格特点的叙述方式。当我们通过自身的琢磨与"摆拼"完成人物形象的还原,这份成就感远比平铺直叙更具穿透力和持久性。大概连海若也无法做到像夏自花这样将众姊妹紧紧地黏合在一起,她们之间虽然存在小恩小怨,但在夏自花

---

[1] 南帆.当代文学、革命与日常生活[J].南方文坛,2013(04):7.

面前却不约而同地形成了一团和气的默契,这其中有她身染重病的原因,但最重要的一定还是缘于夏自花本身。可以说,夏自花的存在维系着众姊妹关系的相对平衡,随着夏自花的病逝,众姊妹走的走,散的散。作为茶庄众姊妹中的一员,冯迎应是自在与洒脱的标志。她精于绘画,崇尚自由,热爱自然。在众姊妹当中,冯迎并不富有,也不看重金钱与名利,却最具贵族气质,她的积蓄都用在了购买笔墨纸砚和旅游上。这份恣意与洒脱让众姊妹艳羡,却也是每个人可望而不可即的存在,也正因如此,冯迎在众姊妹心中有着超然的位置。冯迎从头至尾没有露面的原因,其实是在伊娃回到西京城的前一天,也就是叙事时间开始的前一天,她就已经遭遇"马航空难"而不幸离世。而众姊妹的日常生活依旧按照冯迎的存在而按部就班,这其中充满了戏谑与荒诞,用视点人物伊娃心中产生的"弥天大谎"四字来形容再合适不过。夏自花的病逝,对众姊妹来说已经是相当沉重的打击,冯迎的猝然罹难更是雪上加霜般的灾难。在已然消逝的生命面前,众姊妹为名利、金钱等欲望而深陷的纠结与痛苦显得一文不值、可笑至极,与此同时,存在于众姊妹身边踏踏实实、真真切切的精神依托也随之轰然倒塌。如果说,夏自花和冯迎是众姊妹心中作为具象存在的精神依靠,那么,活佛便显得越发抽象与虚无。众姊妹越是折腾,为自己制造的烦恼便成倍增长,一切似乎进入了纠缠不休的死循环,活佛便成为了她们精神世界中象征希望与救赎的最后一根"救命稻草"。众姊妹如枯苗望雨般期待着活佛的到来,等来的竟是这样的回答。从"一个月里""半月里到不了""二十天之内",到"没准确日期",再到最后的"说不准""等着",希望被一点点消磨殆尽。然而"临时抱佛脚"真的有用吗?难道活佛一来就能够力挽狂澜吗?众姊妹心里清楚,这只是她们掩目捕雀的托词和借口。说到底,自欺欺人最终的下场,就是由诸神充满化为子虚乌有。

耐人寻味的是,由夏自花、冯迎和活佛所组成的象征着良善、自由、救赎与希望的小说叙事暗线,蕴含着三种迥然不同的生命状态。从生机勃勃到骨化形销,一切都是从始至终的线性运动,一切又是存在与虚无之间的无尽轮回。贾平凹在《暂坐》中,叙述着时间与空间的依存与转换,同时也忖量着茶庄众姊妹、芸芸众生以及作家本身的存在路径与生命形态。

我们之所以将蕴蓄出"生活流"叙事的主体力量概括为"细部",而非"细节",是因为"细部"不仅包含与"情节"相对应的"细节",还包括作家对于叙事语言、话语方式等的细处把握。

《秦腔》之前,受当时社会、政治、文化等环境因素影响,被冠以"乡土作家"的贾平凹,在小说语言运用上虽偶有变化,但在语言的整体风格上,仍呈现出雅致化、散文化、书面化等特点,孙犁、沈从文、废名等作家的影响"如影随形"。前文提到,《废都》之后,贾平凹开始意识到"辞章灿烂,情趣盎然"等"标签"对其小说写作的束缚,并开始寻觅自己在语言与形式上的出路。贾平凹在《白夜》后记中提到,在叙事话语上,无论是"说书人"式、"作报告"式,还是"文化人"式叙述方式,都与他想要表达的主题与意蕴存在偏差与错位,在文本的呈现上,无法达到"浑然天成"的效果与境界。随即,贾平凹提到了他对于语言技巧方面的新领悟,"说平平常常的生活事,是不需要技巧,生活本身就是故事,故事里有它本身的技巧"[①]。因此,贾平凹开始以一种"闲话家常"的话语方式,如亲朋好友一般,与日常生活及存在世界"东拉西扯""促膝长谈"。这种"闲话家常"的叙事话语体系,便"水到渠

---

① 贾平凹.白夜[M].南京:译林出版社,2012:338.

成"地汇入叙事的"细部",成为贾平凹"生活流"叙事的重要组成部分。事实上,贾平凹虽在《白夜》后记提到了其对于"闲话家常"式话语方式的尝试,但从文本的呈现上看,真正建立起这种话语方式的时间节点,应从《秦腔》开始。

受社会、政治、文化等多种环境的共同作用与限制,《秦腔》之前的作品,贾平凹对于方言土语的处理,大体是将句子中的某些规范化、书面化词语,与秦地方言土语进行"选择性"替换,或是在句子中加入一些诗词、谚语、歇后语、俚语、歌谣等,以呈现古典之蕴藉。可以看出,此时的贾平凹仍未摆脱文人的"矜持",在艺术的呈现上,尽力营造出一种雅致的情趣与氛围。这种处理虽然能够展现作家深厚的语言功力,但显然有悖于"生活流"本身的叙事逻辑。因此,"从《秦腔》开始,贾平凹……不再营造'艺术化'的方言,而是使方言回归到'生活化'的状态,用实录的方式描写生活的本来面目,原汁原味地还原凡人俗事"[1]。

在语言的选择上,贾平凹可谓彻底地"放开手脚",不再刻意回避带有"烟火气"甚至"粗鄙化"的民间日常用语,还生活以"原始"面目。以《古炉》为例。在众多人物对话中,"奶锤子""狗日的""喝风屙屁"等具有民间特色的口头用语屡见不鲜,它们听起来虽然不够文雅,却真实还原了当时古炉村人的口语表达方式与状态。又如,"你吃柿子呀不"[2]?此句的准确表达是"你吃柿子吗"?相对口语化的表达应是"你吃柿子不"?通过语义和语境,我们得知,原句中的"呀"和"不"属于现代汉语疑问语气词中"吗"的口语化表达。根据现代汉语语法规范,"连用的两三个

---

[1] 王素,梁道礼.贾平凹方言写作论[J].小说评论,2019(02):205.
[2] 贾平凹.古炉[M].北京:人民文学出版社,2011:29.

语气词并非直接组合，而是处在句子结构的不同层次上"[①]，也就是说，"呀"和"不"这两种处在相同层次的疑问语气词不可同时使用，因此，例句中的表述显然不符合现代汉语的规范式表达。但在陕南人的日常交流中，人们在使用当地方言表达疑问时，仍旧在使用"呀""不"连用的疑问句式，是一种区别于规范化现代汉语语法的表述形式。再如，"马勺他妈老了"[②]。"老"在《现代汉语词典》中只有一个发音"lǎo"。根据《现代汉语词典》中的解释，我们通常使用"老"的前两种语义，即"年岁大"（形容词）和"老年人"（名词）。而在陕南方言中，当"老"用作前两种语义时，发音接近于汉语拼音中的"lāo"。例句中的"老"显然不属于以上两种语义，而是"老"的第三种解释，"指人死（多指老人，必带'了'）"[③]，用作动词。在陕南方言中，动词"老"的发音类似于汉语拼音中的"lào"。陕南方言对于"老"的发音，显然沿袭了古代汉字发音体系，声调随语义、词性的不同而发生相应变化，较现代普通话更具应用价值与音韵之美。从以上两个例子，我们可以看出，贾平凹对于语言的"复制"式还原，既保留了方言土语的原汁原味，又使我们身临其境，增加了读者的代入感与参与感。

"方言是一种生活、文化与生命的方式与权利，它本来就不应该被剥夺，每一种方言连同它所意味的一切都是不可重复与取代的"[④]。从对于方言土语的选择性"置换"，到将地方性语言归于人物对话

[①] 黄伯荣，廖序东.现代汉语（增订六版）下册[M].北京：高等教育出版社，2017：32.

[②] 贾平凹.古炉[M].北京：人民文学出版社，2011：46.

[③] 中国社会科学院语言研究所词典编辑室.现代汉语词典（第7版）[M].北京：商务印书馆，2016：782.

[④] 汪政，晓华."语言是第一的"——贾平凹文学语言研究札记[J].当代作家评论，2006：51.

的主体性地位，贾平凹这种对于语言的"还原式"呈现，体现了作家对于民间立场的自觉选择，以及对于本土文化的认同与自信。

本章第一节，我们详细叙述了贾平凹在小说叙事话语语式方面的变化，随着"生活流"叙事形态的日趋完善，他不再刻意追求"说书人"或"文人"腔调，所呈现的是更倾向于"描述"的叙事话语语式。在这一过程中，"描述"的客观性，使叙述语言自然而然地向更加地方性、本土性、生活化的方向倾斜。这种语言的变化不只体现在词汇与句式方面，贾平凹还将之作为一种修辞策略，用尽全力将语言浸淫在充满"烟火气"的乡村生活当中。从下面三个描写太阳的句子中，我们能够感受到贾平凹在语言风格上的变化。

"太阳像膨胀了许多，长久地在头顶上辉煌，直至天已经黑下来，热气还不肯褪去"[1]。(《商州》，1984)

"太阳仍是个火刺猬，蜇得天红地赤，人看一眼眼也蜇疼"[2]。(《浮躁》，1987)

"太阳像一颗软柿，稀溜稀溜着要掉下来，他张开了口，希望要掉就掉在他嘴里"[3]。(《古炉》，2010)

以上三句对太阳的描写，来自贾平凹不同时间段的三篇长篇小说，我们可以根据作家所选用的不同的语言及修辞方式，窥探到其在语言风格上的变化。第一句运用了比拟的修辞手法，"辉煌"准确地诠释了太阳的至高地位，"不肯"一词将太阳拟人化，形象地烘托出了本体的执拗与傲气。如果不考虑语境，仅就字面进行分析，该句不失为一个生动、优美的句子。但结合语境，这种偏向书面语的表述，难免与叙述伦理及立场产生错位，从整体上看，有

---

[1] 贾平凹.商州 [M].桂林：漓江出版社，2013：8.
[2] 贾平凹.浮躁 [M].南京：译林出版社，2012：2.
[3] 贾平凹.古炉 [M].北京：人民文学出版社，2011：65.

失和谐。第二句运用比喻的修辞手法,出现了本体和喻体,较第一句更加简单化、生活化。不同的是,该句除了"太阳"和"火刺猬",还出现了感受主体的对象——人。相比于第一句,第二句在语言的选取上虽然平实,却基本与叙事逻辑保持一致,顺应乡土社会的日常生活脉络。第三句同样运用了比喻的修辞手法,但在语言的处理上,第三句的喻体"软柿",则更加口语化。有趣的是,第一句的"辉煌"和第二句的"天红地赤"都在表达颜色,而第三句虽未提及颜色,但"软柿"却使人浮想联翩:静态地看,柿子是橙色的;但它在掉落的过程中,熟透了的果皮会破裂开,伴随着柿子内瓤和汁水的飞溅,目之所及,弥散着生活色彩流动着的层次之美。此外,在表达的意义上,第三句也更具层次感。首先,"他张开了口",交代了本体、喻体之外的环境感受者——狗尿苔;其次,"希望要掉就掉在他嘴里",表达了狗尿苔所面临的饥饿状态;最重要的是,该句折射出了人物面对苦难的角度与态度,狗尿苔对于太阳的抒情式想象,极大程度消解了苦难对于人物的沉重与庄严。因此,从整体上看,贾平凹通过对语言及修辞手法的生活化处理,在惟妙惟肖完成叙述的同时,于残酷的现实中,生发出一种"抒情性"的精神流变。

值得注意的是,在"生活流"叙事中,简单的、生活化的语言处理,有时似乎无法淋漓尽致地呈现日常生活的泼烦与琐碎,这时,贾平凹不惜使用更加"粗鄙化"的语言,与"鸡零狗碎"的日常生活接上"地气"。以《秦腔》和《古炉》中的两段描写为例。

"上善的眼睛发了炎,用袖子粘一次,又粘一次,似乎眼里有个肛门,屙不尽的屎"[1]。

---

[1] 贾平凹.秦腔[M].北京:作家出版社,2018:88.

"欢喜嘴张得多大,他的牙掉了,嘴窝着的时候,像是婴儿的屁眼"①。

以上两个例子,用到了"肛门""屁眼"这类相对来说比较"粗鄙"或"粗俗"的词汇。我们在阅读之初,似乎会有些许不适,但细细体会,这些"难登大雅之堂"的语言,确实能够简单、直接而鲜活地描摹出人物身上的某些特点,如果将之换成其他词汇,未必会得到如此贴切、传神的效果。此外,不难发现,在《秦腔》《古炉》等"生活流"作品中,氤氲着大量"屎尿粪"等充满乡土特点的"生活"气息。南帆认为,此类描写不啻为作家的一种"美学叛变"。

贾平凹对于"屎尿粪"等的描写,让我想到了他在散文《丑石》中所品谈的那块石头。这种"审丑"行为,是贾平凹对于美的更加客观与开阔的审视与解读,更是作家对于生命本原及存在世界,更加辩证与多维的体悟与思辨。因此,将贾平凹的这种审美行为理解为"以丑为美"并不恰当。我认为,这是一种"化丑为美"的更为发散与辩证的审美行为与追求。此外,从某种意义上讲,我发现,贾平凹对于"生活流"叙事中"过剩的腔调"的"减法"处理,与周作人有着相似之处。从两人的语言功力上来说,完全能够很好地驾驭语言的"腔调之美"与"色泽之丽"。两人的相似之处在于,在达到了中国文章对于美的传统追求之后,他们意识到,"徒然追求腔调之美,还不如不用腔调,而先把思想感情弄清楚再说"②。这种对于语言的自省行为,是一种对于"美"更加理性的思辨,这并非"离美渐远",而是一种"化丑为美"的审美面向。

---

① 贾平凹.古炉[M].北京:人民文学出版社,2011:20.
② 郜元宝.汉语别史[M].上海:复旦大学出版社,2018:160.

在"生活流"叙事形态中,关于"闲话家常"话语方式的实践,首先表现在对于方言土语的运用方面。众所周知,在那个令人惶恐不安的"特殊时期",充斥着太多的暴力与苦难。贾平凹"闲话家常"式的叙事方式及对于语言的生活化处理,极大缓解、稀释了历史之恶所造成的疼痛与沉重。更有甚者,"他似乎越来越远离士大夫的儒雅之风,不放过那些黑色与龌龊的存在,而且对此津津乐道"[①]。这种对于语言的生活化、"粗鄙化"处理,使某些叙述在情感色彩上带有强烈的讽刺意味,并一步步揉碎了悲剧与苦难在日常生活中的正统与庄严。以上所述,自《秦腔》开始,贾平凹话语方式及话语形态的转变,决定小说文本的美学形态。贾平凹以抒情化的语言基调来面对历史的暴力与现实的苦难,实现了对于叙事层面的超越,体现出作家在审美层面上,对于暴力与苦难的"观照"与"救赎"行为。

三、自在灵性的意象与象征性的精神世界

贾平凹曾在《穿过云层都是阳光》中明确表达,他所追求的意象,绝非西方文学理论上所讲的意象,而是属于中国传统文学或诗学意义上的意象。两种意象虽在表达方式上有所区别,但殊途同归,最终都会呈现出一种超越文本的象征蕴意与精神境界。杨义根据中国诗学的实际情况,对意象进行过形象地概括,"意象仿佛是一种神奇的汤圆,意为象之核,象为义之壳,初看象显意隐,咀嚼则意味多于象味"[②]。

---

① 孙郁.革命时代的士大夫——汪曾祺闲录[M].北京:生活·读书·新知三联书店,2014:211.
② 杨义.李杜诗学[M].北京:北京出版社,2001:603.

可以说，贾平凹创作之初所制造的意象，相对单纯且独立地存在于小说文本之中，最典型的要数月亮、星星、石头、河水等自然意象。"单纯意象，往往是诗化意象"[①]。作家受自然物象自身特点的激发与刺激，从中提炼出足以左右思绪、慰藉灵魂的元气与精魄，正如作家自述，"慰藉以这颗灵魂安宁的……是门前那重重叠叠的山石，和山石之上的圆圆的明月……好多人情世态的妙事，都从它们身上读出了体会。山石和明月一直影响着我的生活……又在左右着我的创作"[②]。《玉女山的瀑布》中，圆月影射处于浓情蜜意中的爱情，饱满而浓烈；《头发》中阴云笼罩着的看不见的月亮，烘托人物晦暗、阴郁的心情；《月夜》中那如同镜子一般的明月，代表一种纯洁、不容污染的精神世界。"《废都》在我的小说写作中起码是一个阶段性的、开创性的、转折性的作品，……《废都》以后，在我的小说中就出现了一些意象的东西，……在作品的思想内容上要有新的东西出现，文学通常走在生活的前面"[③]。可见，贾平凹在这里所说的"意象"，并不是《废都》之前的那种单一、孤立且略显刻意、生涩的简单意象。正如作家自述，自《废都》之后，作家逐渐放弃了那种单纯的、孤立的细节意象的描摹，而是将意象放置到故事情节之中，使之更加贴合于文本，在叙述上更显和谐统一。《怀念狼》等作品进一步将处理意象的叙事策略升级，从早期的细节意象，到《废都》后的情节意象，再到《怀念狼》《秦腔》以后的整体意象，贾平凹小说所呈现出的是更具多义性、持续

[①] 杨义.中国叙事学（增订本）[M].北京：商务印书馆，2019：378.
[②] 贾平凹.山石明月和美中的我[M]//孔范今，雷达，吴义勤，等.贾平凹研究资料[M].济南：山东文艺出版社，2006：4.
[③] 贾平凹.与王尧在传统与现代之间的新汉语写作[M]//贾平凹.访谈：贾平凹文论集[M].北京：生活·读书·新知三联书店，2015：136—137.

性、暗示性与浓缩性、象征性的精神世界。

贾平凹曾用演戏来喻指小说中的象征手法,"戏中每一个人都是象征性的东西。但它在演一台戏,这一台戏本身又是一个大的象征,写小说弄意象就是这么个道理"[1]。我们可以这样理解,制造意象的最终目的是使文本在整体上呈现出一个具备多种意义、多重层次的象征世界。此外,"'象征'具有重复与持续的意义。一个'意象'可以一次被转换成一个隐喻,但如果它作为呈现与再现不断重复,那就变成了一个象征"[2],美国学者韦勒克的这段话,明确了意象与象征的区别与联系。我们可以将意象看作隐喻某种意义的典型的物象,而将象征看作由多个意象多次、反复出现而营造出的更加泓邃、深刻的精神意境。在《山本》后记中,贾平凹将秦岭上空长带似的云,认作横贯秦岭上的一条河,"河在千山万山之下流过是自然的河,河在千山万山之上流过是我感觉的河"[3]。他所提到的"自然的河"即为现实中形而下的日常叙事,"感觉的河"则是一种形而上的以众多意象群落流淌出的富于象征性的精神世界。可以肯定,对于一个作家,写实的耐力与功力有多深厚,写虚的空间就有多开阔。贾平凹以形而下的日常生活反映形而上的精神境界,这种虚实相生的辩证与统一,便成为其"天我合一"文学观的始发点与落脚点。

我们在前文已经论述过,贾平凹的"生活流"叙事,在整体上通常使用顺叙的叙述手法,在细部的叙述中常用插叙进行细节的

---

[1] 贾平凹,韩鲁华.穿过云层都是阳光:贾平凹文学对话录[M].北京:北京联合出版公司,2016:22.
[2] [美]勒内·韦勒克,奥斯汀·沃伦.文学理论[M].刘象愚,邢培明,陈圣生,等译.杭州:浙江人民出版社,2017:179.
[3] 贾平凹.山本[M].北京:作家出版社,2018:524—525.

铺垫与补充，偶尔也使用预叙，这种预叙主要就体现在几部长篇小说的开篇阶段。"预叙是指在提及先发生的时间之前叙述一个故事事件；可以说，叙述提前进入了故事的未来"①。《山本》的开篇写道："陆菊人怎么能想得到啊，十三年前，就是她带来的那三分胭脂地，竟然使涡镇的世事全变了。"② 这段话蕴含着贯通文本的预叙功能，并浓缩着极大的信息量。首先，引出了小说中的主要人物之一陆菊人。然后，交代了故事所发生的主要场域涡镇。最重要的要数中间提到的"胭脂地"，具有"牵一发而动全身"的叙事功能，它勾连出了整个故事的"前世今生"。"十三年前"一下子将时间拉回到了陆菊人还在纸坊沟之时，陆菊人的父亲因妻子的亡故向涡镇棺材铺杨掌柜赊了一副棺材（"棺材"即是一种意象，有着宿命与循环的寓意），四年过去仍还不起欠款，便许诺让女儿十二岁后去杨家当童养媳。而陆菊人之所以向她爹要了"三分胭脂地"作为嫁妆，一是想留一份物事作为当女孩儿时的念想，二是缘于赶龙脉人"该地能出官人"的预言。从"竟然"能够看出，当时的陆菊人对赶龙脉人的预言所持有的应该是一种"死马当活马医"的消极态度，但十三年后，预言竟成真了。正是因为这块"胭脂地"，使陆菊人同小说主要人物井宗秀的生命轨迹有了交集，并紧紧地交织在一起，也便有了之后井宗秀在涡镇的"翻天覆地"。于是，"胭脂地"成为了叙述中出现的第一个意象，它既代表了陆菊人的初心寄存之所，又充当了井宗秀膨胀欲望与权力的生发之地。

《山本》开头的第二段，陆菊人去九天玄女庙里磕头，房梁上掉下来一条蛇，她去打蛇，蛇嘴里却吐出了一只活着的哈什蚂，陆

---

① 王春林.贾平凹《古炉》论[M].太原：北岳文艺出版社，2015：139.
② 贾平凹.古炉[M].北京：人民文学出版社，2011：1.

菊人于是将哈什蚂放生。进一步说，这部分叙述实现了贾平凹在《怀念狼》后记中提到的"直接将情节处理成意象"[①]的象征寓意构想，看得出，该段情节明显带有隐喻色彩。哈什蚂同文本中多次出现的金蟾意象一样，指代陆菊人，从小处看，可以将蛇视作一种容器，也就是困囿陆菊人的杨记寿材铺。深入探究，"蛇"也可以看作是一种盘踞于中国乡土社会根深蒂固的男尊女卑的传统观念与俗约。哈什蚂的"活着"代表的不仅是陆菊人的生命力，更是一种女性内在智慧与魄力的集中体现。将哈什蚂放生回树林，便使这种日常叙事升腾并弥散开了一种形而上的象征寓意，这种"放生"既是陆菊人与自我的充分和解，也是一种作为女性生命力量由内而外的绚烂释放，这一切都将在文本中得到呈现，这种象征意味，带有强烈的暗示性、多义性与全息性。

有论者将《山本》誉之为"百科全书"式的长篇小说，在我看来，《山本》更是一本意象纵横的隐喻之书。这些意象不是仅仅孤立地出现在《山本》的文本中，在贾平凹诸多长篇小说中，都能寻觅到它们自由而性灵的踪影。也就是说，在贾平凹的小说世界中，存在诸多意象的"互文"，正是这些意象灵动而富于节奏地时隐时现、交相辉映，构建起了贾平凹极具象征寓意的精神世界。

必须提及的是，在贾平凹的小说世界里，离不开各色各样的大动物与小动物。这些以动物汇聚而成的意象群，一方面为自然代言，另一方面，以其自身的各色习性、特点映照出人性的共性与通病。作为自然界忠实而"贴地"的代表，动物相较于人类更加可爱与可靠。《山本》中陆菊人有一只黑猫，它忠诚而静默地充当着自然的使者，它以一种旁观者的视角，于无声处注视着人类社会的

[①] 贾平凹.怀念狼[M].桂林：漓江出版社，2013：187.

悲欢聚散、生死离别，它的沉默与冷眼正是一种自然流淌出的智慧与哲学，蕴含着作家对自然的热爱与敬畏，更包罗着宇宙人生的规律与奥秘。在这里，我们着重分析的是动物意象群所映照出的人性的共性与通病。《山本》中提到，人长得像什么动物，他上辈子大概就是这种动物托生的，在《老生》《秦腔》《古炉》等作品中，也存在类似的说法。以动物的习性来判断人类的性格特点，这来自贾平凹从小的耳濡目染。《山本》中麻县长让井宗秀和杜鲁成分别说出三种动物，杜鲁成说的是驴、牛、狗，井宗秀说的是龙、狐和鳖。后来麻县长解释，让他们说出三种动物是他一向用人的办法：第一种动物代表自己的评价；第二种动物代表外人的评价；而对第三种动物的形容，则指向此人的根本品性。于是麻县长留下了如狗一般忠诚的杜鲁成，放走了"非平地卧"的井宗秀。这种以动物观人的方法，不仅是一种老话或传统，更蕴含着富有科学性的智慧与规律。

除了人性的共性，贾平凹构建动物意象群最主要的写作意图在于由动物的"象"揭露人性复杂而扭曲的"意"。《山本》中提到了长着酷似人面的蜘蛛、猫头鹰和雕鸮，以及长着婴儿手的娃娃鱼等。类似意象，也出现在了《秦腔》《带灯》等作品当中。以人的视角看动物，动物的外貌特征和生活习性，一旦与人相同或相悖，便是一种异化现象。反之，从自然的立场出发，"一些人还长着似乎是兽的某一部位"[①]。贾平凹"以彼之道，还施彼身"，用"酷似人面"以及猫头鹰、雕鸮、蝙蝠等日夜颠倒的外貌与习性，反讽并强调人心的复杂以及人性的异化与颠覆。同样类型的动物意象，还有《老生》中的伪装高手竹节虫等。《带灯》《山本》《暂坐》等作

---

① 贾平凹.山本［M］.北京：作家出版社，2018：526.

品中出现了蜂群这一意象,《山本》中陈先生解释,蜜蜂之所以采花酿蜜是为了消减自己的天毒,而人则不会为自己解毒,作家添加这一意象的目的,就是将蜜蜂消减天毒与人类面对问题时的不自省做对比,突出了人性的弱点与劣势,极具讽刺意味。《带灯》等作品中出现的蜘蛛网以象会意,简明而形象地呈现出了人类社会复杂而烦乱的关系网络。除此之外,《土门》《秦腔》《带灯》等作品中出现的虱子,以及《古炉》中的牛虻等,强调了人性之"恶"恐怖的传染能力及"病入骨髓"后的依赖性与顽固性。

　　除了前面提到的虱子、蜘蛛、蝙蝠之类的"小动物",在贾平凹的小说中,也存在许多有关"大动物"的意象。《废都》中,作家以牛的"开悟"来反衬人类精神上的萎靡与颓败,突显经济发展与精神发育的严重失衡状态。在《怀念狼》中,主要人物心境、身份与周遭生态环境的恶化相依相存,狼由最初较为独立的动物意象,逐渐凝聚为一种文本整体的象征寓意,野性或狼性的丧失反衬出人性的扭曲与残忍,"怀念狼"最终升华为生态失衡的时代挽歌与追寻野性的精神象征,反映出作家痛心疾首的焦灼与悲愤之感。到了《古炉》,从狼的行为举止上可以观测到作家心境上的明显变化,狼从人的对立面中抽离出来,面对人类的种种"恶行",狼更像个始终保持嘴角上扬的旁观者,它们不屑于掺和进人类的纷扰之中,只是在雪地上留下一地脚印,以表示它们的存在。由此,作家想要表述的是,当人性在与狼性擦肩而过之时,更显得狼狈与荒唐。

　　除了动物,贾平凹还善于利用各种"异象"与"疾病"来烘托、推衍人性的复杂、异化与颠覆性特质。《山本》中的陆菊人,虽从童养媳转变为"步步生金"的茶庄总领掌柜,却不浮不躁,始终保持善良、悲悯的本心;井宗秀却由一个阴柔、文弱的画匠,逐步"成长"为允许以人献祭、下令屠杀阮氏全族、将人皮做鼓的一方"城隍"。与此同时，文本中出现了类似孩子横生、羊死却仍能行动、狗说人话、男人女相、自我阉割、鼓不敲自鸣、竹林开花等怪异现象，它们看似不声不响，却与故事情节紧密相连。诸多异象"随意"地散落于文本各处，看似是作家的轻描淡写，实际上却以"拼图"的形式，逐步拼凑着故事人物由现实境遇而产生的人性的坚守或异化。《废都》中的四个太阳，《土门》中梅梅越发突显的尾骨、成义嫁接的女人的手、名叫阿冰的狗的亮鞭，《秦腔》中鼓不打自鸣、白雪孩子生来没有屁眼等，虽表达的内容不尽相同，却同样象征着中国经济转型期异化了的精神状貌及价值取向。

同样的道理，疾病可以看作是与健康状态相对立的一种"怪异现象"，贾平凹经常将之与"异象"一道，作为烘托人性复杂、异化与颠覆的意象。《山本》中吴掌柜的侄子白起骗了井宗秀的钱而被鬼附身，使井宗秀赢得了好名声，吴掌柜丢了脸又被对头奚落，气得从此落了打嗝的毛病；有的村民生了闷气，身上长了疙瘩；有的因为生意不好而患了心脏病；更有甚者，出现了村人集体发痒的毛病。从科学的角度看，这些疾病大多属于现代医学上的"心理疾病"。《古炉》中也存在类似情节，陈先生和善人所充当的自然就是心理医生的角色，这些疾病的根源在于物质世界带来的人性的自私、贪婪、嫉恨等欲望。值得深思的是，陈先生和善人已经点明了他们的症结所在，却几乎无人正视并配合治疗，这正是作家之所以反反复复、痛心疾首地叙述相关情节的原因所在。

以上所述，为存在于人类社会中狡猾而顽固的"慢性病"。在《古炉》中，除了这种世代沿袭、根深蒂固的"慢性病"，与之相对的则是由霸槽从城里带来的"急性病"——疥疮。这种疾病较"慢性病"来得更加迅猛、严重甚至恐怖，它所隐喻的是在"特殊时期"发生在古炉村的集体性精神失常状态。古炉村的疥疮,反映出了整个中国在特殊时期人性出现的集体异化现象。值得玩味的是,作家以这种令人尴尬的疥疮,而不是其他疾病来充当此类意象,顷刻间消解了"英雄"冠冕堂皇、道貌岸然的庄重形象,使其在文本中充满了反讽与戏谑效果。

中国古代传统乐器的音色大都充满着沧桑与悲凉之感,蕴含着古人对宇宙人生充满哲思的大智慧。通透的代价便是要承受长久的苍凉与寂寥,这种气息与中国传统乐器的音色极其和谐、统一,冥冥之中形成了一种浑然天成的深沉与旷远。《山本》中宽展师傅所吹奏的尺八之音,属于一种典型的声音意象。尺八之音,道出了人生的酸甜苦辣,吹尽了命运的变幻莫测。这声音弥漫于涡镇乃至秦岭的山水人事之间,氤氲着自然静观尘世悲欢离合的无奈与苦涩。值得欣喜的是,在《山本》中,贾平凹在尺八的苦苦之音中咀嚼出了生命的一丝回甘,这便是陆菊人的儿子剩剩。作家没有选择让陈先生或陆菊人等人喜爱尺八之声,蕴含着一种希望的传承,这种承接必须通过"无知小儿"的混沌与茫然进而一步步咀嚼、体味出生命的真正意义。此外,代表着希望、传承与生命的意象还有很多,例如《商州》中的蛐蛐、《带灯》中的萤火虫,《古炉》中的牵牛花、心形木炭疙瘩、新生儿,《山本》中的地衣、牵牛花、银杏种子以及《暂坐》中的葵花子等等,这些都饱含着作家对生命深沉而浓重的敬畏之心。

在贾平凹的众多小说作品中还出现过许多声音意象,《废都》中庄之蝶沉迷于哀乐,这显然与《山本》中剩剩喜欢尺八之音截然不同,哀乐对于庄之蝶来说所代表的是一种了然于心却无法挣脱的"求缺",是一曲陷入欲望漩涡,越挣扎却越陷越深的时代悲歌。《废都》中的埙音,渲染出小说人物纠结而欲罢不能的心境,同时也弥散着特定时代纠结而晦暗的集体心绪。《高老庄》中的胡琴声、《老生》中的阴歌,它们虽在表达内容上有所不同,却在声音的悠远与苍凉中,殊途同归地传递了一种时间与宿命的循环往复。可以说,《秦腔》中的秦腔,是贾平凹所制造的最为典型和成功的声音意象。秦腔的特点是,人在高兴时越唱越乐,在失落时越唱越苦。作家利用秦腔自身的音色特点,使秦腔之音不仅起到了烘托人物心境和文本整体氛围的作用,更使秦腔与小说主要人物白雪、夏天智等人的生活和命运紧密相连,使其具备了黏合情节的叙事功能与效果。

《山本》中,陈先生所感慨的"总是在雨天有大事"[1],与贾平凹曾多次在其散文和小说作品中提到的"天气就是天意"这一自然观相呼应。在文本中,类似的天气意象还有被称为"凶岁"的连续干旱,剿灭土匪时的大暴雨,张老仓全家惨遭灭门时的鹅毛大雪等。这些天气意象,一方面营造"天怒人怨"的故事氛围;一方面,呈现出人的能动能力在自然面前的渺小与微不足道,体现出了作家对自然本能的敬畏与崇拜。在《暂坐》中,伴随着四季的不再分明,城市的温度该冷时不冷,该热时不热,代表着政绩的城市"亮化工程",带来的是黑白不再分明的日夜颠倒。作家以天气的"不温不火",折射城市人麻木、混沌的精神状貌,以自然时序的颠倒错乱,透视社会关系的混乱以及人性的异化与颠覆。与这些天气异象相对的,是《暂坐》中多次提到的风这种自然气象,大风可以吹散雾霾,隐喻为一种作家企盼出现的,对于社会和人心的净化之气。"天灾是上天和人激烈的对话,沟通和协商"[2],我们看到,贾

---

[1] 贾平凹.山本[M].北京:作家出版社,2011:12.
[2] 贾平凹.带灯[M].北京:人民文学出版社,2013:276.

平凹几乎将"天气就是天意"的自然观，融合并贯穿至他的绝大多数小说作品之中。《浮躁》中的州河大水，《废都》中的暴雨，《秦腔》中由暴雨引发的山体滑坡，《带灯》中连下四天四夜大雨而引发的水灾，《古炉》武斗结束后的漫天大雪，以及《暂坐》中的沙尘暴和雾霾，这些关于天气的风云变幻看似写实，实则表意，是作家站在自然的角度与立场对历史、时代及人性的审视与慨叹。

《山本》中提到了麻县长常住涡镇后的书斋——"秦岭草木斋"，这一空间意象，与《废都》中的"求缺屋"形成了强烈而鲜明的对比。"求缺"即是求圆满，充斥着欲望的饱腹与膨胀，同时作为困囿庄之蝶的精神牢笼，愈想摆脱却更加欲罢不能。不可否认，庄之蝶属于作家经过艺术加工而虚构出的小说人物，但我们可以将"求缺屋"视为作家当时复杂心境的变形反映。我们可以从两处书斋的名称以及两个人物的心境中，大致探寻到作家几十年来的心路历程。卸下了沉重而繁琐的现实欲望与心理负担，洗尽铅华的贾平凹将余生的追求停留在了秦岭的一草一木之上，这种行为可以视为一种对于现实的"逃避"或退让，更可看作一种灵魂与肉体的返璞归真，"秦岭草木斋"即为作家精神向度的浓缩体现。值得注意的是，在《土门》和《高老庄》等作品中，贾平凹构建了如神禾塬、白云湫等未被尘世污染的田园世界，我们是否可以将之理解为类似于沈从文"希腊小庙"式的"乌托邦"世界或世外桃源？作家构建这种神秘的、超验的空间意象，一方面，基于人类对于自我认识的不断探寻，是作家对世界不可知性与不可穷尽性的诗性表达；另一方面，作家试图为自己建构起一个超脱于俗世的精神空间，使文本超越叙事层面，直通作家的精神世界与更为多义的审美指向。

《高老庄》中，伴随着这种神秘空间出现的飞碟意象亦是如此，代表外星智慧的飞碟与原始的山野景致形成了突兀的对比与碰撞。这种"唐突的冒犯",明显地表达了作家急于寻觅到灵魂栖息之所的强烈冲动与愿望,也恰恰突显了作家对于宇宙生命的探求与思辨。相较于田园牧歌般的神禾塬与白云湫,《秦腔》中的清风街、《古炉》中的古炉村、《暂坐》中的茶庄、《河山传》中的别墅等空间意象,则显得极其具体、现实甚至残酷。作家不再寄希望于虚无缥缈的自我催眠之中,而是通过历历可辨又环环相扣的生活与关系,作为叙述空间的肌理与脊梁。这种写作方式的转变,一方面充实、丰满了地理空间本身的现实容量;另一方面,又夯实了"以实写虚"的基础与立场。现实空间在经过了多重角度与维度的折射之后,最终所呈现的象征寓意更具穿透力与持久性。

回望贾平凹所建构出的空间意象,从《浮躁》中的州河,《废都》中的废都、求缺屋,《土门》中的仁厚村、神禾塬,《高老庄》中的高老庄、白云湫,《秦腔》中的清风街、七里沟,《高兴》中的兴隆街,《老生》中的倒流河、当归村,《古炉》中的古炉村、窑厂,《山本》中的涡镇、涡潭、黑河白河,《暂坐》中的茶庄,到《河山传》中的别墅等,这些空间意象有的混迹于尘世的熙攘与喧嚣,有的则超脱于俗世而自在、通达。作为农民的儿子,贾平凹在不断拓展精神空间的同时,始终恪守贴服于土地的本分与初衷,他所建造的空间意象有的像一面镜子,反射出现代工业发展与原始自然环境遭受破坏之间的二元对立;有的像一首时代挽歌,道尽了由经济高速发展所造成的思想发育的异化、迟缓以及乡土气息的流失与消散;有的像一幅水墨画,从社会的裂变透视出个人关于自我的不断追寻,体现了作家对于人类整体命运的关切与忧思。

我们在前文论述了贾平凹小说开篇部分,对于整个文本富于象征寓意全息性、暗示性的统摄与观照,在贾平凹小说文本的结尾,同样也萦绕着深沉且厚重的象征气息。小说文本开头与结尾的相互呼应，形成了一个完整而浑厚的象征性精神世界。

《山本》开头就道出了胭脂地是块风水宝地的内情，而胭脂地能出官人的关键，在于插在地上的竹筒第二天寅时能否出现气泡。为了一探究竟，陆菊人第二天赶在赶龙脉人之前到了胭脂地，竹筒上果然蓄着蛋大的气泡，但她"手一摸，气泡掉下地没了"[1]。这段叙述蕴含两点寓意：其一，气泡的产生，验证了胭脂地的确是一块"能出官人"的风水宝地；其二，陆菊人不经意将气泡摸掉这一行为，看似无足轻重，实则暗含深意。我们再回到文本末尾的叙述，陆菊人听到井宗秀被杀的消息，"啊了一下，坐在了梯道上，梯道上有露水，就滑了下来"[2]。这里的"露水"明显与小说开头的"气泡"在空间与时间上形成了一种照应与循环，"露水"和"气泡"的掉落充斥着一种宿命般的辗转轮回。与此同时，陆菊人"或许是我害了你"[3]的慨叹也暗合了"成败萧何"的宿命因果，饱含着作家对于命运的理解与感悟。人的吉凶祸福，并非取决于自我能动力量的把持与控制，正如视自己为钟馗和城隍的井宗秀，无论如何呼风唤雨、叱咤一方，最终也逃不过非自我可以控制的因果轮回的宿命。在文本最后，当一切尘埃落定，陈先生向陆菊人询问时间，得到答案后，陈先生感叹道"初八，初八，这一天到底还是来了"[4]。这里的"初八"，蕴含着中华民族古老而基本的时间奥秘，充满着具有可逆性、重复性的宇宙自然时间与不可逆转的个体生命时间之间的辩证与统一。

不难发现，贾平凹众多作品中所描述的日出日落、四季交替、

---

[1] 贾平凹.山本[M].北京：作家出版社，2018：2.
[2] 贾平凹.山本[M].北京：作家出版社，2018：506.
[3] 贾平凹.山本[M].北京：作家出版社，2018：506.
[4] 贾平凹.山本[M].北京：作家出版社，2018：520.

婚丧嫁娶、生老病死、世代因袭、节日祭祀，甚至万物的兴衰，都始终围绕东方哲学或者中国文化中永恒轮回般的时间观与宿命论，"轮回再生或循环往复的时间意识，是所有时间观中在文学上最具活力的，也是最具有想象力的时间形式，……为叙述提供了叙述结构，甚至可以说提供了故事的逻辑"①。贾平凹对于时间与命运的描述，并非消极而悲观的宿命论，而是作家对于自身生命体验与人生终极形态的从心之感，蕴含着中国乃至东方文化中辩证而浩瀚的民族智慧与哲学命意。

回到文本，井宗秀被杀后，有一段关于麻县长投入涡潭的叙述。结合《山本》后记的内容，使人有种豁然开朗的"顿悟"之感。贾平凹在《山本》后记中提到，写《山本》的本意不是描述纷乱残酷的战争，而是要为秦岭的山山水水进行叙述和记录。麻县长被井宗秀视为"吉祥物"一般"供奉"并豢养，使其认清了无法在涡镇实施自己政治抱负的事实，便无奈又欣然地选择为秦岭的山水走兽著书立说，"没有人呼应……你就必须要顽强地生存下去……怎么做呢……你索性旷达"②。此时，作家与麻县长的灵魂仿佛融为一体，他们虽一无所有，但至少拥有着一颗热爱秦岭这片土地的赤子之心。当麻县长主动投入涡潭之中，水面出现漩涡，很快便将之吞没。涡潭作为一处明显的意象，从人与社会的角度，它代表的是一种无法掌控自身且被迫随波逐流的无奈处境；从自然的角度，涡潭中的漩涡，形象地勾勒出了时间的循环往复。麻县长的生命虽然消逝在了涡潭的漩涡之中，但换一种思维，他却以另一种形式重

---

① 耿占春.叙事美学——探索一种百科全书式的小说[M].郑州：郑州大学出版社，2002：208.
② 贾平凹.与王尧在传统与现代之间的新汉语写作[M]//贾平凹.访谈：贾平凹文论集[M].北京：生活·读书·新知三联书店，2015：135.

新回归到了秦岭的自然山水之中,正是因为那种即将获得的解脱与自由,才使他在所谓的生命终点向蚯蚓露出了笑容,这是一种如释重负的微笑。随后,蚯蚓拾到了麻县长遗落的两本书,就像《古炉》中狗尿苔拾到的心形炭疙瘩,是作家留给后辈们的礼物与希望。蚯蚓问账房这书有用吗,回答是"说有用就有用,说没用也就没用"①,这牵涉到了文学与人的关系,以及文学之于社会、时代的价值问题,也是作家贾平凹大半生创作生涯的终极意义与目的,"我要做的就是在社会的、时代的集体意识里又还原一个贾平凹,这个贾平凹就是贾平凹"②。他不再纠结自己的作品能否使世人从中得到启迪,因为此时的贾平凹,不仅仅在为自己所挚爱的秦岭书写,作家情感、心理和精神深处,亦有着旷世的情怀和希冀。"告慰秦岭",成为了他著书立说的初衷与目的。令人兴奋的是,在贾平凹2022年出版的笔记体小说《秦岭记》第五十四个故事中,我们为麻县长的书而悬着的心终于有了着落。去高坝乡采风的康世明偶然间发现了老乡家里的一本署名为麻天池所著的《秦岭草木记》,最终将该书捐给了县档案馆。这不仅是对于《山本》末尾文本的呼应,也是对读者的一个交代,至少麻县长的一部分遗作得以保留下来。此外,发现人"康世明"的名字也颇有深意,内里蕴含着作家对于蚯蚓"该书有没有用"问题的答案。"康"与"看"发音上相似,"世"代表现实世界,"明"代表显现,意思是有价值的东西自然会显现出来,最终被世界、被社会看到,当然,这只是本人的拙见,也可能牵强附会了。最后,蚯蚓将麻县长的遗作藏于老鸹窝里,同样富于象征意味。老鸹即为乌鸦,因其怪异的叫声和经常出没于人死之时,而被视为死亡或凶兆的象征,但科学的解释是,乌

---

① 贾平凹. 山本[M]. 北京:作家出版社,2018:518.
② 贾平凹. 山本[M]. 北京:作家出版社,2018:524.

鸦极其敏锐的嗅觉使之能够嗅到腐败的气味。雄乌鸦为了引起雌乌鸦的注意,会将一些闪闪发光的东西叼回窝里,蚯蚓将麻县长的遗作《秦岭志草木部》和《秦岭志禽兽部》存放在乌鸦窝里,暗示了两部作品的重要价值与意义。让人汗颜的是,这种象征不吉利的鸟类在群体生活中不仅严格遵守一夫一妻制,还具备反哺行为。因此,蚯蚓将麻县长遗作存放至这种具备反哺行为动物的巢穴中,便凝聚成为了一种文化的反哺意味,这代表着一种生生不息的传承,更是作家对自然、对秦岭最为虔诚而庄严的告慰。

《山本》的末尾处,有这样的情境描写:当一切尘埃落定,陆菊人来到安仁堂,陈先生和剩剩正站在娑罗树下等待着她。这里的娑罗树并非产自印度的佛教圣树,而是属于七叶树科的七叶树(又名桫椤树),但作家选择该树作为意象的初衷,一定有其与佛教圣树同名的缘故。从现实的角度上讲,娑罗树喜光并耐阴的特性使其能够在各种不良环境下得以生长,它的叶子会在每年的固定时期落尽,但自身的深根性决定了其超强的萌芽能力,虽生长缓慢,却寿命长久。因此,娑罗树这一自然意象,以其自身的生长习性,掷地有声地诠释了生命之力所勃发出的坚韧与顽强。从超验的维度上说,相传八十岁的释迦牟尼于娑罗树下涅槃成佛,而作家将分别代表悲悯、希望与良善的陈先生、剩剩、陆菊人安排在充满如此神秘色彩的娑罗树下相遇,不仅蕴含着作家超越性的普世价值立场,同时也充满了作家关于人类在有限生命中探寻不朽精神的终极关怀与生命美学。

文本最后,面对被炮弹轰炸成的残垣断壁,陆菊人发出了"涡镇成一堆尘土了"[①]的哀叹。作为俗世中人,她着眼于此时此刻的

---

① 贾平凹. 山本[M]. 北京:作家出版社,2018:520.

景象，其中不乏对于命运的悲痛与绝望。而陈先生虽双目失明，但其人物形象中的神性决定了他从心出发的视觉超越，陈先生能够于时间的赓续与自然的复归中，感受涡镇化为秦岭中一堆尘土所投射出的自然真谛。一切归于平静，涡镇曾经的兴衰荣辱，对于自然和历史来说也仅仅是一堆尘土罢了。但毋庸置辩，在这堆尘土之上，还会生发出新的花草树木、飞禽走兽以及人类社会的恩怨情仇。那棵被宣布死亡了的皂荚树能否重新生发出新的枝叶，这是作家留给读者需要长期思索的生命问题。这堆尘土，一方面在"有"与"无"的辩证关系中，凝聚出宇宙与生命生成的哲学命题；另一方面，投射出了作家的某种希冀，他希望人们从自然规律与秩序的循环往复中，收获来自不同个体生命的精神上的新生与顿悟。

  无论是现实上还是小说中，当一切尘埃落定，自然的循环依旧周而复始，就如同文本中剩剩搭积木，搭了推倒，倒了再搭。又如同《小月前本》和《古炉》中的推石磨，"三根磨根，是钟表的时针、分针、秒针，一夜一夜搅碎了时间"①。《秦腔》中夏天义往七里沟沟坝上背石头，《暂坐》中海若梦到屎壳郎将粪球推向高处的洞穴，粪球最终却滚了下来，《秦岭记》中旱蜗牛在墙上爬，掉下来继续往墙上爬……作家想要表达的，并非是不断往复中的失望与沉沦，而是希望人们从这些类似西西弗斯推石头的循环不息中，获得个体生命精神上的哲思与觉悟，充满了深沉而浓厚的启蒙意味及人文关怀。

  如上所述，通过对贾平凹小说叙事话语语式、叙事形态及意象与象征性精神世界的论述，我们能够观测到贾平凹叙事美学的大

---

① 贾平凹.小月前本［M］//贾平凹.贾平凹中短篇小说年编·中篇卷·小月前本.济南：山东人民出版社，2018：105.

致形态。"细部的力量",蕴蓄出了贾平凹"生活流"式叙事小说。"生活流"叙事在叙事话语语式方面,呈现出从"讲述"向"描述"倾斜的整体趋势。同时,作家通过不同侧面的"众口纷纭"还原"众生之相",实现"描述"叙事话语语式的客观性、丰富性与延展性。在叙事风格方面,"生活流"小说通常演绎小跨度叙事,通过细部的雕琢,加大了文本疏密度,放缓了叙事时间速度及叙事节奏。在整体情节上,"生活流"叙事通常缺少中心事件,呈现"去中心化"的特点及"团块状"的叙事结构。在"细部"语言、话语的运用方面,贾平凹开始以一种"闲话家常"的话语方式,与日常生活及存在世界"促膝长谈"。作家不再刻意回避带有"烟火气"甚至"粗鄙化"的民间日常用语,还生活以"原始"面目。此外,贾平凹已经将语言或话语作为一种修辞策略,在完成叙述的同时,于纷繁的现实中生发出一种"抒情性"的精神流变,体现出作家在审美层面上,对于暴力与苦难的"观照"与"救赎"行为。在文本之外形而上的维度上,从早期的细节意象,到《废都》后的情节意象,再到《怀念狼》《秦腔》以后的整体意象,贾平凹小说所呈现出的,则是更具多义性、持续性、暗示性与浓缩性的整体象征世界。

　　无疑,这个世界,让我们充分体会到贾平凹小说文本叙事的价值和力量。

第五章

传统与现代：以"中国之心"诠释"中国经验"

实际上，早在上世纪八十年代，贾平凹就被认为是从西北走出来的"奇才"。而他的家乡陕西商州丹凤，更是一个古老文化氛围浓郁的所在，可以称为是中国文化的发源地之一。贾平凹一"出道"，其作品主要描述的就是关陕一带的地域文化和人文文化，执着地书写这块土地上人们生生不息的岁月和日子，人间烟火，生老病死，社会变迁，人性异变。可以看出，他的文本，在大量的社会、政治、文化信息基础上，很早就潜在地发散着传统文化的气息和意蕴，丝丝缕缕地渗透出中国传统文化的精义。就是说，贾平凹的写作发生，他的文学叙事的"天眼"，一开始就伴随着对民族传统文化的体恤，体现出东方本体文化的终极关怀。半个世纪以来，贾平凹叙事的根须深深地扎入炎黄乡土的岩层纵深处，甚至，沉浸于构成民族总体文化层面的"天、地、人"的本体论层次。我感到，贾平凹的写作始终贴近中国传统思维的核心范畴，叙事时更是竭力地彰显人文精神，以深入地呈现人的情感世界和精神世界的复杂性。这些，无不体现出贾平凹写作主体意识的自觉，而其几十年叙事耐心的保持，以及此后对现代文化的辨识和有限度地接受、"化用"，使之将自己的文学写作引向更高的审美空间维度。同时，这样的写作路径和"出发点"，也显露出贾平凹叙事的"启蒙

227

意识"，而发掘、批判乡土生活和都市存在的劣根性，也成为贾平凹文本叙事的重要面向之一。

毋庸置疑，贾平凹的文学写作，始终以深沉而挚诚的"中国之心""秦岭之爱"诠释"中国经验""中国故事"。这已经构成贾平凹渐入佳境的审美形态，并且，使得他的写作呈现出更大的可能性价值和意义。贾平凹曾多次表示，自己的作品看似"传统"，但内里所要表现的，是"传统"中生发出的现代意识（"现代性"）。我认为，贾平凹的小说兼备了两种中国文学"现代性"的不同面向。贾平凹一方面继承了"五四运动"以来，以鲁迅为代表的，提倡启蒙思想、批判精神，展现时代风貌的现实主义精神与立场。另一方面，贾平凹继续着沈从文等人未走完的文学道路，通过对传统、抒情、感性的回归，以自然、人性的角度为个体生命发声，同时以传统审视现代文明，以中国经验的民族意识和传统美育，进行一种人类自身行为、灵魂的洗涤与反思。贾平凹这种对于个体生命与民族传统精神底蕴的深描，充分体现了中国文学回归感性与传统的另一种"现代性"面向。因此，贾平凹的小说"既有很温柔、很温和的东西，还有很坚硬的东西"[①]。这"海风山骨"般的力量与气韵，正是以"中国之心"诠释"中国经验"的完整呈现。

一、启蒙精神的浸润与时代症候及历史的批判

西方启蒙运动的精神孕育出了"现代性"的基本观念，因此对文学"现代性"进行考察，首先要从启蒙思想出发。西方启蒙运

---

① 贾平凹，韩鲁华.穿过云层都是阳光：贾平凹文学对话录［M］.北京：北京联合出版公司，2016：12—143.

动或思想的"宗旨是运用理性来破除宗教迷信和盲从,用科学知识来消除神话和幻想,使人摆脱其蒙昧状态,达到一种思想与政治上的自主性"[1]。根据中国社会的实际情况,作家对理性、科学、自由等启蒙思想最直接、有效的支持与响应方式,就是对非理性、非科学、非人道等中国传统思想与文化的揭露与批判。对于中国文学"现代性"的形成时间及范围界定,学界大致存在两种观点。第一种观点认为,中国文学的"现代性"形成于"五四运动"时期,是一种围绕启蒙、理性、革命等为中心的"新文化""新文学"运动。另一种则是孙郁、王德威、陈晓明等提到的,对于"传统""抒情"的"回转"。毛泽东明确指出,"鲁迅是中国文化革命的主将,……鲁迅的方向,就是中华民族新文化的方向"[2]。作为新文化革命运动的主将,代表时代主潮的启蒙主义,自然成为了鲁迅文学创作的思想资源及叙事立场。贾平凹曾解释过他对于鲁迅启蒙思想的继承,"最早主要学鲁迅。学习鲁迅主要学他对社会的批判精神,对社会的透视力"[3]。

回顾贾平凹早期的短篇小说,如《弹弓和南瓜的故事》《荷花塘》《兵娃》《参观之前》《深山出凤凰》《车过黄泥坡》《选不掉》《帮活》《乍角牛》《闹钟》《清油河上的婚事》《菜园老人》《"张家大斧"》《威信》《"茶壶"嫂》《石头沟》《深深的秦岭里》等,不同程度地展现了现代进步思想与封建守旧思想的冲突,更体现了采用科学技术的现代生产方式对于人力苦干的传统生产方式的压倒性优势。但从小说文本中的叙事策略、话语模式及"非黑即白"的"模

---

[1] 陈嘉明.现代性与后现代性十五讲[M].北京:北京大学出版社,2006:6.
[2] 毛泽东.毛泽东选集(第二卷)[M].北京:人民出版社,1952:698.
[3] 贾平凹,韩鲁华.穿过云层都是阳光:贾平凹文学对话录[M].北京:北京联合出版公司,2016:12.

式化"人物形象等方面来看,这些短篇小说尚未摆脱"革命文学"这一文学主流与权威的影响。

贾平凹曾表示,"所谓'现代性'实际上就是人类的现代意识"①,就是《二月杏》中地质工人大亮关于"我是我"的呐喊。贾平凹的"改革三部曲"等"改革文学"作品,集中体现了文学"现代性"中的启蒙思想。《小月前本》中王和尚家奄奄一息的牛,以及那股使烟灯撞到树上的"恶风""妖风",代表了一种落后生产方式的行将就木,同时也引申出传统思维方式在与现代思想碰撞后的颓败之势。在文本中,门门提议和小月家一起租借抽水机,收入一家一半,王和尚却因看不起门门,以及不相信现代的"电老虎"而断然拒绝了合作。后来门门竟真将抽水机安装好,一时间成为了村里的红人。王和尚碍于脸面,只好让小月去向门门借抽水机。除此之外,贾平凹也批判了"男占女位"、包办婚姻等传统陋俗。在文本中,王小月与王和尚、门门与才才、"张狂"与"本分"、分头和光头等人物或形象,充满着现代进步思想与传统守旧思想的碰撞与激战;小船和老牛、化肥和牛粪、找人代耕和用牛耕地、清凉油和熏蚊草、机器浇地和人工浇地、按劳取酬和"雇长工"等物事或劳作方式,处处体现着现代与传统在生产方式之间的二元对立性。

如果将《小月前本》中的"进步分子"视作混沌初开的、较为功利的时代先行者,那么《腊月·正月》中的"进步分子"则属于勇敢、自觉的时代"觉醒者"。小说讲述了受封建思想长期支配的传统保守主义者韩玄子,与受新政策、新技术引导的变革者王才

---

① 贾平凹.与王尧在传统与现代之间的新汉语写作[M]//贾平凹.访谈:贾平凹文论集[M].北京:生活·读书·新知三联书店,2015:137.

之间的矛盾与拉锯。家族世代的兴盛，自身的知识、名望以及后辈的荣耀（长子是全镇第一个大学生），使得韩玄子拥有自得与骄傲的足够资本。他讲究品味天地间的闲趣，注重家宅风水方位，更将"脸面"视为生活的重中之重。作为韩玄子的二儿子，二贝与韩玄子的保守思想竟截然相反，热情、善良的二贝接受与继承的是现代科学技术的教育与洗礼，富有远见的二贝不时为王才出谋划策，俨然成为了王才致富路上的恩人与伯乐。意识形态上的差异使得父子二人在家中的矛盾逐步升级，最终分了家。王才的"暴富"，使韩玄子感受到了其对韩家势力前所未有的威胁与挑战，为了维护韩家和自身的脸面，韩玄子处处与王才作对，以引以为傲的保守主义和经验主义，勉强维持着早已远远落后于现实与时代的"名言正理"。作为先富起来的少数人，王才在创业路上遇到了不少艰难与阻力，讽刺的是，这些阻力不是因为国家政策，而是来自传统保守思想的麻木、顽固以及人性中的自私与嫉妒。贾平凹"改革三部曲"之一的《腊月·正月》，反映了国家改革初期，传统封建礼教对于农村社会发展的阻挠与制约，也批判了"平均主义""一言堂""养儿防老""从众心理"等传统遗留下来的思想顽疾，展现了时代"觉醒者"与传统"昏睡者"的抗争与博弈，是对于鲁迅"国民性"批判的继承与延续。

"西方文艺复兴运动的精神实质，是重新发现人性，……启蒙运动更加旗帜鲜明地反对宗教迷信，张扬了人性"[①]，鲁迅所倡导的"个性解放"，在本质上与西方启蒙运动的精神实质殊途同归，但在具体内涵上则具有明显区别。西方强调以自我为中心的个体独立性，鲁迅则是基于中国自身特殊而复杂的基本情况，"将个人主

---

① 陈嘉明.现代性与后现代性十五讲[M].北京：北京大学出版社，2006：25.

体性与民众的觉醒、民族的振兴自然地联系起来"[①],走出了一条符合中国国情的启蒙道路。贾平凹同样注重对个体生命内蕴的观照与挖掘,但时代不同,作家要表达的具体精神内蕴自然不尽相同。贾平凹怀揣"中国之心",将个人主体性思想观念与民众普遍的心理及行为、时代的精神症候微妙而自然地连接起来,以达到呼唤并反映时代精神、"中国经验"的写作目的。

在贾平凹众多涉及"个体觉醒""个性解放"等启蒙精神的小说文本中,对于女性精神启蒙的叙述显得格外突出与深刻。可以说,贾平凹文学创作的主要语境——乡土社会,正是女性深受传统社会文化桎梏的主要场域。这些作品,一方面,深刻挖掘传统社会文化对于女性的桎梏与束缚;另一方面,也体现出了思想"觉醒"的女性对于自身独立所做出的努力与抗争。以中篇小说《古堡》为例,张家爹娘死得早,留下兄妹三人,长兄为父,张老大就承担起了一家之长的重任。张老大要娶云云,云云爹却以他家大儿子光大还未娶妻为由要求张家"换亲",即只有将张家老三小梅许配给云云的大哥光大,才肯同意张老大和云云的婚事。一表人才的小梅自然不愿意嫁给放任不羁的光大,却身不由己。一方面,她不能由着性子断送兄长的婚姻;另一方面,她不能违背长兄如父的祖宗家规,就只能委屈自己,勉强答应了这门婚事。此外,还有《天狗》中"以夫养夫"、《山本》中的"童养媳"等例子,足以见得乡土社会长期以来所遵从的男尊女卑、重男轻女的社会结构及传统规约。

我们注意到,在贾平凹的小说中,多次潜心呈现那些对于传统守旧文化、规约等进行抗争的女性形象。《二月杏》中的二月杏

[①] 王铁仙.鲁迅的现代性思想与现代文学精神[J].文艺理论研究,2008(03):37.

被人侮辱过,却反落下了伤风败俗的坏名声。面对如此不公正的对待,她没有选择逃避,而是执拗地留在伤害过她的地方,"她是在以自己失去的东西来抗议那些欺骗她、侮辱她的罪恶……她偏要在这被欺骗、被侮辱过的地方再一次活下去,表示着自己的纯洁"[①]。庆幸的是,二月杏放下了心底沉重的包袱从而与自我和解,最终选择嫁到五十里外的乡镇重新生活。《小月前本》中的王小月自信、明理,书中以及门门对外面世界的描述,使她拥有了一种个体觉醒的反叛精神,显示出了乡村女性对于自由与独立的憧憬与追求。小月排斥做女红、操持家务等传统妇女应具备的技能,反感她爹的传统观念和前朝五代的老话,她对自己的长相充满自信,并自豪于对于美的充分展现。她觉得如果自己是个男人,一定会风风火火干一场大事。这是一种对于"性别权力"严重失衡的声讨与控诉,表明女性已在寻找走出蒙昧状态的方式与途径,充满着女性思想中对于性别平等的追求以及个人意识的觉醒。

从易卜生的《玩偶之家》(又名《娜拉》)到胡适的《终生大事》,"娜拉出走"成为了"五四"时期女性解放的独立宣言与标志。胡适的《终生大事》从中国实际情况出发,以传统包办婚姻及以父权为主的宗族、家长控制为抨击与批判的主要对象,讲述了新思想女性为自由与解放而离家出走的故事。遗憾的是,胡适并没有深究"娜拉出走"之后的问题,这如同西方童话故事中的王子与公主,他们"从此幸福快乐地生活在一起"以后发生和存在的诸多问题,才是现实世界应该主要聚焦的关键所在。相比之下,鲁迅没有把关注重点放在女性解放这一相对孤立、平面的问题上,他"更

[①] 贾平凹.二月杏[M]//贾平凹.贾平凹中短篇小说年编·中篇卷·二月杏.济南:山东人民出版社,2018:192.

关心的是实现女性解放所必需的社会历史条件,……强烈呼吁铲除产生女性牺牲者所赖以存在的社会历史文化根源"[①]。对于女性获得独立与自由的根本途径,"经济权就见得最要紧了。第一,在家应该先获得男女平均的分配;第二,在社会应该获得男女相等的势力"[②]。贾平凹虽未在关于女性启蒙思想、个性解放等问题上明确表明立场与态度,但从他的众多小说文本中,能够透示出其与鲁迅一脉相通的观点与立场。

可以说,多年以来,贾平凹从历史、社会、人性等角度探讨女性的现实境遇,不竭探寻女性能够真正获得自由与解放的正确路径。《小月前本》对"娜拉出走"做出了后续回应。在冲破了包办婚姻的束缚而离家出走之后,小月和门门选择"回归"作为证明自身的方式与姿态。同门门的结合,使小月拥有了可以冲破家庭束缚的物质条件,这是女性得以实现个性独立与解放的前提与关键,至于小月对门门和自己回到村后如何做人、做事的希望与嘱托,只是为物质条件锦上添花而已。《山本》中的陆菊人及《黑氏》中的黑氏,她们虽生活在不同的年代,且前者处于女性觉醒的蒙昧时期,后者已开始了对于自身独立与自由的追寻,但她们的共同点在于思想上的坚韧、自信以及经济上的相对独立。只有夯实了精神和物质的双重基础,才能够进一步探讨和实践女性的启蒙问题。鲁迅曾一针见血地道出了"娜拉出走"的结局:"不是堕落,就是回来。"[③]

[①] 蔡洞峰."娜拉"的彷徨与女性启蒙叙事——以鲁迅女性解放思想为视角[J].东岳论丛,2018(07):86.

[②] 鲁迅.娜拉走后怎样[M]//鲁迅.鲁迅全集第1卷.北京:人民文学出版社,2005:168.

[③] 鲁迅.娜拉走后怎样[M]//鲁迅.鲁迅全集第1卷.北京:人民文学出版社,2005:166.

这很容易让人联想到《废都》中的唐宛儿和《极花》中的胡蝶，两位女性人物的结局正暗合了鲁迅对于"娜拉出走"的预言与结论：一个被抓回了老家，过着"生不如死"的生活；一个丢失了自己的魂魄，最终只能无奈而绝望地回到束缚自己的牢笼。可以说，唐宛儿与胡蝶的结局，较之于鲁迅的预言更加悲惨、残酷。

通过阅读文本，我们了解到，《暂坐》中海若及众姊妹都属于所谓现代女性。现代城市文明，或许使她们早已超越了女性思想解放与精神独立的初始阶段。但从文本中不难发现，能够获得如此自由的前提条件，离不开精神独立与经济基础的相辅相成，两者缺一不可，且经济独立是女性获得身心自由的先决条件。相比之下，辛起就属于一个典型的反例，当女性尚未获得真正的经济独立，原本已经建构起来的精神解放根基，也会呈现向传统父权制度妥协与屈服的结果与状态。以上所述，对于如何实现女性身心真正的自由与独立，贾平凹在文本中早已给出答案：一是拥有较为完整的知识储备，从而积累、建构起的科学、现代的意识形态；二是具备一定的经济物质条件。只有同时具备了以上两点，才能使中国女性真正摆脱传统社会文化带来的束缚与禁锢，实现其身心合理而纯粹的自由与独立。

由此可见，无论是对于女性命运的高度关切，还是对于社会现实的深刻捕捉，都体现出贾平凹作为一名作家，对于书写历史与时代的使命意识与担当精神。这种担当，体现在他对"世纪百年"中国叙事的身体力行、兢兢业业的"整饬""盘点"和反省。我认为，这是一位真正的好作家的责任。这其中蕴藉着耐心、悉心和信心，以及从容、宽厚的叙事气度。在此，也进一步体现出贾平凹对其所坚守的贴近时代的叙事伦理的坚持和守护。

"我一直在写秦岭，写它历史的光荣和苦难，写它现实的振兴和忧患,写它山水草木和飞禽走兽的形胜,写它儒释道加红色革命的精神"[1]。作为一位秉持启蒙精神及批判意识的作家,作为一个农民的儿子,贾平凹不忘对时代精神的书写。他的"百年秦岭"故事,始终围绕中国农村进行的几次土地改革展开,生动而真实地描摹出秦岭地区农村、农业、农民,在每一次土地改革中所反映出的时代心态和现实问题。"现代性对于古典桎梏的一个重大突破即是,解放历史的多义与丰富"[2]。贾平凹将这种现代性的"解放"付诸对于历史"宏大叙事"的解构,他将个人精神与命运的复杂、曲折填充进历史的缝隙之中,以"小历史"来尽力完满"大历史"的不同侧面,使历史的图景更加立体、鲜活。"当你所写的人物的命运与这个国家、时代的命运在某一点上契合了、交结了,你写的故事就不是个人的故事,而是这个国家的时代的故事"[3]。"改革三部曲"等小说,反映农村在改革开放初期,传统守旧思想与现代创新思维的碰撞与较量;《浮躁》以金狗、雷大空等人物的发展,反射焦虑、浮躁的时代整体心态,并对民族精神价值贬值的根源问题进行深刻挖掘与反思;《废都》展现国家经济转型时期,以庄之蝶等西京四大名人的"求缺"追求,透示知识分子乃至整个社会价值体系的倾斜与断裂,同时,作家也将人性欲望膨胀与失控的描写展现得淋漓尽致;《怀念狼》从猎杀狼、保护狼,到最终狼的彻底灭绝,在反映生态问题的同时,呼唤整个国家、社会沉睡已久的"狼性";《秦腔》通过发生在清风街上"一地鸡毛"的家事和政事,吟唱了一曲传统文化、乡土社会委顿、凋敝的时代挽歌;《带灯》展现了

---

[1] 贾平凹.秦岭记[M].北京:人民文学出版社,2022:263.
[2] 南帆.当代文学、革命与日常生活[J].南方文坛,2013(04):8.
[3] 贾平凹,武艺.云层之上:贾平凹对话武艺[M].桂林:广西师范大学出版社,2021:94.

国家政策落实到基层农村，所产生的各种实际问题；《暂坐》通过"暂坐"茶庄众姊妹的生活图景，透视现代城市女性的精神困境；《秦岭记》第三十九个故事，反映2016年国家开始进行环境治理以来，工厂停产、土地恢复后，农村所面临的新的窘境。贾平凹提到中国社会与西方社会的不同之处，"西方……国家，就是靠金钱和法律两条线来维持，咱里面有好多是人情方面的、金钱方面的、权力方面的、法律方面的，就各个方面搅和在一块儿的。……作为这个时代的作家，他肯定要给予揭露、批判，起码要把它写出来引起社会和一般人的警觉"[1]。根据中国实际情况，反映时代症候，以引起人们的关注与警觉，这始终都是贾平凹作为一位炎黄子孙、一位农民的儿子、一位作家贯穿始终的使命与责任。

无疑，贾平凹的小说，不仅在文本内容与思想方面，继承了鲁迅等人所秉持的中国文学"现代性"，在小说形式上，贾平凹也与鲁迅一样，始终走在小说形式创新与实验的征途上。"鲁迅大胆借用西方小说形式打破了中国传统小说的格式模式，开创了中国现代小说的崭新形式。……鲁迅的小说一篇有一篇的形式，显示了鲁迅无所依傍、不拘一格的创造性"[2]。在《云层之上：贾平凹对话武艺》中，贾平凹提到了他大学的经历。在学"文学概论"时，他曾被情节、人物、语言、典型环境之类的小说典型叙事模式所束缚与困扰，但写开了才发现，"怎么写都是小说，没有规矩"[3]。在中

---

[1] 贾平凹，韩鲁华.穿过云层都是阳光：贾平凹文学对话录［M］.北京：北京联合出版公司，2016：120.

[2] 张文诺，余琪.论贾平凹小说创作中的鲁迅影响［J］.小说评论，2019（06）：147.

[3] 贾平凹，武艺.云层之上：贾平凹对话武艺［M］.桂林：广西师范大学出版社，2021：161.

国,无论是对时间、空间的理解,还是中国传统美术、文学的艺术表现,都显示出注重整体性、以大观小的中国传统思维模式。从整体上看,贾平凹的小说的叙事逻辑也是如此。但作为一个坚持形式创新的实验者,贾平凹始终想走出一条既适合自己,更贴合小说叙事本身的路径。于是从《秦腔》开始,他试着放大"细部的力量",以一种生活的自然流动对小说展开叙述。王春林指出:"贾平凹一方面积极传承中国本土小说传统,另一方面却也没有拒绝对于西方现代主义艺术经验的借鉴吸收……进而完成对于中国本土小说传统的一种转化性创造。"[①] 我十分认同这种对贾平凹小说创作的解读。我们可以这样理解,贾平凹的小说叙事,从整体上继承了中国传统小说叙事的基本模式,遵循着从整体到部分、以大观小的叙事格局,即"散点透视"。但在叙事局部的处理上,他吸收了西方"焦点透视"的艺术特点,极其重视对日常生活最真实、原始、客观状态的雕琢与描摹,呈现的是以小见大、以部分辐射整体的细部的能动与张力。以整体透视局部,再由局部辐射整体,实现了整体和局部的互相依存与彼此关照,从而形成了贾平凹极具多元性、个性化的叙事之道。这同样是贾平凹以"中国之心"诠释"中国经验"的一种转化性、创新性的体现。

  我们看到,贾平凹的文学写作历程,坚守着作为一名作家的坦荡之心、家国情怀和批判精神。正如他所说,"像中国这样的国家,溃败和崛起都不是很短时间就完成的。每一茬作家有每一茬作家的使命,各自完成各自的使命吧"[②]。多年以来,贾平凹基于"中国立场""中国之心",始终将关注重点聚焦在中国不同历史转型过程

[①] 王春林.贾平凹《古炉》论[M].太原:北岳文艺出版社,2015:105.
[②] 贾平凹,王春林."个人命运的故事,也就是社会、时代命运的故事"——贾平凹访谈录[J].百家评论,2016(02):45.

中所出现的诸多"前无古人""见所未见"的现实问题。因此，我们可以做出这样的判断，贾平凹通过对社会现实的描摹及时代症候的批判，展现出对于"中国经验""中国问题"极具反思性、批判性的"现代性"思辨。这种思辨，将我们的认识和思考引向具有历史、现实深度的审美空间和精神维度。

二、个体生命的珍视与民族传统精神内蕴的深描

我们说，贾平凹是以"中国之心"诠释"中国经验"，那么，究竟何谓"中国之心"？我认为，"中国之心"是一种基于传统文化，又具有现代文本书写特质的寥廓情怀。如果说，贾平凹对于历史、时代、家国的书写，是基于一种作家身份的使命与责任，那么，那种回归传统与感性的，对于个体生命体验、民族精神内蕴的深描，则是作家发自"初心"与本能的自觉书写。贾平凹这种"回归传统"的"向内转"行为，似乎在冥冥之中，已经汇入中国文学的另一股文学谱系之中，同时也诠释着中国文学"现代性"的另一种面向。

关于中国文学"现代性"的另一种方向，或者是中国文学的另一种传统谱系，是孙郁曾提到过的，包括贾平凹在内的，如沈从文、闻一多、朱自清、老舍、张爱玲、汪曾祺等一类"有着挫折的体验，不都那么冲动，还有士大夫的遗传在"[1]的一种文学流派。哈佛大学王德威"没有'晚清'，何来'五四'"[2]的追问，将

---

[1] 孙郁.革命时代的士大夫——汪曾祺闲录[M].北京：生活·读书·新知三联书店，2014：307.

[2] [美]王德威.被压抑的现代性：晚清小说新论[M].宋伟杰，译.北京：北京大学出版社，2005：1.

形成中国文学"现代性"的时间轴提前至太平天国前后的晚清时期。他认为除了现实主义以外,还有一种或几种倾向或流派,同样结构着中国文学"现代性"的内涵与方向,它们"以不断渗透、挪移及变形的方式,悠悠述说着主流文学不能企及的欲望,回旋不已的冲动。这构成了中国现代文学另一种迷人的面向"[①]。陈晓明在肯定王德威观点的同时指出,对于浪漫主义的驱逐与贬抑,是中国文学"现代性"最致命的软肋。现实主义虽然占据了中国文学的"肉身",却无法阻止中国文学"现代性"中浪漫主义的暗流涌动。孙郁、王德威、陈晓明等学者的观点,在为"命运多舛"的"传统""抒情"流派"正名"的同时,拓展了中国文学"现代性"的文学谱系与审美面向。

贾平凹本人认同孙郁将其归入"传统""抒情"与"感性"文学谱系的结论,并将中国文学史存在的两种流派比作"水"与"火","火给我们激情;水给我们幽思。火容易引人走近,为之兴奋;但一旦亲近水了,水更有诱惑,魅力久远。火和水的两种形态的文学,构成了整个中国文学史"[②]。从这段话中,我们能够深切体会到贾平凹对于"传统""抒情"流派的欣赏与自觉选择。

对于"抒情""传统"的沈从文,贾平凹曾这样评价过,"文学有文学的规律,文学就是写人性的,……近50年后沈从文的浮出,是中国文学观的改变,可以说,对待沈从文的态度变化,是20世纪中国文学的心路历程"[③]。贾平凹在强调文学具有自身规律的同

[①] [美]王德威.被压抑的现代性:晚清小说新论[M].宋伟杰,译.北京:北京大学出版社,2005:11.

[②] 贾平凹,王春林."个人命运的故事,也就是社会、时代命运的故事"——贾平凹访谈录[J].百家评论,2016(02):44.

[③] 贾平凹.沈从文的文学——在西安建筑科技大学的讲座[M]//贾平凹.访谈:贾平凹文论集[M].北京:生活·读书·新知三联书店,2015:137.

时,对沈从文的文学创作进行了极高的评价,他提到的"20世纪中国文学心路历程",饱含着中国现代文学观念从现实主义的绝对权威中逐渐挣脱,并逐步转向更具丰富性、多义性的文学谱系与审美面向的曲折的历史过程。随着中国文学"现代性"对于社会"现代性"的超离,文学逐步拥有了可以根据其自身发展规律,自主定义文化内涵、选择审美向度的话语和能力。一直以来,被现实主义主流文学长期压抑、排斥的"传统"与"抒情"风格,终于迎来了拨开云雾的历史时刻。

鲁迅作为中国现代文学奠基人之一,贾平凹的作品(尤指新世纪以前)深受其启蒙思想和批判精神的影响。相比之下,沈从文以自然、传统进行人性复归或重建的话语体系,则具备了一种贯穿性或超越性,是一种在启蒙"现代性"基础上,对于审美"现代性"的执着追求,大体上可以说就是由"现代性"和抒情、写实的关系,以及审美架构所组成。

综观贾平凹半个世纪的文学作品,对其创作影响最为深远的,当数沈从文。对此,贾平凹本人也表示认同,"我学习废名,主要是学习他的个性。……但他的气太小。……我看废名是和沈从文放在一块儿看的。沈从文之所以影响我,我觉得一是湘西和商州差不多,二是沈从文气大,他是天才作家"[1]。陈思和说过,"从某种意义上说,贾平凹是文学史上沈从文的重复和延续。沈从文书写美好的湘西社会,……没有写……残酷。贾平凹的成功是他把沈从文后面没走完的路走下去了,他的长篇小说《秦腔》就是一曲乡村衰败的挽歌"[2]。令人感动与震撼的是,沈从文在其未完成的遗作《抽

---

[1] 贾平凹,韩鲁华.穿过云层都是阳光:贾平凹文学对话录[M].北京:北京联合出版公司,2016:12.

[2] 陈思和,贾平凹作品研讨会纪要[J].华语文学,2007(05):56—62.

象的抒情》开篇,埋下了一颗满含期待的时间胶囊,"可望将生命的某一种形式、某一种状态,凝固下来,形成生命另外一种存在和延续,通过长长的时间,通过遥遥的空间,让另外一时另一地生存的人,彼此生命流注,无有阻隔"①。这是多么辛酸且深情的嘱托与期待啊!庆幸的是,沈从文口中的那个"另外一时另一地生存的人"适时地出现了,这个人当非贾平凹莫属!必须说明的是,贾平凹对于沈从文的学习,并不是一种纯粹意义上的重复性沿袭,而是一种面向审美"现代性"的转化性、创新性的继承与赓续。可以这样说,贾平凹在处理当代"中国经验"时,是出于一种自觉的审美选择。

  深入文本,我们不难发现,在贾平凹的诸多长篇小说中,缱绻、涌动着一股柔美而超尘的抒情气息。《古炉》和《带灯》,无疑是其中最为典型的代表作品。在这里,我们分别从作品命名、人物形象及叙事形态等方面进行分析。首先是作品及人物的命名。《带灯》的书名本身就是一种象征性的隐喻。小说人物带灯的原名叫"萤",萤火虫只是照亮自己,而带灯不只想照亮自身,还试图为周遭的人事带去光亮与希望,因此,"带灯"其名本身就充满强烈的抒情意味。此外,《怀念狼》《秦腔》《极花》等书名也具备类似特点。从小说的叙事形态上看,抒情风格则更为明显、独特。《古炉》从整体上,围绕"特殊时期"这一中心事件进行故事的叙述,作家不选"常人",而是选取狗尿苔这个"丑人""怪人"作为视点人物,本身就是浪漫与抒情的体现。在那个食不果腹的年代,饭稀得可以当水喝,狗尿苔却能从碗中看到星星,喝一口,星星还在,他

---

① 沈从文.抽象的抒情[M]//沈从文.沈从文谈艺术[M].南京:江苏人民出版社,2014:2.

便再喝一口，乐此不疲；当村人都警惕着麻子黑越狱跑回村子的紧张时刻，狗尿苔却能将杏开袄上的碎花，想象成无数的小蝴蝶落了上去；在阴气森森的坟地，狗尿苔被密密麻麻的野山菊震撼，并觉得它们都在冲他做鬼脸；在狗尿苔看来，冬生因反复地灌水淘泥而喘出的粗气，则成为了涌出的一堆云彩，狗尿苔还饶有兴致地要自己造云，因为造了云就可以飞上天空……这些苦中作乐的闲趣，不仅为苦难的生活增添了一抹色彩，更随着抒情气息的积少成多，将历史的暴力一步步割裂、拆解。在文本中，历史与政治的暴力被不可抑制的生活洪流卷进充满着柴米油盐的烟火气当中，在"生活流"叙事以及抒情气息的共同作用下，暴力与伤痛被莫名其妙又顺理成章地"日常化"了，这种抒情与反抒情的叙事策略，呈现出了古炉村日常生活秩序与"特殊时期"之间所碰撞出的荒谬感、割裂性与破碎之美，极具冲击性与反讽效果。

《带灯》讲述了樱镇综治办主任带灯，所经历的工作及生活日常。小说的叙事形态仍属于模糊了中心事件，却处处都可成为中心的"生活流"叙事。文本由一虚一实两条线索贯穿而成，呈现"团块状"的叙事结构。文本的实线属于现实主义小说范畴，讲述了乡镇基层复杂、繁琐的日常工作。实线部分，充分反映了乡镇在追逐工业现代化进程中，给环境和百姓带来的破坏与伤痛——"富饶了会不会也要不美丽了呢？"[①] 作家在描写这些社会现象时主要使用"描述"性语言，力图展现最客观、真实的生活原生态图景，这样就给读者留出了足够开阔的空间，供其思索与探寻。当然，贾平凹也给自己留出了抒发情感的空间，这就是文本的虚线部分——带灯给元天亮发的短信。而这一线索，使文本超越了现实主义小说范

---

① 贾平凹.带灯[M].北京：人民文学出版社，2013：84—85.

畴，弥散着浓郁的浪漫主义及抒情气息。一切从带灯梦到元天亮时开始发生。在短信中，带灯不需要对方的回复，只是纯粹且安静地倾诉着自己超越现实的精神世界，这种对于星空的仰望，不仅使带灯找到了中和现实的平衡支点，更使文本在"阴柔"与"阳刚"两种话语体系的互相碰撞中，产生了叙事与审美的多义与张力。此外，文本中的浪漫主义及抒情风格，不仅存在于带灯给元天亮发的短信中，还存在于自然对带灯的浸润与"治疗"。通过对自然的观察与品悟，在带灯眼中，树成为了日月的宗教；地软、兔兔花幻化为坚韧生命的符号；林涛澎湃成生命的律动；风筝给太阳送去笑脸，太阳回赠其通身的灿烂与温暖；啄木鸟敲着木鱼，体悟着自然秘而不宣的生命精魄……值得注意的是，随着要处理的工作日益繁杂，带灯的脾气也变得愈加暴躁，与此同时，她在日常工作中的语言也日渐粗俗。但只要一回到她给元天亮发的短信中，一回到那个现实之外的精神世界中，就会寻到或者扶正自己如初的本心。在抒情气息的弥漫中，作家试图通过人物，释放出一种超越现实或苦难的力量，至于结果是什么，说宽恕太大了，至少这种力量可以温暖自身，如"带灯"一样，自带光芒。

由于个体的差异及所处历史背景的不同，相比之下，沈从文更加坚决、纯粹，他所展现出的，更多的是城市（现代）对乡村（传统）的污染与侵蚀，以及对于自然与乡村之美的肯定与歌颂。相对而言，贾平凹则更具弹性也更加辩证。他的创作视角是双向的，以一种城市与乡村、现代与传统相互对望的方式，进行着双向、循环的审视与反思。也正因为视角与思维的开阔，使其能够对城乡之间进行更加全面、客观的叙述，使读者在充分观察与比较之后，做出更加理性、辩证的思考与判断。由于家庭背景、出身及性格等方面的差异，从个人气质上看，沈从文更具儒雅文人的理想化与纯粹性,即使遭遇再多的苦难,也始终坚守心中的美学理想。《龙朱》第一段对于白耳族族长之子龙朱的描写,尽显了沈从文对于美的追求与歌颂,"这个人,美丽强壮像狮子,温和谦逊如小羊。是人中模型。是权威。是力。是光。种种比譬全是为了他的美"[1]。我们看到,沈从文对美的诠释,具有典型的浪漫主义特征。相比之下,贾平凹不仅欣赏形象优美、得体的人或物事,还经常流露出对于"丑"的独特看法与欣赏:"丑到极处,便是美到极处"[2]。贾平凹前期、中期作品中的浪漫主义及抒情风格,大致同沈从文的方向一致,体现了语言与审美的和谐与统一。但越到后期,他对美的定义就愈加丰富、多义。从贾平凹"生活流"小说的叙事形态中,我们可以感受到他对于美与丑的辩证性审美感知。无论是秃子、石头、引生、狗尿苔等至低至贱至丑的人物形象,还是将人掉牙后嘴窝着的样子形容成"婴儿的屁眼儿",将美丽女人的脸形容成"碱放多了烙出的面饼",将瓜瓢比作"脑浆子",甚或"堂而皇之"地将"屎尿""粪便"等多次"随意"丢置于《秦腔》《古炉》等文本之中,"密集出现的粪便更严重地败坏了悠长的牧歌情调。这不啻于一场意外的美学叛变"[3]。实际上,这些看似粗鄙的"审丑"行为,是一种对于生命本源更多角度、更深层次的思考与探寻,这并非"以丑为美"或"离美渐远",而是一种"化丑为美"的更为辩证与开阔的审美行为与追求。贾平凹的这种叙事伦理与策略,不仅丰富并延展了文学的审美空间,使其作品在现实主义与浪漫主义的交融中,还生发出了一些现代主义的审美意味。

---

[1] 沈从文.龙朱[M]//沈从文.山鬼[M].北京:京华出版社,2006:32.
[2] 贾平凹.丑石[M]//贾平凹.商州寻根[M].长春:时代文艺出版社,2017:29.
[3] 南帆.剩余的细节[J].当代作家评论,2011(05):75.

毋庸讳言，沈从文"在普通人忠实、努力的生活里，看到了庄严和神圣"[①]。其审美"现代性"的独特之处，在于将人生与审美的有机融合，他通过建构乌托邦式的希腊小庙，来突显人性中的庄严与神性。而贾平凹则是将沈从文的审美理想现实化、具体化，甚至故意消解了神性的庄严感。他通过日常生活中人性在发生集体性失常或异化现象，来反射神性之光、救赎之美。上文提到，我们可以将贾平凹笔下具有神格、神性之人大致分为两类，即"乡间智者"和"残缺人"，他们的社会地位不高甚至极低，在小说文本中，他们遭受着各种各样的苦难。作家赋予他们神性，一方面，这种价值取向与精神向度具有启迪、净化心灵的引领作用，体现了生命的救赎之美；另一方面，这种神格或神性，为人物自身输送了精神上赖以生存的氧气，这种神性即是一种心理补偿，是一种让紧绷、苦痛、破碎的灵魂，能够得到慰藉的媒介。

与此同时，我们发现，无论是沈从文的"天人合一"，还是贾平凹的"天我合一"，共同点都指向了"天"，也就是万物生长的存在之本——自然。在他们所构建的"神性"人物中，自身先天的条件以及来自自然的习得和领悟，共同构成了他们具有"神格"的充分必要条件。《古炉》中的蚕婆认为万物有灵，她最懂动植物，动植物也最亲近于她；善人在被残酷批斗时，仍不忘留心脚下的蚂蚁，独木难支的他最终选择了与被砍得支离破碎的古树一道离开；《秦腔》中的引生能感受到树叶的疼痛，能依稀读懂狗儿、鱼儿的意思，能够接收到来自山谷的音讯，当母狗赛虎被打死后，只有引生和公狗来运悲痛欲绝，并唱起秦腔为其安妥灵魂；《古炉》中的

[①] 陈婧祾.朱光潜、沈从文和苏格拉底［M］//［美］王德威.哈佛新编中国现代文学史［M］.台北：麦田出版社，2021：556.

狗尿苔能和动植物甚至半截子石头进行无障碍交流，即使生活再穷苦，也要夹一粒米、一勺粥，敬奉给石头和树木……这是一种通过审美来提升心性（道德），从而感悟人生并体验生命的过程，"审美与道德的本源目的，实际上就在于'生命的自由扩张'，即通过审美的方式体验生命，通过道德的方式来强化生命"[1]。如果说，沈从文的审美理想趋向"天人合一"的哲学境界，那么，贾平凹的审美追求还兼具了现实意义，属于一种"天我合一"的文学境界。贾平凹小说中这种回归感性的"救赎"功能，体现了审美"现代性"的价值取向和意义所在。在中国，启蒙"现代性"尚未完成，这种通过人生而升华到审美，又从审美来达到启蒙效果的双向路径，正是一种符合"中国气质"的审美"现代性"的体现。

除抒情以外，贾平凹与沈从文的共通之处，还在于对于"传统"的"坚守"。贾平凹对"现代意识"曾有过这样的理解："有时坚守住一个东西可能也指一种现代。"[2] 我从这句话中读出了辛酸，更由衷地凝聚成为一份感动与认同：贾平凹对于自然的敬畏、传统的坚守，也是一种现代意识的表现。"回归感性在日益理性化和工具化的社会中，便彰显出相当重要的人道主义内涵，它是对人的'异化''拜物化''工具化'状态的反叛，是恢复马克思所说'合乎人性的生活'的必经之路"[3]。在贾平凹的小说作品中，"回归感性"主要体现在对于自然与传统的回望与反思。

夏志清曾就沈从文对待人生的态度进行总结，"人类若要追求更高的美德，非得保留如动物一样的原始纯良天性不可。……一个

---

[1] 李咏吟.审美与道德的本源[M].上海：上海人民出版社，2006：1.
[2] 贾平凹，武艺.云层之上：贾平凹对话武艺[M].桂林：广西师范大学出版社，2021：93.
[3] 周宪.审美现代性批判[M].北京：商务印书馆，2005：160.

人即使没有高度的智慧与感受能力，照样可以求得天生的快乐和不自觉地得来的智慧"①。从这段解读中，能体味到沈从文对于追求审美理想的执着与纯粹。相比之下，贾平凹则偏执不足，含蓄有余。但一切都写在了他的小说里，2022年出版的笔记体小说《秦岭记》，即是贾平凹给出的对于人生最好的答案。《秦岭记》共三个部分，第一部分"秦岭记"为贾平凹2021年6月至8月中旬最新创作的部分，第二、三部分为1990年及2000年前后完成的《太白山记》及其他几篇短篇作品。将旧作与新作连在一起，能够更为直观地观察到社会现代性影响下的乡村在不同时期所发生的变化，但无论社会如何变化，贾平凹要探寻的价值取向与生命意义始终不曾改变。

在贾平凹的作品中，那些至真至善、悲天悯人的人物形象，无不表现出了对于自然的亲近、热爱与敬畏。他们秉持众生平等、万物有灵的自然观与价值观，从自然中感悟生命的精魄与力量，构筑为人处世的思维与人性的法则。"我们的上古人就是在生存的过程中观察着自然，认识着自然，适应着自然，逐步形成了中国人的思维，延续下来，也就是我们至今的处世观念"②。中国人的自然之道，首先是观察并认识自然。在贾平凹的小说文本中，人们可以通过日影辨别时间；狼一走过，会下大雨，随之而来的很可能就是涨水；前一天天上出现瓦片红云，第二天就一定是个好天气；一大早天上有火烧云，说明接下来要下雨；树上哪一面果子结得多，它朝着的方向庄稼就会丰收……在文本中，作家也时常流露出对于自然的热爱与敬畏。《古炉》中的狗尿苔以及《老生》中的棋盘村

---

① 夏志清. 中国现代小说史［M］. 香港：中文大学出版社，2015：151.
② 贾平凹. 老生［M］. 北京：人民文学出版社，2014：9—10.

人,吃饭都会先夹一点粮食放在树丫上;每年乡下人都不会将柿树上的柿子全部打净,他们会给乌鸦留一些。贾平凹儿时有一次背柴返家,失足滚下崖去,幸运的是,他被半崖上的三株白桦树卡住,仅仅受了一点皮肉之伤,他便对着白桦树磕头,对着群山峻岭磕头。于是,便有了《商州》中的母鹿救人,《古炉》中狗尿苔滚下坡被小树拦腰接住等故事情节。此外,《高老庄》中的西夏,《秦腔》中的引生,《古炉》中的狗尿苔、蚕婆和善人,《带灯》中的带灯,《山本》中的陆菊人、陈先生和麻县长,《暂坐》中的冯迎等,都在自然中感悟生命的律动,于天地间吐纳自然的灵气与芬芳。人们能从对自然的观察、认识、热爱与敬畏之中,潜移默化地领悟到自然所诠释的"生命圆满":"为人就把人做好,为兽就把兽做好,为花木就开枝散叶,把花开艳,为庄稼就把苗秆子长壮,尽量结出长穗,颗粒饱满"[①]。这就是贾平凹于天地自然之间,体悟到的生命的从容与圆满。

  需要特别说明的是,城市现代化、工业化的高速运转,导致人类毫无节制地向自然进行索取,而忘却了对于自然的真正热爱与敬畏。"生态威胁是社会地组织起来的结果,是通过工业主义对物质世界的影响得以构筑起来的。它们就是……由于现代性的到来而引入的一种新的风险景象(risk profile)"[②]。二十世纪九十年代末起,生态问题无疑成为了全球性的共同危机。我们看到,贾平凹的《腊月·正月》(1985)中,韩玄子为土地不能可持续发展的苦愁心理,正属于生态问题。由此可见,贾平凹几乎在同一时间,开始将生态问题纳入其小说文本之中。在《秦岭记》中涉及了很多环境污染、

[①] 贾平凹.秦岭记[M].北京:人民文学出版社,2022:29.
[②] [英]安东尼·吉登斯.现代性的后果[M].田禾,译.北京:译林出版社,2000:96.

生态破坏等问题，由于篇幅关系，作家并未在此处着重笔墨，而这些涉及生态问题的"只言片语"，则以现实问题的形式散落于贾平凹的诸多小说之中。生态问题所反映在现实社会的，远不止环境污染这么简单，贾平凹所深挖的，是社会现代性所产生的经济利益对于人性的异化与颠覆。因此，从文学的角度来看，作家不只是在为不堪重负的自然环境书写与默哀，更重要的是通过生态破坏来反思人性。"生态危机真正的内在根源在于现代人的价值信仰危机，更深层面的则是现代性的危机"[1]。从生态文学的角度来看，贾平凹对于生态问题的描写与追问，彰显了文学"现代性"对于社会"现代性"的反思立场。

我们曾经在前文提到了乡土社会的诸多传统，其中存在守旧落后的封建思想与陋习，但更多的则是中华民族生生不息、历久弥新的文化与智慧。"贾平凹一以贯之地通过他的小说显示了鲜明的传统文化诉求，呈现了发掘民族传统思想底蕴和美学精神的完整脉络"[2]。

在《云层之上》中，贾平凹特别提到老太太剪纸花花，"黄土高原上冬天是没有花的，是以有颜色的纸替代鲜花。在剪的过程中又寄托了她们对美好生活的认识，即她们的审美"[3]。在贾平凹的小说文本中，涉及了大量有关传统文化和民间艺术的内容。一方面，它代表着中华民族生生不息的精神及智慧；另一方面，也流

---

[1] 雷鸣.现代性反思：当代生态小说的一种精神向度[J].山西师大学报（社会科学版），2020（01）：87.

[2] 吴义勤."传统"何为？——《暂坐》与贾平凹的小说美学极其脉络[J].南方文坛，2021（02）：5.

[3] 贾平凹，武艺.云层之上：贾平凹对话武艺[M].桂林：广西师范大学出版社，2021：99.

露出作家对于民间艺术后继无人的大声疾呼。深入文本,《小月前本》的"送秋",《腊月·正月》制作挂面的九大特点,《商州》对于刺绣的摘录,《浮躁》的"送夏""门槛年",《废都》中的秦腔耍獠牙,《白夜》的古琴、目连戏、老太太剪纸花花,《高老庄》中的针灸、布堆画、骥林娘炸果子的手艺、丧礼流程、家谱、埋在土里的碑文、厕所里的古砖、子路记录的乡语、皮影戏,《秦腔》中的脸谱画、秦腔唱腔,《古炉》中的烧瓷工序、婚丧嫁娶习俗、蚕婆剪纸,《山本》中做烟丝的工序、糊布彩绘的技艺、酱笋工艺、皮货作业的工序、耍铁礼花的技巧、草药的功用、陈先生说的各种偏方、十月一日鬼节的风俗、做黑茶的工序、木工活,《暂坐》中的西京鼓乐、白茶的种类、各种茶盏……以上种种,无疑是中华民族几千年来流传下来的弥足珍贵的精神财富,是"中国精神""中国智慧"的集中体现。习近平总书记对于民族精神进行了深邃思考:"精神是一个民族赖以长久生存的灵魂,唯有精神上达到一定的高度,这个民族才能在历史的洪流中屹立不倒、奋勇向前。"[1] 因此,我们说,只有真正地夯实了民族传统文化根基,充分挖掘民族传统精神底蕴,并将其进行创造性、创新性的转化与发展,我们才有底气、有力量在世界性语境下,展现中华民族的"文化自信"与生命活力。

"我们从小就生活在传统的环境里面,……传统对每一个人是根本的问题,属于一个基本的东西"[2]。我们看到,在贾平凹所描写的传统乡土社会中,满是浓浓的人情味与纯朴气息:一家做了好吃的,总要给左邻右舍端上一碗;村里有人家办红事或白事,乡亲

---

[1] 新华社. 习近平的文化情怀[N]. 光明日报, 2022-5-12: 第1版.
[2] 贾平凹. 与王尧在传统与现代之间的新汉语写作[M]// 贾平凹. 访谈: 贾平凹文论集[M]. 北京: 生活·读书·新知三联书店, 2015: 129.

们都会主动帮忙做饭、抬棺等，年轻人即使到城里务工，也会相互约定好谁家有了白事就回来，以免抬棺时缺少青壮劳力；老人们因为小事儿而开始对骂，眼看就要打起来了，别人一打岔，他们便忘记了争吵，事后甚至连两人曾有过的矛盾都记不起来；两方有了矛盾，别人调解不了，村长或德行高的人一声吼就能马上将矛盾化解，或是一顿酒下来，基本上就能恢复往日的兄弟情义；村人会在赶路或做农活时留下一只草鞋，便于过路人鞋坏时能够将其凑成一对继续使用；男人们晚上吃饭都习惯聚在场畔上，边吃边话家常；天热就集体睡到场畔去，孩子睡中间，大人睡外围；有外地人来村里买东西，卖家发现斤两少了，会撵着车补上货物或钱数……可以说，在贾平凹的小说中，如此温暖的记忆与描述，数不胜数。

我们在前文提到，在秦岭地区，代表佛教、道教、儒教的坛、寺、庙、观、塔等数不胜数。自古以来，商州就充满着悠久而厚重的宗教文化，百姓的思想也因此深受"儒释道"等文化与思想的熏陶和影响。在贾平凹的小说中，总是笼罩着一层神秘诡谲、玄妙深邃的幽深气息，这与秦岭险峻奇特的自然地理环境有关，更离不开秦岭地区底蕴深厚的"儒释道"等宗教文化、神秘文化的影响。相关的例子不胜枚举，仅从《古炉》一书中，就能瞥见其文风中的"儒释道"。

可以说，贾平凹小说中的"儒释道"，同它们在秦岭中所处的地理格局一样，"共居一山"，共同参与、见证故事人物生活及命运的起落开合。从文化格局来看，中国的儒家思想与起补充作用的佛教思想一道，疏导出贾平凹小说创作文化思想的宏观结构层面。儒家讲究仁、恕、诚、孝，注重五伦及家族伦理，这些也作为中华民族的道德准绳及行为规范延续至今。在《古炉》中，善人说病时经常提及"伦常中人，护爱互敬，各尽其道……父母尽慈，子女尽孝"①。善人还讲天理、道理、义理、情理,讲人应品德高尚,女子应遵从三从四德等,这些都是儒家所推崇的思想主张。《古炉》中的人物,大致都遵照儒家的道德规范生产、生活着。除此之外,狗尿苔最懂六畜,有着对人、对物强烈的共情及怜悯之心,这与佛教所宣扬的能够给予快乐、排除苦难的慈悲之心相仿。善人说病时提到的很多思想与道理,都与佛教教义一致。他讲施与受,讲前世今生,讲轮回转世,讲因果报应,这些佛教思想对儒家思想进行补充,成为了善人做人、传道、授业、解惑的中心思想,引人改邪归正、弃恶扬善。从以上例子我们可以看出,从小说整体创作的文化格局来看,中国的儒家思想与起补充作用的佛教思想一道,统领贾平凹小说创作文化思想的宏观结构,起着控制文化大局、引领思想道德方向的作用。

相比之下,道家思想则渗透到了宏观框架中的内部和细处,它既可以作为意识形态、审美情趣,也可以成为处理具体问题的方法,兼具行动力、执行力与创造力。道家思想虽然属于微观层面,却具体而有效,更加深入人心。关于道教对贾平凹文学创作的影响,前文提到,早在旧石器时代,古人类就在终南山下繁衍生息,几千年来,自然崇拜、图腾崇拜、灵魂崇拜、生殖及祖先崇拜、鬼神崇拜等,维系着商州乃至秦岭百姓的生存与发展,在这一过程中,充满神秘色彩的民间文化转向宗教是历史的必然产物。在佛教、道教、儒教等宗教中,由于道教在秦岭民间具备相当悠久且厚重的思想基础、群众基础,所以道教对民众生产生活的影响是最为广泛和深远的。"道教是道家的重要分支,是道家在新的历史条件下的发展……是道家的转型产物"②。由于篇幅有限,我们主要论

---

① 贾平凹.古炉[M].北京:人民文学出版社,2011:51.
② 陆玉林,彭永捷.中国道家[M].北京:中国人民大学出版社,2019:8.

述道家的分支道教,对贾平凹文学创作的影响。对神鬼的崇拜和祭祀,使道教逐渐发展为一个崇拜多神的教派,夏商周的"礼乐文明",最后虽"礼崩乐坏",但这种传统终被民间术士、百姓继承下来。从整体上看,儒家(或儒教)思想呈现正规化、官方化,而道教的影响则更加具体化、民间化。可以说,秦岭人在生活的各个方面,对仪式感的讲究和重视,与道教的影响、传承息息相关。《古炉》里讲到灵桌上应该摆什么,按照什么顺序,又忌讳什么;讲了给亡人洗身子、梳头、化妆、穿衣等的步骤及规范;讲给布上色必须拜祭"梅葛二仙",否则布就会染得不均匀;讲招鬼的一系列步骤和注意事项。这些世代流传下来的风俗与规范,都与道教对秦岭地区民间百姓思想文化的影响密切相关。

进一步说,道教术数中的五术(又称"玄门五术"),即"山医命相卜",在商州民间也广为应用,而且,商州乃至秦岭各处世代流传、沿袭的各种风俗习惯,大部分也源于道教的影响。在贾平凹的众多作品之中,介绍了大量当地的风俗和传统,从中都能找到"五术"的踪影。"道教五术"中的"山"即"仙",包括食饵、筑基、拳法、符咒等;"医"包括方剂、针灸、灵治等;"命"指运用道术推理命运以达到趋吉避凶的目的;"相"包括人相、家相、墓相等;"卜"包括占卜、选吉、测局等。我们仍以《古炉》为例,仅这一本小说,就充分涉及了"道教五术"中的各个方面。小说中的善人,集"儒释道"于一身,他虽在道德、伦理规范等方面遵从儒教、佛教的教义,但其在做人、做事(治病)方面所采用的具体方法,则大多来源于道教。而且,善人离世时,上天为其奏乐,意味着他达到了完满人格的高度与境界,具有成仙的意味,属于道教"山"术的范畴。小说中提到很多中医处方,及诸如肾病要喝新鲜的黄鼠狼血等民间偏方,还提到了传说中白衣仙人的药丸,这些都属于"医"术"方剂"的范畴;善人和蚕婆治病所运用的针灸、拔火罐等,借助器具进行的治疗,属于"医"术中的"针灸"一类;善人给百姓说病,则完全属于"医"术中的"灵治",用现在的话讲就是心理治疗。在文本中,狗尿苔一旦在某处或某人身上闻到特殊气味,此地或此人随后就会发生某种灾难,这与"命"术息息相关。村里门前不栽桑、柳,山墙外不栽杨树等,属"相"术中的"家相";麻子黑和水皮的法令纹都到了口角,是象征牢狱之灾的吃口纹,霸槽脚心有痣,有"脚踩一星带领千兵"之寓意,属"相"术中的"人相";朱家在古炉村里过得最兴旺,风水先生先看了朱家人的面向,又探了朱家的祖坟,这就同时涉及了"相"术中的"人相"和"墓相"。此外,蚕婆给中邪之人用清水立筷子,以驱鬼祛邪,则属于"占卜"的范畴。以上所述,通过贾平凹"百年秦岭"故事中的"中国经验",我们看到,"儒释道"等道义及思想对秦岭地区风俗传统等方面的深远影响,这种影响与思维在历史长河中,逐渐形成"个人无意识",并最终成为人与人之间维持社会健康运行的道德标准。因此,从传统(或宗教)之于道德的关系出发,贾平凹的"坚守住一个东西可能也指一种现代",便具有了哲学性、"现代性"的思辨价值与现实意义。

依据日常经验,道德作为平衡和维系社会正常生产生活的桥梁与纽带,总是与政治紧密相连。而在中国文化的精神内蕴中,具有一种强烈的"趋善求治"的价值取向,也正因为道德在中国人的基因中具有如此强烈的感化与身教作用,沈从文、贾平凹等作家,才不知疲惫地反复描绘乡土社会中,那种比法律法规更值得人们信服,受到人们自觉遵守与维护的道德传统与秩序。在讲究经济利益最大化的现代社会,人们恰恰丢失或遗忘了这种纯朴而传统的美好品质。在这里,我们必须强调,贾平凹所描绘的乡土社会中存在的诸多"传统",并不是思想上的倒退,而是在为社会的"繁杂"做"减法",为的是从传统的秩序中召唤质朴而纯粹的人性。

"文学为书写文明守灵,坚守于传统与经典的价值观和存在感,以及认知世界的方法。这一点可能恰恰是中国当代文学最有可能做出的选择"[①]。现代社会如同一个巨大且无情的冷库,它太需要一些感性的温度来温暖人心,以唤起尘封已久的关于传统美好道德与品质的记忆。对于人类,失去或错过了某些物质,可能会有弥补的机会,但一旦丢失了精神与灵魂,就真的难以找回。因此,当我们高速甚至超速地疾驰于追逐物质的路上,放慢或暂时停一停,等一等我们未能跟上的精神与灵魂。

现在,我们回望贾平凹的"世纪写作",好似将我们引入了漫长的历史、现实和人心的时空隧道,在本书的结尾处,我不由自主地再次回到作家的第一部长篇小说《商州》。"商州和省城相比,一个是所谓的落后,一个是所谓的文明,那么,历史的进步是否会带来人们道德水准的下降而浮虚之风的繁衍呢?诚挚的人情是否还适应于闭塞的自然经济环境呢?社会朝现代的推演是否会导致古老而美好的伦理观念的解体或趋向实利世风的萌发呢?"[②]从开始到如今,我们看到并梳理出贾平凹的"世纪写作"和"百年秦岭",始终在进行着《商州》中那位"后生"关于传统与现代的哲学性思考,贾平凹所描述的那些他对于乡村、山野、都市的诸多的"念想",视角多变,源于现实又超越现实,不拘一格,触角灵动而沉实朴素。贾平凹将世间万物、人世沧桑重新置于同一价值体系和叙事伦理之内,人物、风物、风华尽览无余。可以说,这已经构成贾

[①] 陈晓明. 无法终结的现代性:中国文学的当代境遇[M]. 北京:北京大学出版社,2018:23.

[②] 贾平凹. 商州[M]. 桂林:漓江出版社,2013:6.

平凹的内在精神动力,并且一直缠绕、伴随着他几十年的文本内蕴和形态。贾平凹真正做到了不忘文学初心,他的文学创作已经形成一种可持续的、循环着的生态,呈现在我们眼前的,是当代中国文坛一湾坚韧而柔软的精神、灵魂和乡土的"活水"。

综上所述,可以说,贾平凹的小说兼备了现实主义以及回归"抒情"与"传统"的两种中国文学"现代性"的不同面向。一方面,贾平凹继承了"五四运动"以来,以鲁迅为代表的提倡启蒙思想、批判精神,展现时代风貌的现实主义精神与立场。另一方面,贾平凹继续着沈从文未走完的文学道路,通过传统与现代的对话,以书写"中国经验"的民族意识和审美传统,进行一种人类自身行为、灵魂的涤荡与反思。这种对于个体生命与民族传统精神底蕴的深描,表明了作家回归传统、感性与抒情的文学立场。我们有理由相信,贾平凹将中国传统文化思维贯穿于整个精神意识中,以"中国之心"诠释"中国经验",在体现文学"现代性"的同时,其作品与思想中所凝聚出的东方智慧与文化的审美表达,更具备了一种"世界性"的开阔面相。

后 记

十几年前,我最早阅读的贾平凹的作品是《浮躁》和《废都》,那时还不懂得诸如创作风格、叙事形态等文本更深层次的专业性理论及技法,却被作家那种朴实、诚恳的语言和看似云淡风轻实则直刺人心的现实描摹所深深触动。不知为何,那时,我已经能够真切地感受到贾平凹面对作品时的良苦用心,以致每每读完一部他的小说,总是有种心里发堵、怅然若失的感觉,想多些思考和沉静,却又会由于自身能力的局限而泛起许多无奈与懊恼,直至今日依然如此。对于贾平凹小说创作的研究者,通读其所有的小说作品是最基本的工作,对于比较重要的作品,我前前后后阅读了不止四五遍,就连将近六十七万字的《古炉》也读过三遍。令人感到神奇的是,每读一遍,感受都大不相同。在我看来,贾平凹的小说文本就是一个探不到底的巨大宝藏,每次挖掘,都能发现新的暗隔,每一部文本都是一个充满隐秘的"黑匣子",亟须我们探测出它所蕴含的我们渴望的未知的渊薮。或许,这正是贾平凹小说文本最大的魅力所在。"对一个作家的耐心,其实就是表达对作家的尊重和敬意的最好的方式"[1]。我对这句话深感认同,思维与知识、认知的局

---

[1] 吴义勤.贾平凹与《极花》[J].华中科技大学学报(社会科学版),2016(06):2.

限,使自己无法以更高深的理论和更开阔的维度深入分析贾平凹的小说,但我至少做到了作为一位普通读者对于所挚爱的作家及其文字最基本的尊重和深深的敬畏。贾平凹将"写好中国文字的每一个句子"[①]作为《秦岭记》的题记,那么作为读者,我能够做到的即是用心阅读贾平凹文学作品中的每一个文字,竭尽全力去感受、吸收和发掘文本中所弥散的生命的元气与内在的精魄。

从最早的文字《一双袜子》到最近的长篇笔记小说《秦岭记》,贾平凹的文学创作经历了半个世纪的起伏跌宕,世事沧桑,风风雨雨,他始终初心不改、活力十足。这种持续高产、高质的文学创作,在中国当代文坛绝对可以称得上凤毛麟角。我们只要用心进入文本,不难发现,贾平凹的文学创作不仅具备文学"现代性",他通过传统与现代的对话与碰撞,讲述着一个个质朴而鲜活的"中国故事",并且使之具备了一种"世界性"的开阔面向:其一,贾平凹以其独特的"地方性"话语方式,在展现自身"民间立场"的同时,也是一种商洛乃至秦岭地方文化符号的鲜明代表,这种存在,使其成为区别于全球文化同质表征的一处"熠熠星光";其二,贾平凹和他的"百年秦岭"故事,唤起了人类共同的精神及情感经验——地域性、"地方感";其三,其小说文本中对于人性的挖掘与观照,以及所渗透与生发出的万物有灵、众生平等的自然观、文学观与价值观,于无形中与"人类命运共同体"紧密相连。正是这种对人类普遍命运、普遍价值的融通力量,使贾平凹小说中的"中国经验"超越了"本土"的界限,从而具备了"世界性"的意义与价值。

不可否认,多年以来,"盛赞"与"怒斥"始终如影随形般地

---

① 贾平凹.秦岭记[M].北京:人民文学出版社,2022:题记.

缭绕于贾平凹的写作历程之中。在这里，我仅从个人的角度，对那些"批评之声"进行分析与解读，对贾平凹小说叙事的主题意蕴、写作方法和策略，审慎爬疏、辨析和思考。实际上，从书写自然的层面上讲，贾平凹的部分小说文本可以纳入"生态小说"的范畴，但他的"天气就是天意"绝非字面意义上的自然主义。他将自然作为一种贯穿叙事的密码或逻辑，并将之融入历史、社会、人性等的深层主题当中。贾平凹所要呈现的是"大历史"中个体生命的命运与轨迹，所要深描的是人性的裂变与异化，以及人与人之间"剪不断，理还乱"的复杂关系。换句话说，如果想凸显自然主义叙事形态，作家也不必"费尽心机"、绞尽脑汁，以"细部的力量"来还原生活的"原生态"状貌。归根结底，从整体上讲，贾平凹小说所要呈现的是更注重细部修辞的写实主义。《极花》出版以后，对于主人公胡蝶的结局，学界及社会上出现了贾平凹"为拐卖妇女辩护"的争议。简单地从道德的层面看待，很多人无法接受胡蝶最终自愿"归返"这一行为。但从哲学的、人性的立场出发，这看似匪夷所思的结局，却恰恰能够体现出贾平凹对于人物心理及人性较为精准的把握，充满着作家对于人性最为深切的悲悯与观照。除此之外，还有一些学者对贾平凹小说文本中出现的"情节重复"现象予以批评，认为这是作家"才尽词穷"的表现。我认为，应将贾平凹的小说进行整体性的阅读与思考。在将贾平凹的作品逐一、反复阅读之后，我发现，情节上的重复不仅没有破坏文本的连贯与完整，确切地说，那种"重复"，使贾平凹的诸多作品从整体上呈现出一种曲折而耐人寻味的"互文"关系。从某种意义上讲，贾平凹已将其"著作等身"的作品"盘"成一团"活水"。

当然，我们必须正视的是，无论怎样优秀的作家，都存在创作上的某些欠缺与局限。我们真切地感到，比如，在贾平凹的小说中，充满着对于人性、人生、生命等丰富性、多义性的理解与体悟，尤其是当这种哲学性思辨与"生活流"小说相结合，文本的多义性很容易被歧义化，被误认为是一种"自然主义"思想的呈现。当然，我们不能要求作家都是道学家、循规蹈矩者，容不得不同的独异的对生活的发声，这不利于思想的讨论与不同理念、观点的消化融合，而应通过文学世界的人文视角，呈现美好事物，揭示生活和人性的弱点、缺陷，以促进我们的社会和谐、进步，让人从不同侧面感悟生活，提升理想、品质，受到启发、教育和鼓舞。再如，毋庸置疑，贾平凹开创了既贴合生活本身脉络，又符合作家自身叙事立场、逻辑的"生活流"叙事。但是，正如我在文中所论述的，"生活流"叙事那种过于密实的"细部"描写，在加大文本疏密度，放缓叙事速度、节奏的同时，给读者带来了巨大的阅读阻力与难度，这种情况，在一定程度上局限了小说的受众范围。因此，如何平衡这两者的关系，也应是作家在写作中需要考量的具体问题所在。就是说，在对一位作家研究和评价时，我们也不必回避作家在不同创作阶段认知层面、审美表达趋向上的某种局限性，包括我们从接受美学层面意识到的作家写作中存在的问题。我们相信作家会适时意识到并做出有效的调整。

在这里，我们必须强调的是，无论是《太白山记》、"商州三录"和《秦岭记》等"笔记体"小说，还是《秦腔》《古炉》等"生活流"叙事作品，都体现出贾平凹对于小说形式的叙事实验精神。贾平凹对于小说的形式实验，打破了文体的界限，这就如同他在小说、散文等中经常提到的"水"一般，浑然一体，无法切割。而"笔记体"小说或"生活流"叙事中所出现的小说、散文、诗歌等文体杂糅现象，恰恰是对作家写作功力的综合性考察。在中国当代文学界，真正能够担得起"两栖"或"多栖"作家头衔的屈指可数，而贾平凹，当属其中的佼佼者。

  叔本华形象地将作家分成三类，即"流星""行星"和"恒星"式作家。在浩瀚无垠的文坛中，"流星"式作家不计其数。客观地讲，相当数量的作家只能停留在"行星"式作家之列，贾平凹在构筑起"生活流"叙事之前，也身处其中。值得强调的是，贾平凹并非"先锋派"作家，却始终怀揣着"饥饿感"与机警之心的实验精神，并长期行走在中国当代小说文体形式实验的路上。正是这种对文体形式的不断探索与突破，使贾平凹完成了从"行星"到"恒星"式作家的蜕变与升华。纵观作家的写作历程，从《废都》到《秦腔》，《古炉》到《山本》，再到《秦岭记》《河山传》，贾平凹不仅逐步建构起了鲜明而独特的叙事风格与审美体系，这些作品，更成为了中国当代文学在不同时期、不同阶段举足轻重、浓墨重彩的成就与力量。因此，我认为，历经了半个世纪文学行走的贾平凹，足以称作中国文坛为数不多的"常青树""恒星"式作家。

  我们可以坚信，贾平凹始终在书写"百年秦岭"的道路上执着且坚韧地行走着。他曾在《高老庄》后记中预言，"我的一生是会能写出二十三卷书的"[①]，作为贾平凹作品的阅读者、研究者，我期待着，祝福着。只愿他在文学的路上少些束缚，写作更多创新，正如他最新出版的几本散文集名称那样："万物有灵""诸神充满""静中开花"。

---

① 贾平凹.高老庄[M].桂林：漓江出版社，2012：251.

参考文献

一、著作类

[1] 毛泽东.毛泽东选集（第二卷）[M].北京：人民出版社，1952：698.

[2] 刘再复.性格组合论[M].上海：上海文艺出版社，1986：64.

[3] [俄]维克多·什克洛夫斯基，等.俄国形式主义文论选[M].方珊，译.北京：生活·读书·新知三联书店，1989：6.

[4] [法]热拉尔·热奈特.叙事话语、新叙事话语[M].王文融，译.北京：中国社会科学出版社，1990：107—136.

[5] 〔清〕王晫，张潮.檀几丛书[M].上海：上海古籍出版社，1992：262.

[6] 商洛地区地方志编纂办公室原志.《直隶商州总志》点注[M].西安：陕西人民出版社，1992：68—344.

[7] 胡河清.灵地的缅想[M].上海：学林出版社，1994：23—78.

[8] 唐跃，谭学纯.小说语言美学[M].合肥：安徽教育出版社，1995：30—289.

[9] 刘再复.性格组成论[M].合肥：安徽文艺出版社，1999：79.

[10] [英] 安东尼·吉登斯. 现代性的后果 [M]. 田禾, 译. 北京: 译林出版社, 2000: 96.

[11] 杨义. 李杜诗学 [M]. 北京: 北京出版社, 2001: 603.

[12] 耿占春. 叙事美学——探索一种百科全书式的小说 [M]. 郑州: 郑州大学出版社, 2002: 208.

[13] 格非. 小说叙事研究 [M]. 北京: 清华大学出版社, 2002: 22—94.

[14] 沈从文. 湘行散记 [M]. 太原: 北岳文艺出版社, 2002: 1—271.

[15] 詹成付. 乡村政治若干问题研究 [M]. 西安: 西北大学出版社, 2004: 1—28.

[16] 徐勇, 吴理财. 走出"生之者寡, 食之者众"的困境——县乡村治理体制反思与改革 [M]. 西安: 西北大学出版社, 2004: 2.

[17] 郜元宝, 张冉冉. 贾平凹研究资料 [M]. 天津: 天津人民出版社, 2005: 30—530.

[18] 鲁迅. 鲁迅全集(第1卷) [M]. 北京: 人民文学出版社, 2005: 166—168.

[19] 周宪. 审美现代性批判 [M]. 北京: 商务印书馆, 2005: 160.

[20] [美] 王德威. 被压抑的现代性: 晚清小说新论 [M]. 宋伟杰, 译. 北京: 北京大学出版社, 2005: 1—111.

[21] 王先霈, 王又平. 文学理论批评术语汇释 [M]. 北京: 高等教育出版社, 2006: 62—258.

[22] 沈从文. 山鬼 [M]. 北京: 京华出版社, 2006: 32.

[23] 李咏吟. 审美与道德的本源 [M]. 上海: 上海人民出版社, 2006: 1.

[24] 孔范今，雷达，吴义勤，等.贾平凹研究资料［M］.济南：山东文艺出版社，2006：4.

[25] 陈嘉明.现代性与后现代性十五讲［M］.北京：北京大学出版社，2006：6.

[26] 贾平凹，走走.我的人生观［M］.昆明：云南人民出版社，2006：67—334.

[27] 摩罗.悲悯情怀［M］.北京：中国青年出版社，2008：1—227.

[28]〔清〕阮元.十三经注疏（三）［M］.北京：中华书局，2009：2896.

[29] 刘再复.人论二十五种［M］.北京：中信出版社，2010：53—55.

[30] 吴妍妍.现代性视野中的陕西当代乡土文学［M］.北京：人民出版社，2010：45—259.

[31] 南帆.无名的能量［M］.北京：人民文学出版社，2012：55—93.

[32] 祁志祥.人学原理［M］.北京：商务印书馆，2012：14.

[33]［日］森田正马.神经衰弱和强迫观念的根治法［M］.臧修智，译.北京：人民卫生出版社，1996：41.

[34] 张学昕.南方想象的诗学［M］.上海：复旦大学出版社，2009：8—271.

[35] 陈平原.中国小说叙事模式的转变［M］.北京：北京大学出版社，2010：15—63.

[36] 申丹，王丽亚.西方叙事学：经典与后经典［M］.北京：北京大学出版社，2010：67—270.

[37] 辛敏.贾平凹纪事［M］.西安：陕西师范大学出版社，2012：3—89.

[38][美]杰拉德·普林斯.叙事学:叙事的形式与功能[M].徐强,译.北京:中国人民大学出版社,2013:16—159.

[39]贾平凹.我是农民[M].桂林:漓江出版社,2013:15—78.

[40]余乃忠.现代性批判[M].北京:社会科学文献出版社,2014:152—160.

[41]林建法,李桂玲.说贾平凹(上)[M].沈阳:辽宁人民出版社,2014:49.

[42]贾平凹.老生[M].北京:人民文学出版社,2014:90—294.

[43]沈从文.沈从文谈艺术[M].南京:江苏人民出版社,2014:2.

[44][法]古斯塔夫·勒庞.乌合之众——大众心理研究[M].冯克利,译.北京:中央编译出版社,2014:13.

[45]沈从文.中国人的病[M].北京:新星出版社,2015:3—301.

[46]贾平凹.访谈:贾平凹文论集[M].北京:生活·读书·新知三联书店,2015:129—137.

[47]贾平凹.关于小说:贾平凹文论集[M].北京:生活·读书·新知三联书店,2015:137.

[48]王春林.贾平凹《古炉》论[M].太原:北岳文艺出版社,2015:105—139.

[49]傅修延.中国叙事学[M].北京:北京大学出版社,2015:45—176.

[50]夏志清.中国现代小说史[M].香港:中文大学出版社,2015:151.

[51]王立.文学主题学与传统文化[M].北京:中国社会科学出版社,2016:148—170.

[52]贾平凹,韩鲁华.穿过云层都是阳光:贾平凹文学对话录

［M］.北京：北京联合出版公司，2016：12—143.

［53］［奥］阿尔弗雷德·阿德勒.儿童的人格教育［M］.田颖萍，译.北京：台海出版社，2016：4—46.

［54］［奥］西格蒙德·弗洛伊德.自我与本我［M］.涂家瑜，李诗曼，李佼矫，译.北京：台海出版社，2016：126.

［55］孙见喜，孙立盎.贾平凹传［M］.西安：陕西人民出版社，2017：28.

［56］贾平凹.商州寻根［M］.长春：时代文艺出版社，2017：29.

［57］赵一凡，张中载，李德恩.西方文论关键词（第一卷）［M］.北京：外语教学与研究出版社，2017：1—900.

［58］曾大兴.文学地理学概论［M］.北京：商务印书馆，2017：20—65.

［59］［奥］阿尔弗雷德·阿德勒.自卑与超越［M］.杨蔚，译.天津：天津人民出版社，2017：16—45.

［60］［美］勒内·韦勒克，奥斯汀·沃伦.文学理论［M］.刘象愚，邢培明，陈圣生，等译.杭州：浙江人民出版社，2017：179.

［61］阙国虬.中国文学与现代性［M］.北京：人民出版社，2017：20—257.

［62］［美］韦恩·布斯.小说修辞学［M］.华明，胡晓苏，周宪，译.北京：北京联合出版公司，2017：15—367.

［63］费秉勋.贾平凹论［M］.西安：陕西人民出版社，2018：7—78.

［64］苏沙丽.贾平凹论［M］.北京：作家出版社，2018：6—145.

［65］张东旭.贾平凹年谱［M］.北京：中国社会科学出版社，2018：6—156.

［66］陈晓明.无法终结的现代性：中国文学的当代境遇［M］.北京：北京大学出版社，2018：23.

［67］商洛市人民政府地方志办公室.商州老字号［M］.西安：陕西人民出版社，2018：1.

［68］陆玉林，彭永捷.中国道家［M］.北京：中国人民大学出版社，2019：8.

［69］杨义.中国叙事学（增订本）［M］.北京：商务印书馆，2019：195—378.

［70］张学昕.苏童论［M］.北京：作家出版社，2019：6—289.

［71］陈国恩.现代性与中国现代文学［M］.北京：中国社会科学出版社，2019：6—208.

［72］费孝通.乡土中国［M］.成都：天地出版社，2020：3—39.

［73］张学昕.细部修辞的力量［M］.台北：花木兰文化事业有限公司，2020：1—239.

［74］［比］吕克·赫尔曼，巴特·维瓦克.叙事分析手册［M］.徐强，译.北京：中国人民大学出版社，2020：45—219.

［75］魏华莹.贾平凹论衡［M］.北京：中国社会科学出版社，2021：24—145.

［76］张学昕.中国当代小说八论［M］.北京：作家出版社，2021：41.

［77］贾平凹，武艺.云层之上：贾平凹对话武艺［M］.桂林：广西师范大学出版社，2021：93—161.

［78］［美］王德威.哈佛新编中国现代文学史［M］.台北：麦田出版社，2021：556.

［79］贾平凹.秦岭记［M］.北京：人民文学出版社，2022：1—263.

［80］韩鲁华，王春林，张志昌.《古炉》研究（贾平凹研究资料汇编"丛书"）［M］.西安：陕西师范大学出版社，2022：134—361.

[81]贾平凹.河山传[M].北京:作家出版社,2023:1—281.

二、期刊类

[82]费秉勋.贾平凹一九八一年小说创作一瞥[J].延河,1982(04):63.

[83]丁帆.谈贾平凹作品的描写艺术[J].文学评论,1980(04):78.

[84]韩鲁华.审美方式:观照、表现与叙述——贾平凹长篇小说风格论之一[J].当代作家评论,1990(02):111.

[85]费秉勋.生命审美化——对贾平凹人格气质的一种分析[J].当代作家评论,1992(02):45.

[86]胡河清.贾平凹论[J].当代作家评论,1993(06):19.

[87]雷达.心灵的挣扎——《废都》辨析[J].当代作家评论,1993(06):28.

[88]孟繁华.面对今日中国的关怀与忧患——论贾平凹的长篇小说《土门》[J].当代作家评论,1997(01):15.

[89]李星.贾平凹的文学意义[J].文学自由谈,1998(04):132—136.

[90]杨胜刚.对贾平凹九十年代四部长篇小说的整体阅读[J].小说评论,1999(04):43.

[91]谢有顺.贾平凹的实与虚[J].当代作家评论,1999(02):18—22.

[92]符杰祥,郝怀杰.贾平凹小说20年研究述评[J].山东师大学报(社会科学版),2000(06):21.

[93]李遇春.拒绝平庸的精神漫游——贾平凹小说的叙述范式的嬗

变[J].小说评论,2003(06):27—28.

[94] 谢有顺.尊灵魂,叹生命——贾平凹、《秦腔》及其写作伦理[J].当代作家评论,2005(05):7—17.

[95] 孙郁.贾平凹的道行[J].当代作家评论,2006(03):43.

[96] 莫言.捍卫长篇小说的尊严[J].当代作家评论,2006(01):24—28.

[97] 张学昕.回到生活原点的写作——贾平凹《秦腔》的叙事形态[J].当代作家评论,2006(03):53—60.

[98] 陈思和.贾平凹作品研讨会纪要[J].华语文学,2007(05):56—62.

[99] 陈思和.论《秦腔》的现实主义艺术[J].西部,2007(04):6.

[100] 王铁仙.鲁迅的现代性思想与现代文学精神[J].文艺理论研究,2008(03):37.

[101] 王红莉.《废都》:逍遥与拯救[J].当代文坛,2010(04):96—98.

[102] 王德威.暴力叙事与抒情风格——贾平凹的《古炉》及其他[J].南方文坛,2011(04):24.

[103] 南帆.剩余的细节[J].当代作家评论,2011(05):67—75.

[104] 王春林."伟大的中国小说"(上)[J].小说评论,2011(03):12.

[105] 傅异星.在传统中浸润与挣扎——论贾平凹的小说[J].文学评论,2011(01):86—92.

[106] 栾梅健.与天为徒——论贾平凹的文学观[J].当代作家评论,2012(06):83—93.

[107] 程光炜.最为多情是妇人——读贾平凹小说《黑氏》[J].文艺争鸣,2012(10):15—23.

[108] 南帆.当代文学、革命与日常生活[J].南方文坛,2013(04):7—8.

[109] 张博实.以"中国之心"诠释当代中国经验——新世纪以来贾平凹创作研究述评[J].当代作家评论,2013(03):70—81.

[110] 吴义勤."贴地"与"飞翔"——读贾平凹长篇新作《带灯》[J].当代作家评论,2013(03):37—40.

[111] 李静.中西博学小说的传统与发展[J].中南民族大学学报(人文社会科学版),2013(04):144.

[112] 丁帆,傅元峰.贾平凹:《废都》等[J].当代作家评论,2013(06):89—91.

[113] 申明秀.论中国现代小说人性书写的两重模式[J].当代文坛,2014(04):138—141.

[114] 李遇春.守望及变革——论贾平凹四十年小说创作轨迹[J].湖北大学学报(哲学社会科学版),2016(01):27.

[115] 吴义勤.贾平凹与《极花》[J].华中科技大学学报(社会科学版),2016(06):2.

[116] 梅兰.论《极花》与贾平凹的小说观[J].中国现代文学研究丛刊,2017(05):127.

[117] 高尚,王四达.从"总体史"到"三时段"——一个解析社会主义思想在近代中国传播的新视角[J].江苏社会科学,2017(01):228—234.

[118] 张学昕."原来如此等老生"——贾平凹的"世纪写作"[J].当代文坛,2017(04):4—8.

[119] 韩鲁华.贾平凹文学创作与中国传统文脉的承续[J].文艺争鸣,2017(06):50—55.

[120] 王春林.走入与走出:论贾平凹对传统的现代转换[J].小说评论,2017(02):120.

[121] 蔡洞峰."娜拉"的彷徨与女性启蒙叙事——以鲁迅女性解放思想为视角[J].东岳论丛,2018(07):86.

[122] 程光炜.略论1990年代长篇小说评论[J].当代文坛,2018(05):4—14.

[123] 陈思和.试论贾平凹《山本》的民间性、传统性和现代性[J].小说评论,2018(04):72—88.

[124] 陈晓明."土"与"狠"的美学——论贾平凹叙述历史的方法[J].文学评论,2018(06):62.

[125] 张文诺,余琪.论贾平凹小说创作中的鲁迅影响[J].小说评论,2019(06):147.

[126] 周清叶,程金城.典型向意象的流变——新时期小说叙事的重要转向[J].兰州大学学报(社会科学版),2019(02):55.

[127] 张学昕,张博实.历史、人性与自然的镜像——贾平凹的"世纪写作"论纲[J].西北大学学报(哲学社会科学版),2019(06):115—122.

[128] 贾平凹,陈思和,孙周兴.文学的生成与土壤——贾平凹与陈思和、孙周兴对谈录[J].同济大学学报(社会科学版),2019(02):97—106.

[129] 王素,梁道礼.贾平凹方言写作论[J].小说评论,2019(02):199—206.

[130] 雷鸣.现代性反思:当代生态小说的一种精神向度[J].山西师大学报(社会科学版),2020(01):87.

[131] 贾平凹,韩鲁华.别样时代女性生命情态风景——贾平凹长

篇小说《暂坐》访谈［J］.小说评论，2020（05）：36.

［132］王春林.人生就是一个"暂坐"的过程——关于贾平凹长篇小说《暂坐》［J］.扬子江文学评论，2020（06）：38—45.

［133］张学昕.贾平凹论［J］.钟山，2020（4）：194.

［134］郜元宝.弈光庄之蝶，海若陆菊人？——贾平凹《暂坐》《废都》《山本》对读记［J］.西北大学学报（哲学社会科学版），2020（05）：7—13.

［135］张柠.论细节［J］.当代文坛，2021（05）：12—13.

［136］王德威.贾平凹的文学世界［J］.贾平凹研究，2021（01）：1—5.

［137］吴义勤."传统"何为？——《暂坐》与贾平凹的小说美学极其脉络［J］.南方文坛，2021（02）：5.

［138］关伟华，乔全生.方言写作与中国文化中的听觉传统——以贾平凹的小说创作为例［J］.学习与探索，2021（05）：168—174.

［139］王若冰.一座山岭本体世界的灵性抒写——《秦岭记》阅读随记［J］.延河，2022（08）：10—15.

［140］胡少山，王春林.志人志怪、文本杂糅以及文化地理学——贾平凹《秦岭记》的来龙去脉［J］.当代文坛，2022（04）：204—209.

三、报纸类

［141］新华社.习近平的文化情怀［N］.光明日报，2022-5-12：第1版.

四、电子资源类

［142］贾平凹.秦岭和秦岭中的我［N/OL］.韩城传媒网,（2019-09-29）［2022-07-04］.http://www.hcrbs.com/2019/0929/5073.shtml.

［143］雷莹."贾平凹研究资料汇编"第一辑发布贾平凹自言：作家和评论家都是"写作者"［N/OL］.西安新闻网,（2022-06-18）［2022-07-07］.https://www.xiancn.com/content/2022-06/18/content_6586525.htm.

图书在版编目（CIP）数据

贾平凹小说创作论 / 刘潇萌著 . -- 北京：作家出版社，2024.7

ISBN 978-7-5212-2799-4

Ⅰ.①贾⋯ Ⅱ.①刘⋯ Ⅲ.①贾平凹 - 小说研究 - Ⅳ.①I207.42

中国国家版本馆 CIP 数据核字（2024）第 086078 号

贾平凹小说创作论

作　　者：刘潇萌
责任编辑：李亚梓
装帧设计：琥珀视觉
出版发行：作家出版社有限公司
社　　址：北京农展馆南里 10 号　　邮　编：100125
电话传真：86-10-65067186（发行中心及邮购部）
86-10-65004079（总编室）
E-mail:zuojia@zuojia.net.cn
http://www.zuojiachubanshe.com
印　　刷：唐山玺诚印务有限公司
成品尺寸：145×210
字　　数：208 千
印　　张：8.75
版　　次：2024 年 7 月第 1 版
印　　次：2024 年 7 月第 1 次印刷
ISBN 978-7-5212-2799-4
定　　价：48.00 元

作家版图书，版权所有，侵权必究。

作家版图书，印装错误可随时退换。